NAPOLÉON ET DIOCLÉA

OU

LE TRIOMPHE DE LA FAIBLESSE SUR LA FORCE

AU TEMPS DE DIOCLÉTIEN

PAR

L'ABBÉ ANGLADE

Vicaire de Notre-Dame de Paris

DOCTEUR EN THÉOLOGIE

LIBRAIRIE CATHOLIQUE DE PERISSE FRÈRES

PARIS	LYON
NOUVELLE MAISON	ANCIENNE MAISON
RÉGIS RUFFET ET Cᵉ, SUCCᵉˢ	RUE MERCIÈRE, 49
RUE SAINT-SULPICE, 38	ET RUE CENTRALE, 31

1863

NAPOLÉON ET DIOCLÉA

C.

CORBEIL, typ. et stér. de CRÉTÉ.

NAPOLÉON ET DIOCLÉA

OU

LE TRIOMPHE DE LA FAIBLESSE SUR LA FORCE

AU TEMPS DE DIOCLÉTIEN

PAR

L'ABBÉ ANGLADE

Vicaire de Notre-Dame de Paris,

DOCTEUR EN THÉOLOGIE.

LIBRAIRIE CATHOLIQUE DE PÉRISSE FRÈRES

PARIS	LYON
NOUVELLE MAISON	ANCIENNE MAISON
RÉGIS RUFFET et Cᴵᴱ, SUCᴿˢ	**RUE MERCIÈRE, 49**
RUE SAINT-SULPICE, 38	ET RUE CENTRALE, 54

1863

PRÉFACE

AU LECTEUR.

Il n'y a peut-être pas d'époque plus utile à
connaître dans l'histoire de l'humanité que celle
qui vit monter sur le trône des Césars le premier prince chrétien. Les anciens l'avaient bien
compris. Aussi s'attachèrent-ils à mettre dans le
plus grand jour la dernière persécution qui dé-
montra jusqu'à l'évidence la faiblesse et le néant
de l'erreur. Tel fut Lactance qui écrivit du
temps même de Constantin l'histoire lugubre
des persécuteurs, pour apprendre, dit-il, aux
siècles futurs comment le Dieu unique et suprême manifesta sa toute-puissance dans la punition et la ruine des ennemis de son nom.

Les modernes les plus célèbres ont aussi très-
bien compris l'intérêt qui s'attache à cette époque
mémorable. Ils ont vu de plus une analogie frap-
pante entre le quatrième siècle de l'ère chrétienne
et le dix-neuvième, que tout le monde n'ose pas
appeler le siècle des lumières. C'est pourquoi ils

ne peuvent jamais raconter les événements qui
concoururent au triomphe du christianisme sans
laisser dans leurs récits quelques traces de leurs
préoccupations actuelles. Chateaubriand se propose autre chose, en écrivant *Les Martyrs*, que
de faire admirer de magnifiques descriptions. Il
ne veut pas seulement doter sa patrie d'un poëme
homérique, il veut, dit-il, donner plus de développement à la pensée qui inspira le *Génie du
christianisme*, il veut en un mot prouver à la race
des indifférents et des incrédules, que le berceau
de la religion chrétienne renferme des vertus
surhumaines plus dignes d'intérêt que toutes les
railleries des philosophes. Le cardinal Wiseman
cherche, lui, dans la poudre des catacombes
et sur les marbres mutilés des amphithéâtres
des souvenirs, des inscriptions qui puissent cor-
roborer les preuves du catholicisme, tout en four-
nissant aux protestants un nouveau moyen d'arriver à la vérité que tous les siècles proclament
par la voix de l'Église universelle. L'illustre prélat donne à ses récits une forme aimable et inté-
ressante qui inspire l'amour de la science aux
esprits les plus frivoles. M. Albert de Broglie, qui
ne m'en voudra pas, je pense, de ce que je le
nomme après Chateaubriand et Wiseman, cache
peut-être une intention politique sous le voile des
dissertations laborieuses qu'il a faites sur le rè-

gne de Constantin et l'avénement du christianisme au trône du monde. Le père Lacordaire
apprécie l'œuvre de M. de Broglie et résume en
termes éloquents tout ce que son noble ami a
dit de plus curieux et de plus saisissant sur un si
grand sujet, mais je crois que l'illustre domini-
cain se trompe, lorsqu'il affirme que la conversion de Constantin surprit tout le monde, chrétiens et païens. « Que César pût devenir chrétien,
dit-il, c'était là une chimère qui ne venait à l'esprit de personne, ni dans le camp des bourreaux,
ni dans celui des victimes. Les chrétiens, loin
d'y travailler, n'y avaient pas même songé. »
C'est là une affirmation si hardie qu'elle me fait
douter sérieusement de la science historique du
R. P. Lacordaire. Comment! les chrétiens n'auraient pas même songé à la conversion des Césars, eux qui lisaient et méditaient tous les jours
ces divines Écritures, où l'on annonce que les rois
et les empereurs de la terre doivent enfin se prosterner devant le Sauveur des hommes et orner
avec tous les peuples le cortége du Dieu crucifié !!... Non-seulement ils y songeaient, mais ils
l'appelaient tous les jours de leurs vœux et de
leurs prières, comme l'attestent plusieurs monuments de la tradition. Telle est, du reste, l'opinion du cardinal Wiseman, l'homme le plus savant peut-être de notre siècle. Aussi je ne crains

*

pas de suivre cette opinion, cher lecteur, et de me
trouver en opposition directe sur un point si important, avec le plus grand orateur de la chaire
au dix-neuvième siècle, dont j'admire plus que
personne la vertu et le talent fascinateur. J'use en
cela de ma liberté avec une entière franchise.

Ce qu'on appelle le peuple dans une nation
ne connaît guère son passé historique ; c'est tout
au plus si quelques grands noms restent dans sa
mémoire et flottent à son horizon comme des
météores d'un autre monde. Or, un ou deux
noms résument, pour la majorité des Français,
toute leur histoire nationale. Henri IV est le
seul des anciens rois qui soit resté dans la mémoire de tous. Et encore ce n'est pas comme
guerrier ni comme politique qu'il a laissé un
souvenir impérissable, c'est comme le dernier
représentant royal de cet esprit gaulois qui se
répandait en vives saillies, en gais propos et en
bienfaits toujours empreints d'une touchante bon-
homie. Ce fut un despote plein de bonté qui con-
serva toutes les allures de la liberté gauloise et
qui sut rire avec tout le monde sans rien perdre
de sa dignité. Il a prouvé sans réplique que la
bonté de cœur est la seule qualité des grands qui
ne puisse périr dans le souvenir des peuples. Que
sait donc aujourd'hui le peuple français de son
passé historique ? Rien, si ce n'est le grand nom

de Napoléon qui lui rappelle le souvenir de ses éclatantes victoires, qui résume pour lui toutes ses luttes séculaires contre l'Europe et l'Angleterre, qui comprend à la fois le présent, le passé et l'avenir. Cela ne doit pas nous étonner, car le peuple s'aime et s'admire lui-même dans l'homme de génie qui sut presque toujours comprendre les battements de son cœur, et qui sut aussi noblement réparer les fautes qu'il avait commises en souffrant avec une patience toute chrétienne l'exil le plus triste et le plus douloureux. Une grande gloire consacrée par une grande infortune noblement supportée, voilà ce que la plus illustre nation de l'univers a retenu de sa brillante histoire, et voilà aussi ce qui fait que l'on trouve toujours sous le toit du pauvre l'image de celui qui expia les fautes de son génie sur le rocher désert de Sainte-Hélène, à côté de l'image du Dieu qui expira sur le Calvaire pour purifier l'humanité de ses souillures. Je me borne à constater ici des faits évidents sans embrasser de parti ni m'attacher à une opinion politique, je respecte trop le caractère sacerdotal dont je suis revêtu pour le faire servir à un intérêt humain, je veux toujours marcher avec Dieu seul pour guide.

C'est donc rendre un grand service à l'Église et à la patrie, que de tirer de la nuit des âges le héros qui sanctifia le nom de Napoléon, au temps

des persécutions. L'homme du peuple, quand il
sera accablé de fatigue et de soucis, n'aura qu'à
porter ses regards sur l'image du grand Napoléon
pour penser au noble martyr des premiers temps
du christianisme, pour reprendre courage et pour
souffrir patiemment ici-bas, dans la vision de
l'éternité. Il embrassera ainsi d'un seul regard
la patrie terrestre et la patrie céleste sans les
confondre. La croix enfumée du Christ lui paraîtra plus chère que ces brillantes décorations
qui servent à endormir le monde dans la paix
d'un jour et le bonheur d'un moment. Il verra
dès lors clairement que le meilleur soldat de la
terre est celui qui sait le mieux porter la croix de
la souffrance à la suite du divin crucifié. La gloire
des saints éclairera son esprit d'une lumière que
ne peut donner la gloire des armes. Je ne prétends pas cependant offrir ici un livre au public,
c'est une légende historique que je le lui propose.
Je la tire de la poudre de l'antiquité. Si jamais le
temps me le permet, je donnerai cette légende
dans tous ses détails, je conserverai à chaque caractère le développement qu'il a eu dans l'histoire,
je retrancherai néanmoins les faits trop sérieux,
qui ne peuvent convenir au peuple, pour ne laisser subsister que l'œuvre de Dieu dans sa forme
simple, dramatique et saisissante. Mais aujour-
d'hui, tout en restant dans le vrai, je ne veux

que suivre le héros de la foi dans sa course rapide. Si je dépeins, en passant, d'autres personnages, ce n'est qu'autant qu'ils peuvent servir à
mettre ce récit en lumière. Si la critique avec ses
petits yeux ne distingue pas bien les transitions,
tant pis pour elle! Ces transitions existent dans
l'idée mère de la légende. D'ailleurs, les saints
ne sont pas des héros communs, ils vont souvent
par bonds, comme les lions qui s'élancent du milieu du désert vers une oasis de verdure.

Napoléon est le centre, pour ainsi dire, des
événements qui sont racontés dans cette légende;
il en est l'âme et la vie, il participe aux grandes
luttes des Romains contre les barbares. C'est
par lui que l'empire triomphe, c'est par lui que
les chrétiens espèrent la fin de leurs maux, c'est
par lui enfin que le courage des martyrs éclate
dans toute sa puissance. Comme son père et sa
mère lui ont donné une éducation très-soignée,
il a sur toutes choses des vues larges et profondes.
Il sait, par exemple, que l'homme est libre, mais
qu'il ne doit user de sa liberté que pour le bien;
il combat le mal et l'erreur sans violenter le pé-
cheur ni troubler la loi suprême de l'ordre social, mais il travaille de toutes ses forces au
triomphe définitif de la vérité sur le mensonge.
Il est patient jusqu'à la mort, mais il ne craint jamais d'affirmer son droit et de faire usage de la

liberté, qui est la plus noble faculté que Dieu ait
donnée à l'homme. On comprend facilement ce
qu'il doit être un jour, si l'on sait apprécier les
belles qualités de sa mère, Émilia Paula, et de
son père, Marc-Antoine. Car c'est à la source si
pure de la famille que Sixte Napoléon, le héros
de cette légende, a puisé tout ce qu'il y a de plus
sublime dans son esprit et dans son cœur.

Parti de l'île de Sardaigne, lieu de sa naissance, il voit à Rome la civilisation païenne, qui
se repaît de spectacles sanglants, aux prises avec
la civilisation chrétienne qui brille par l'éclat des
plus héroïques vertus et enlace déjà le monde
dans un immense réseau de bienfaits. Il se rend
de là à Nicomédie où réside l'empereur Dioclétien. Des amis de son père, qui remplissent à la
cour des fonctions honorables, lui ouvrent le
chemin d'une facile fortune, mais il préfère le
métier des armes à la brillante oisiveté des courtisans. Il refuse même d'accepter les grades militaires que lui offre la faveur, il ne veut rien devoir qu'à son épée, et il s'élève bientôt par son
courage aux premiers postes de l'armée romaine.
Il gagne par ses nobles qualités et par le prestige de ses exploits l'estime des soldats aussi bien
que l'affection du peuple qui sait presque toujours comprendre les hommes de génie. Tout
cède alors à sa brillante fortune. Le prince Con-

stantin, fils de Constance de Chlore, recherche
son amitié, l'empereur Dioclétien fait son éloge
devant toute la cour et lui donne pour l'avenir
les plus belles espérances. Mais le César Galère,
qui aspire aux premiers rangs, est profondément
jaloux des honneurs que l'on rend à Sixte Napoléon ; il médite sourdement sa perte, tout en mé-
ditant la ruine du christianisme. C'est alors que
Diocléa, la fille bien-aimée de Dioclétien, couvre de sa puissante protection le brave et illustre
Italien. On s'étonnera peut-être de ce que l'on
ose représenter ici l'amour passionné que cette
princesse ressent pour le héros de la foi. Mais ce
n'est pas la seule légende où l'on trouve une lutte
très-vive entre l'amour divin et l'amour profane.
Il y en a bien d'autres dans le martyrologe qui
nous offrent ce sublime combat avec moins de
pudiques ménagements. Car on verra ici que
toute l'ardeur de Diocléa va se briser contre les
chastes réponses et les mots héroïques de Sixte
Napoléon. Le cardinal Wiseman et Fénelon n'ont
pas craint eux-mêmes de mettre aux prises, dans
des livres immortels, la vertu avec le vice, le
devoir avec la passion déréglée. Or, je prétends que la légende napoléonienne que l'on va
lire est plus chaste que le poëme de l'illustre ar-
chevêque de Cambrai. J'exprime néanmoins ici
le désir de voir naître une littérature vraiment

chrétienne et nationale qui mette pour toujours
de côté les éternels refrains de l'amour profane
et qui puisse être applaudie de tous, comme le
furent autrefois les patriotiques poésies d'Eschyle, dans la Grèce, victorieuse des Perses et
de leurs armées innombrables.

Malgré toutes les ressources de son esprit, de
son amour et de sa puissance, Dioclea ne peut
soustraire à la mort le héros chrétien. Galère
triomphe. La dernière persécution tombe sur le
monde comme un immense ouragan qui menace
de tout détruire. Mais Napoléon, que rien ne
peut ébranler, annonce à ses bourreaux leur fin
terrible et l'avénement prochain du christianisme
sur le trône des Césars. Dioclea elle-même se con-
vertit par un coup merveilleux de la grâce. Son
père, de plus en plus indigné, décrète froide-
ment sa mort et la livre aux bêtes féroces. Le paganisme est vaincu dans cet effort suprême.
L'ancien monde s'écroule pour faire place à celui que couvrent encore les ténèbres des catacombes. Ainsi, Napoléon et Dioclea, pour me
servir d'une expression de Lactance, remportent
la victoire la plus éclatante que l'on puisse désirer, car le vrai triomphe consiste à vaincre les
vainqueurs des nations.

Voilà l'idée générale de cette antique légende,
qui paraîtra peut-être moderne en quelques en-

droits, tant il est vrai de dire que la pauvre humanité roule toujours sur le même lit de douleur! On trouvera parmi les questions secondaires, qui sont traitées ici, l'antagonisme des Grecs et des Romains, les controverses littéraires et philosophiques de l'époque, la sourde rivalité de l'Orient et de l'Occident, les divers systèmes d'organisation politique et sociale que les attaques, si multipliées des barbares contre l'empire romain, font naître dans les grandes intelligences qui se préoccupent vivement de l'avenir du monde. Sixte Napoléon juge tout avec impartialité; il montre tantôt la vivacité d'un jeune homme qui peint en quelques mots toute une situation, et tantôt il parle avec la modération d'un sage dont l'expérience a mûri la raison. J'ai essayé de dessiner à grands traits les caractères historiques de Dioclétien, de Galère, de Constantin, de Romula, des pontifes Sixte et Marcellus. Je ne sais si j'y ai réussi. Quoi qu'il en soit, mon œuvre est désormais soumise à la critique des hommes de goût aussi bien qu'au jugement de l'Église.

NAPOLÉON ET DIOCLÉA

OU LE

TRIOMPHE DE LA FAIBLESSE SUR LA FORCE

AU TEMPS DE DIOCLÉTIEN.

CHAPITRE I

Ce qu'était une famille chrétienne au sein du paganisme. — Émilia Paula, Marc-Antoine Napoléon et leur fils. — Athènes et ses philosophes, au troisième siècle. — Sixte le philosophe.

Sur la côte méridionale de l'île de Sardaigne s'élevait, au troisième siècle de l'ère chrétienne, un édifice majestueux qui rappelait à l'esprit du voyageur les riches demeures de Rome, bâties à grands frais pour abriter les plaisirs et l'orgueil des maîtres du monde. Mais il y avait dans la position rustique de ce palais quelque chose de si hardi et de si pittoresque, qu'on oubliait aussitôt la ville éternelle, pour ne penser qu'au bon goût de l'homme qui avait su choisir un lieu si propice, pour cacher aux yeux du vulgaire son bonheur ou

1

ses soucis. Une montagne, couverte d'arbres séculaires que la cognée du bûcheron romain avait
toujours respectés, protégeait cette maison superbe contre les vents du nord et de l'ouest qui,
se déchaînant parfois avec violence dans les régions supérieures de l'air, apportaient à l'oreille
un lointain murmure sans troubler la paix du
cœur ni le repos des sens.

L'âme trouvait même une jouissance profonde
et indéfinissable dans ces grandes agitations de la
nature, tandis que le corps était à l'abri de tout
danger. De cette forêt épaisse et imposante sortait un torrent impétueux, qui se précipitait en
grondant de cascade en cascade. On eût dit qu'il
allait tout ravager sur son passage, surtout lorsque la tempête, lui apportant de nouvelles eaux,
semblait lui prêter sa voix bruyante et formidable.
Mais il usait follement ses forces contre d'énormes
digues qu'avaient élevées sur les deux rives d'in-
fatigables colons venus du Latium; il n'était pas
plus heureux dans sa colère qu'un roi ambitieux,
qui se voit arrêté tout à coup dans ses conquêtes
par la résistance indomptable de ses voisins. Bien
loin de tout emporter dans sa course, comme il
semblait l'annoncer, il voyait ses ondes écuman-
tes, reçues dans divers canaux, se transformer en
eaux limpides et répandre partout la fraîcheur, la
fertilité et l'abondance. Au-dessous des arbres gi-

gantesques qui balançaient dans les airs leurs têtes
superbes, se détachaient sur le penchant de la
colline d'immenses nappes de verdure, prairies
fécondes, qu'arrosaient mille petits cours d'eau et
que parcouraient en tous sens des troupeaux de
génisses et de brebis, cherchant à l'aventure l'herbe
la plus délicate. Plus bas c'était la vigne qui étendait de tous côtés ses rameaux verdoyants et qui
ployait sous le poids de son fruit délicieux. Au
pied de la colline croissaient le pêcher, le figuier,
l'oranger, le citronnier et d'autres arbres précieux
qui embaumaient l'air du parfum de leurs fleurs,
ou qui charmaient la vue par la beauté et la variété de leurs produits. La plaine, qui s'étendait
au delà, offrait aux regards de riches moissons,
des jardins construits avec art, de vastes labours
où de nombreux esclaves préparaient sous le poids
de la chaleur et de la poussière le pain futur de
leurs maîtres impitoyables. Si l'on portait ensuite
la vue sur la mer, on découvrait une multitude de
navires de toute grandeur qui venaient prendre
des cargaisons de blé, de fruits et d'autres produits naturels, pour les emporter vers la ville orgueilleuse qui tenait le monde sous sa main de fer
et qui le dépouillait sans lui permettre le moindre
murmure. Au delà de tous ces navires en mouvement s'étendait la mer immense où régnait un
calme solennel, et, tandis que l'œil ne découvrait

plus que le ciel pur et l'onde azurée, l'esprit se
perdait dans le vague et dans l'infini.

Tel était le tableau qui se déroulait sous les
yeux de l'opulent citoyen, qui avait imaginé de
construire pour lui et les siens cette magnifique
demeure, à la limite de la nature sauvage et de
la nature civilisée. Mais ce qu'il y avait de plus
saisissant, et peut-être de plus mystérieux, ce n'é-
tait pas ce contraste purement matériel, c'était la
douce harmonie qui régnait entre les serviteurs et
le maître de cette noble habitation, tandis que,
dans les maisons disséminées sur le pied de la
colline et sur la plaine, on n'entendait que la voix
implacable des colons enrichis et les profonds
gémissements des esclaves qui succombaient à la
tâche ou qui souffraient de leurs blessures. Parfois aussi au milieu du silence du soir, quand la
nuit étendait son voile funèbre sur la vallée, la
folle joie des gens qui oubliaient les fatigues de
la journée dans les fêtes impures de Vénus faisait
un singulier contraste avec les chants purs et harmonieux, qui s'élevaient vers le ciel du sein de
la famille établie sur la montagne.

Quelle était donc cette famille qui semblait
ainsi s'isoler du monde pour goûter des plaisirs
divins et inconnus? C'était une famille chrétienne.
Toute son attention se portait sur un enfant plein
d'espérance et d'avenir. Il était beau le jeune

Napoléon ! En le voyant au milieu de la nuit
sereine se promener avec son noble père et sa
vertueuse mère sur la vaste pelouse, qui dominait le vallon et la mer, on l'eût pris pour l'ange
tutélaire de ces hauts lieux ou pour un messager
céleste, chargé par Dieu de recueillir les prières
et les pensées de deux grandes âmes; on aurait
pu croire du moins qu'une des statues grecques,
qui ornaient le portique de la villa, s'était déta-
chée tout à coup d'un groupe de jeunes enfants,
dû au ciseau d'un célèbre artiste, pour causer
avec les maîtres généreux de cette solitude et
pour jouir avec eux de la beauté du ciel et du
calme mystérieux de la nature. Tout n'était pas
grec cependant dans Napoléon. Il n'avait de grec
que sa blonde chevelure, partagée en deux au-
dessus de la tête et flottant sur les épaules, ses
traits délicats, son fin sourire et sa parole facile
et abondante. Il était romain par le cœur, par sa
noble démarche, par la force de sa constitution
physique et surtout par le feu que lançaient ses
regards, lorsqu'on lui proposait quelque grande
difficulté à surmonter. La grâce divine agissait
puissamment sur cette riche nature et lui donnait
un cachet de perfection qui ne semble pas fait
pour la terre. Elle modérait son ardeur tout en
fortifiant sa volonté, elle faisait éclore toutes ses
qualités dans le plus beau jour, elle donnait à ses

paroles la mesure, à ses lèvres la prudence, à
son regard la modestie ; elle répandait enfin dans
le son de sa voix une douceur céleste qui allait au
cœur et qui captivait l'esprit le plus intraitable.
Ainsi la beauté physique de cet enfant recevait un
reflet divin de la beauté de son âme et inspirait le
respect tout en excitant l'admiration. C'était là le
fruit sensible de l'éducation chrétienne que lui
donnaient ses parents.

D'un autre côté, les grandes vérités de la foi
élevaient l'âme de notre jeune héros, et, en lui
donnant un point d'appui inébranlable, elles lui
ouvraient un monde nouveau ; elles lui décou-
vraient facilement les rapports des choses entre
elles et les liens innombrables qui rattachent les
créatures au créateur ; son intelligence se précipitait avec avidité vers les horizons nouveaux
qu'elle apercevait tous les jours, elle explorait sans
crainte les hautes régions de la pensée, car elle
était sûre de ne point faillir en prenant pour guide
l'Église universelle.

Cependant la mère du jeune Napoléon, Émilia
Paula, une Romaine des anciens jours, une des-
cendante du vainqueur de la Macédoine, était at-
tendrie jusqu'aux larmes, en voyant les progrès
merveilleux que faisait son fils. Ce n'était pas une
vanité secrète qui excitait en elle ces douces émotions, Émilia Paula ne s'admirait pas dans son en-

fant, elle ne s'arrêtait même pas à penser qu'il
tenait d'elle cette grandeur d'âme, cette sûreté
de vues, ces trésors de grâces, que l'éducation
faisait paraître en lui tous les jours. Elle n'était
pas une Cornélie, elle était une chrétienne; elle ne
voulait pas donner à la patrie un tribun aveugle
et implacable dans ses passions subversives, elle
voulait donner à l'Église un chrétien inébranlable
dans sa foi, à l'État un soldat invincible sur le
champ de bataille. La religion avait effacé dans
cette noble matrone toutes les aspérités de l'antique caractère romain et, en purifiant au feu de
la grâce ses vertus naturelles, en lui inspirant
une tendresse et une humilité profondes, elle en
avait fait une femme héroïque, capable de tout entreprendre et de tout souffrir pour la vérité et la
justice. C'était donc le progrès de la vérité qu'É-
milia Paula admirait dans son fils, c'était l'amour
maternel le plus pur qui remuait son cœur et qui
faisait couler de ses yeux des larmes de joie et de
plaisir. Aussi elle aimait à prendre part à tout ce
que faisait le jeune Napoléon. Elle se mêlait pendant son enfance à ses jeux les plus innocents,
et plus tard, quand vint l'âge de l'adolescence, on
la vit s'élancer à cheval dans la forêt qui couron-
nait la montagne, poursuivre le gibier avec la
même ardeur que son noble époux et jouir de
l'habileté, de la hardiesse, de la fermeté que dé-

ployait son fils à la chasse, comme elle avait joui
de ses amusements les plus naïfs au sein de la
vie paisible de la villa. Je ne veux pas dire qu'on
l'eût prise alors pour la reine des amazones, en-
voyée par quelque dieu pour former à la chasse
ou à la guerre un jeune homme plein d'avenir;
ces contes mythologiques ne sont pas de mon
goût; cependant on peut dire qu'on l'eût prise au
moins pour une femme digne de porter une couronne; car elle avait la dignité et la noblesse d'une
souveraine, et même je doute fort qu'aucune
femme couronnée sût diriger un cheval avec plus
de grace et de fermeté.

Marc-Antoine Napoléon, le père de notre héros,
était originaire de Naples, ville située dans une
position magnifique sur les bords de la mer et qui
se glorifiait même sous les Romains d'avoir été
fondée par des Grecs. L'influence qu'il exerça sur
l'éducation et sur le caractère de son fils fut trop
grande, pour que nous passions sous silence le
récit de sa conversion au christianisme. Lorsque
Marc-Antoine eut atteint l'âge de l'adolescence, il
partit pour Athènes avec plusieurs jeunes Italiens
qui jouissaient comme lui d'une grande fortune et
qui comptaient parmi leurs ancêtres des hommes
distingués. Athènes, en passant sous le joug de
Rome, avait conservé le sceptre de l'intelligence;
elle se vengeait tous les jours de ses fiers vain-

quéurs en leur imposant, malgré les déclamations
de Caton, ses arts, sa philosophie, son goût pour
le luxe et jusqu'à ses passions les plus frivoles.
Elle savait si bien faire accepter cette étrange
domination, que tout Romain se croyait obligé de
passer quelque temps dans la cité de Périclès pour
donner à son éducation ce fini, ce vernis délicat,
sans lesquels les plus beaux talents deviennent
inutiles dans une société gouvernée plutôt par les
préjugés que par la raison. Le grand Cicéron lui-
même céda à cette fatale influence et ne craignit
pas de confier son fils aux rhéteurs de la Grèce.

Ce fut le cœur plein d'enthousiasme que Marc-
Antoine Napoléon partit de Naples pour visiter la
terre classique de ses ancêtres. Il était fier alors
surtout de son origine grecque et il lui semblait
déjà voir les grandes ombres de Périclès, de Platon, de Démosthène se lever par delà les mers
pour venir à sa rencontre et l'initier aux secrets de
la politique, de la philosophie et de l'éloquence.
En suivant le cours de ces pensées il transformait
bien vite le passé en présent, et tantôt il applau-
dissait dans son cœur l'éloquent Périclès qui con-
voquait le peuple dans l'Agora, tantôt il prêtait
l'oreille à la parole grave de Platon philosophant
avec ses disciples au cap Sunium, tantôt il se sentait enivré d'amour pour la liberté, quand il voyait
Démosthène dénoncer du haut de la tribune avec

1.

sa voix tonnante la perfidie et l'ambition insatiable
du roi de Macédoine. Mais quelle ne fut pas sa
surprise, quand il arriva dans la ville littéraire de
la Grèce! Son enthousiasme disparut comme le
beau rêve d'une nuit de printemps. L'affreuse
réalité lui montra de vains rhéteurs qui prenaient
quelques jeux de mots pour la véritable éloquence.
Dégoûté de leur bavardage, il se tourna vers la
philosophie; mais nouvelle déception, et bien plus
profonde!!

Ce n'est pas que les philosophes manquassent
à Athènes. On en trouvait partout à l'Académie,
dans les places publiques, sur les promenades om-
bragées de platanes et jusque dans les maisons de
bains le plus richement ornées. Celui-ci portait
une longue barbe avec un manteau traînant; celui-
là dédaignait tout ornement et s'avançait au milieu
de la foule avec un habit râpé et un bâton à la
main; cet autre croyait qu'il était bon et honnête
de braver la pudeur publique, d'afficher le cynisme
le plus révoltant; d'autres enfin laissaient croître
leurs ongles et poussaient le soin de leur toilette
jusqu'à s'épiler, pour paraître plus délicats et pour
exciter chez leurs pareils d'infâmes convoitises (1).
Il y en avait bien d'autres encore qui avaient des
allures différentes et très-caractéristiques; mais

(1) Voyez Clément d'Alexandrie.

c'est assez pour le dehors, occupons-nous de l'intérieur, regardons au fond des choses. Tous ces parleurs de philosophie s'appelaient pompeusement des sages, des amis de la sagesse, et se croyaient destinés à régénérer le monde et surtout *à le gouverner*. Ils ne manquaient jamais de dire que, grâce à leurs sublimes efforts, l'humanité était en voie de progrès et qu'elle arriverait bientôt au bonheur absolu, à la perfection la plus complète.

Cependant ils étaient toujours divisés, même sur les questions les plus fondamentales, et chacun d'eux appelait à lui le public en termes très-polis, il est vrai, mais qu'il faut traduire par ces paroles : « Venez à moi, c'est moi seul qui ne trompe point, c'est moi seul qui enseigne la vérité et la vertu. » Les gens avides d'apprendre allaient de l'un à l'autre de ces prétendus philosophes et finissaient par croire, au milieu de tant de contradictions, que tout était incertain, que rien ne pouvait être solidement prouvé. La foule avec son gros bon sens résistait encore au scepticisme qui décomposait les hautes classes de la société, mais ses dieux, si brillamment ornés par les poëtes, perdaient tous les jours de leur antique prestige, et l'on prévoyait déjà vaguement l'époque où l'Olympe croulerait au bruit des sifflets du monde éclairé et sous le poids de l'indignation de tous les honnêtes gens.

Qui se lèverait alors pour retenir la société sur le point de s'abîmer dans la corruption et le scepticisme? Qui viendrait lui dire? « Courage! espère et marche! car voilà la vérité! » C'est là la question terrible et finale que se posaient quelques rares intelligences, quelques amis sincères de l'humanité ; c'est là la question que se posa Marc-Antoine Napoléon, dès qu'il eût vu de son regard d'aigle la profonde et immense misère de la société, qui se débattait entre le doute philosophique et le sensualisme mythologique. Tandis que ses condisciples, venus avec lui d'Italie, applaudissaient les frivoles sophistes d'Athènes et ne pensaient qu'à mener joyeuse vie pour imiter en tout leurs maîtres, un amer dégoût envahit son âme et, ne voyant aucun homme capable de répondre à ses questions dans cette ville des arts, qui se croyait appelée à éclairer le monde, il résolut immédiatement de regagner le foyer domestique et d'attendre de l'avenir la solution de ses grands problèmes.

Comme il allait mettre son projet à exécution, il rencontra sur le rivage de la mer un homme grave qu'il reconnut bientôt pour être un philosophe. Cet homme, qui avait nom Sixte, lui parut très-bon, très-bienveillant pour quiconque l'interrogeait. C'est ce qui l'engagea à l'aborder et à ui faire part des impressions fâcheuses qu'il avait

reçues de la société athénienne. Sixte l'écouta
avec la plus grande attention et lui répondit ensuite : « Vous n'avez pas jugé trop sévèrement nos
philosophes. Je connais leur vie intime, mais je ne
veux pas dévoiler ici les passions honteuses de ces
amis de la sagesse, je ne veux pas aigrir davantage
votre cœur par le récit des plus ignobles turpitu-
des. Je connais aussi leur enseignement et j'espère
vous en donner une idée plus claire que celle que
vous en avez déjà. Vous avez remarqué les contradictions perpétuelles de ces ministres de la parole,
mais vous n'avez peut-être pas remarqué que la
vanité personnelle fait tout le fond de leurs doctrines. Chaque philosophe ne défend pas son système par amour de la vérité, ni parce qu'il le croit
vrai dans le for de sa conscience, mais parce
qu'il est opposé aux systèmes de ses confrères. En
se posant ainsi devant le public, il trouve mille oc-
casions de rabaisser le mérite de ses rivaux et de
faire entendre qu'il est lui-même un génie créateur,
un vrai propagateur des lumières et le seul homme
enfin capable d'instruire l'humanité en lui ouvrant
la grande route du progrès. Que lui importe de
soutenir une erreur funeste, pourvu qu'il sorte du
chemin battu par le commun des hommes, qu'il
paraisse original et qu'il réussisse à captiver l'attention d'un nombreux auditoire et surtout à se
aire applaudir? Oui, la *vanité* est la base de

tout système philosophique dans notre époque.

— Quelle infamie! s'écria Marc-Antoine qui interrompit subitement le philosophe, quelle horreur! Il n'y a pas dans la société de plus grands hypocrites que ces prétendus amis de la sagesse. Propager le mensonge au nom de la vérité pour se faire une réputation, c'est se moquer du public, c'est le traiter avec un souverain mépris tout en faisant semblant de l'honorer, de le prendre pour juge; et le public ne se révolte pas contre cette odieuse domination?

— Le public, reprit Sixte en souriant, se laisse toujours conduire par des mots et surtout par des mots vagues qu'il ne comprend pas. On lui dit que les Grecs d'aujourd'hui valent plus que leurs ancêtres, qu'ils sont plus habiles que Périclès, plus sublimes que Platon, plus profonds qu'Aristote, plus éloquents que Démosthène, plus vaillants que Miltiade et que Thémistocle, plus justes qu'Aristide; on lui dit en un mot que le progrès règne aujourd'hui partout et que la société marche fatalement vers un avenir de rose.

— Et le public, s'écria de nouveau Marc-Antoine, admet ces énormités et se laisse tromper par des mensonges aussi audacieux?

— Le public, dit Sixte, applaudit les sophistes de ses deux mains et s'admire *lui-même* dans son progrès.

— Je vois, reprit alors Napoléon, que vous êtes indépendant des préjugés qui règnent autour de vous. J'espère donc que vous me ferez connaître la vérité pleine et entière que mon âme cherche avec tant d'ardeur. »

A ces mots un nuage passa sur le front du philosophe. « La vérité, s'écria-t-il après un moment d'hésitation, je ne la connais pas, je la cherche comme vous. Aucun de nos confrères en philosophie ne vous parlerait aussi franchement, chacun d'eux s'empresserait de vous répondre et de vous exposer son système, quoiqu'il en vît lui-même toute l'absurdité. Vous en trouveriez qui vous diraient qu'il n'y a ni vertus ni vices et que le bien et le mal moral sont des chimères. Ce n'est pas vous cependant qui applaudiriez comme notre public éclairé à ces grosses sottises. Je pense que vous me tiendrez compte de ma franchise et que vous m'en estimerez davantage.

— Oui, assurément, répliqua Napoléon. Mais êtes-vous donc sans espoir ? Que pensez-vous de l'avenir ?

— J'espère, répondit aussitôt l'Athénien. Deux grands philosophes ont paru autrefois parmi les Grecs, Platon et Aristote. Aristote enseigne quelquefois la vérité avec une telle évidence, avec une telle profondeur, avec une si grande autorité, qu'il entraîne mon assentiment et qu'il me force à dire :

« C'est vrai incontestablement. » Lisez par exemple
dans sa Rhétorique la peinture qu'il fait de l'homme
à ses différents âges, et vous me direz ensuite si
je me trompe. Aristote me paraît ici et dans d'autres endroits bien supérieur à son maître, mais en
revanche il me paraît bien au-dessous de lui,
quand il affirme l'erreur avec la même assurance
que la vérité. Lorsqu'il vient nous dire que le
monde est éternel, que la matière est incréée, je
ne reconnais plus là le raisonneur de génie. Car, si
le monde est éternel, il est Dieu, nous sommes
tous des dieux. Or, pour ce qui me regarde, il me
semble ridicule, absurde et insensé de me dire
dieu, puisque mon intelligence est sans cesse li-
mitée et que je cherche en vain la vérité depuis si
longtemps. Quelque présomption qu'aient mes
confrères les philosophes, je ne crois pas qu'ils
puissent prétendre plus que moi à la divinité. Ce
n'est donc pas dans Aristote que l'on peut trouver
la vérité entière, puisqu'il admet un principe fon-
damental qui renferme en lui toute espèce d'erreurs et d'absurdités. La trouvera-t-on dans Platon ?
Pas davantage. Platon affirme tantôt la création
du monde et tantôt il la nie. Il tombe ainsi en
contradiction avec lui-même et ne me permet pas
de croire à son autorité. Cependant ses hésitations
sur un point si essentiel, ses raisonnements vagues
et poétiques sur d'autres questions très-impor-

tantes me prouvent qu'il a mieux senti qu'Aristote
les grandes difficultés qui agitent le monde des
intelligences. Aussi je l'estime davantage; je l'estime infiniment lorsqu'il déclare, avec l'autorité
de son génie et la modestie d'un grand philosophe,
que *l'homme ne pourra jamais arriver à la vérité,
si un dieu ne descend du ciel pour la lui enseigner.*

Après avoir exploré un passé qui nous est inconnu, après avoir lu les écrits des anciens philosophes et les théogonies des temps primitifs,
après avoir comparé, discuté tant de doctrines et
pratiqué l'éclectisme sur une si grande échelle,
Platon laisse échapper de son âme ce sublime et
douloureux aveu. C'est là un grand enseignement
pour nous. De plus les contradictions continuelles
de ses disciples, les erreurs si étranges et si di-
verses qu'ils ont enseignées et qu'ils enseignent
encore, prouvent d'abord que le maître n'avait
rien fondé de stable et, en second lieu, qu'il n'a jamais été plus raisonnable que lorsqu'il a reconnu
l'impuissance de la raison humaine à trouver la vérité entière et à la formuler en corps de doctrine.
Il est donc parfaitement démontré, par l'expérience
de tous les siècles et par l'aveu des plus grands génies, que l'homme ne peut connaître la vérité tout
entière, si Dieu ne la lui enseigne.

— Et croyez-vous, dit alors Napoléon, que Dieu
vienne un jour instruire les hommes. — J'en ai la

ferme confiance, répondit gravement Sixte. Car Dieu, qui est l'auteur de notre nature, a mis en nous un désir illimité, insatiable de connaître la vérité et de triompher de l'erreur. Or il serait peu digne de la bonté de ce grand Être de laisser l'humanité sortie de ses mains dans l'incertitude et la nuit perpétuelles, il serait peu digne surtout de sa puissance et de sa sagesse de se jouer ainsi de l'homme en le poussant à chercher invinciblement un bien qu'il ne pourrait jamais atteindre. Du reste, ce commerce de Dieu avec l'homme ne paraît pas une chose nouvelle, cela ne choque nullement les idées reçues partout dès l'origine du monde; bien au contraire; car nous voyons tous les peuples appeler la divinité à leur secours pour animer les rites religieux et pour donner aux plus absurdes une apparence de vérité. La philosophie elle-même n'a pu se passer de cette intervention divine et extraordinaire, et si Socrate ne croit pas sincèrement à *son génie familier*, son personnage est inexplicable, sa figure mérite moins de respect que celle des sophistes qu'il combattit.

C'est donc une croyance générale, invincible, tant elle est profondément enracinée dans le cœur humain et répandue de toutes parts, que Dieu intervient pour instruire l'homme, pour l'appeler à lui et pour répondre au besoin le plus impérieux de son âme, une telle croyance, quoiqu'elle soit mêlée à beaucoup d'erreurs, ne peut venir que de l'auteur suprême de la nature. D'un autre côté il y a un pressentiment vague, qui devient de jour en jour plus clair et plus certain, répandu dans tous les pays et dans toutes les classes de la société touchant la réhabilitation de l'homme qui se débat entre l'erreur et la vérité et qui semble depuis tant de siècles gémir sous le poids de quelque grand crime commis par ses ancêtres. L'idée de cet énorme forfait et de cette réhabilitation divine est encore au nombre de ces idées auxquelles le genre humain s'attache invinciblement et qu'il conserve malgré les révolutions, malgré les développements de la science, malgré les frivoles railleries des sceptiques. C'est cette idée qu'exprime avec tant d'énergie notre fameux poète Eschyle dans son Prométhée enchaîné, et plus nous avançons, plus la société semble se dissoudre sous le souffle de la corruption et du doute philosophique, plus la pensée exprimée par le poète théologien se dégage et nous paraît l'écho d'une vérité primitive et incontestable. Oui, j'espère pour mon compte que la vérité luira un jour tout entière sur mon âme. »

A ces mots Marc-Antoine Napoléon prit congé du seul philosophe sincère et raisonnable qu'il eût trouvé en Grèce. Les paroles de Sixte avaient fait renaître l'espérance au fond de son cœur et, quoi-

qu'il ne vit pas encore la vraie lumière de Dieu, il
se trouvait néanmoins profondément soulagé.
Aussi s'élança-t-il avec une certaine allégresse sur
le vaisseau qui allait le ramener dans sa patrie. Il
put même jouir du spectacle magnifique que les
côtes si bien cultivées de la Grèce offraient à ses
regards, tandis que le vent du soir poussait le navire sur la mer écumante et semblait promettre à
tous les passagers une heureuse navigation. Quand
la nuit étendit son voile funèbre sur l'immensité
des flots, quand des milliers d'étoiles vinrent, par
des routes différentes et inconnues des hommes,
briller sur ce voile comme des taches d'argent
sur une robe de deuil, l'âme de Napoléon se mit
en parfaite harmonie avec le calme de la nature,
et elle sentit comme un feu divin qui la pénétrait;
elle crut entendre la voix de Dieu qui sortait de
la profondeur de l'espace et qui lui criait à travers
les mondes : « Espère ! espère toujours ! car je
suis avec toi et je te conduirai toi et les tiens aux
destinées les plus glorieuses. Comment pourrais-
tu douter de ma bonté et de ma puissance ? Ne
vois-tu pas que tous ces globes de feu obéissent
à mon commandement, et que sur un signe de ma
volonté ils s'avancent comme une armée innombrable pour se mettre au service de l'homme, pour
le diriger à travers les flots de la mer ou pour
éclairer sa marche sur la terre ? Si ton œil pouvait

découvrir cette autre multitude d'êtres que j'ai
créés pour remplir l'univers et pour faire connaître un jour à l'homme ma puissance et ma
bonté jusque dans les infiniment petits, tu t'em-
presserais d'unir ta voix à celle de toute la création
pour proclamer mon existence, pour publier mes
louanges, pour bannir de ton cœur une tristesse
qui est sans fondement. D'un autre côté, ne vois-tu
pas que je m'impose à toutes tes pensées, à toutes
tes paroles ? Tu ne peux penser à ta faiblesse, à
ta misère, à ton ignorance, à toutes tes imperfec-
tions sans penser d'abord à ma puissance, à mon
bonheur, à ma science et à mes autres perfections.
Car les idées de faiblesse, de misère, d'ignorance,
présupposent les idées de puissance infinie, de
bonheur infini, de science infinie... Il en est de
même pour ton langage. Chacun des mots que
tu emploies annonce par quelque endroit un de
mes attributs. Tu vois donc que je suis plus près
de toi que tu ne pensais. Espère et je ne tarderai
pas à te manifester ma volonté tout entière. »

Toutes ces voix mystérieuses de la nuit affermi-
rent la paix dans le cœur de Marc-Antoine et dissipèrent les derniers nuages que les sophistes de
la Grèce avaient répandus sur son âme. Et cependant, quand le vaisseau aborda à Brindes, il fut
frappé d'un spectacle affligeant qui, sans le re-
plonger dans ses premières incertitudes, offrit à

son esprit de nouveaux problèmes à résoudre. Il
vit une multitude d'esclaves, accablés de coups par
leurs barbares maîtres, s'avancer vers le port en
faisant retentir le rivage de leurs cris douloureux.
Pourquoi, se dit-il, l'homme est-il ainsi traité par
son semblable ? Pourquoi tous les hommes ne sont-
ils pas heureux ? Pourquoi le court espace qui sépare la tombe du berceau n'est-il qu'une voie la-
mentable, parcourue par des milliers de malheureux et par un petit nombre d'hommes qui se
croient heureux et qui ne le sont réellement pas ?
Qu'il est donc grand le crime que l'humanité a
commis, pour qu'un châtiment si lourd et si immense pèse toujours sur elle ! ! !

Marc-Antoine Napoléon eut beau tourner et
retourner ces questions, il ne put les résoudre et
il rentra à Naples le cœur brisé. C'est alors que,
pour *faire diversion à ses ennuis* et pour perdre
entièrement le souvenir de la Grèce, il épousa une
Romaine d'une illustre origine, Émilia Paula,
dont l'âme paraissait planer au-dessus des misères
de la vie et jouir d'une paix profonde. Cette femme
fut pour lui comme l'aurore qui précède le soleil
de justice dans l'empire du péché, comme la grâce
première que Dieu envoie à ceux qu'il veut retirer
de l'erreur. Aussi, malgré les préjugés absurdes
qui éloignaient les païens du christianisme, Napoléon ne pouvait résister à l'ascendant que pre-

naît sur lui tous les jours sa femme si chrétienne,
si pure, si élevée par le cœur et par l'intelligence.
Il trouvait auprès d'elle le bonheur et la paix qu'il
avait vainement cherchés dans les écoles de la
Grèce. Cependant il luttait sans cesse contre le
courant qui l'emportait si doucement vers la vérité ; il n'osait même pas étudier les grandes vérités du christianisme. Cette religion lui paraissait indigne d'occuper un moment l'attention
d'un homme sensé. Il avait lu pendant son séjour
à Athènes les œuvres d'un philosophe très-spirituel
qui tournait le christianisme en ridicule et, quoiqu'il se méfiât beaucoup des Grecs depuis son
voyage dans la capitale de la civilisation hellénique, il était porté à accepter sans contrôle le jugement d'un homme qui paraissait connaître à fond
la doctrine chrétienne. Plusieurs années s'écoulèrent dans cette résistance frivole et déraisonnable
aux impulsions de la grâce. Mais un jour Napoléon
aperçut la foule qui se précipitait sur la place publique, pour lire une grande affiche qui contenait
ces paroles écrites en gros caractères :

Au nom de l'Empereur tout-puissant et divin il
est décrété : 1° Que tous les chrétiens, qui refuse-
ront de sacrifier aux dieux immortels et d'adorer
Sa Majesté impériale, seront mis à mort sans ré-
mission ; 2° que Sixte l'Athénien, pontife suprême

des chrétiens, sera soumis à des tortures spéciales et enfin privé de la vie.

« Sixte l'Athénien ! s'écria Napoléon profondément ému. Sixte l'Athénien est devenu chrétien ! et il est le pontife suprême du christianisme ! Est-il possible que l'homme le plus raisonnable de la Grèce ait embrassé une religion si absurde ! Je veux m'en assurer. » Il dit et partit aussitôt pour Rome.

CHAPITRE II

Que vit Marc-Antoine Napoléon dans les catacombes ? — Que vit-il ensuite et que fit-il pour assurer son avenir ? — Quelle grande pensée le détermina à se séparer pour toujours de Sixte, son fils chéri ?

Marc-Antoine Napoléon ne s'arrêta pas à considérer les merveilles qu'étalait la capitale du monde, fièrement assise sur sept collines et enrichie des dépouilles de tant de peuples soumis à sa puissance, il ne remarqua aucun des changements qu'avaient ordonnés les édiles depuis son dernier voyage à Rome pour assainir les régions suburbaines, pour répandre l'air et la vie dans les quartiers les plus populeux, pour donner enfin à la grande cité les allures magnifiques qui conviennent à la reine des nations. Il passa même devant le palais des Césars sans détourner la tête, comme il eût passé devant la cabane d'un pauvre colon de Campanie. Une seule pensée occupait son esprit et l'absorbait tout entier, c'était de savoir si Sixte, le philosophe athénien, avait réellement embrassé le christianisme et s'il avait pris cette détermination avec la haute raison qui le distinguait jadis. Aussi alla-t-il droit chez un chrétien qu'il connaissait depuis longtemps et s'empressa-t-il de lui dire : « Conduisez-moi auprès de Sixte, le pontife suprême ; je suis son ami. — Suivez-moi, répondit le chrétien, et soyez prudent. Durant la route ne me parlez pas de Sixte ni des chrétiens et, après l'entrevue que vous sollicitez, gardez-vous bien d'indiquer à qui que ce soit le lieu où je vais vous conduire. » Ils partirent aussitôt en silence, et, après bien des détours, ils pénétrèrent par une porte cachée aux yeux du public dans un immense souterrain éclairé de loin en loin par de pâles lumières, et ressemblant à une grande ville dont les rues tortueuses vont se perdre dans un horizon ténébreux. Napoléon domina avec son énergie ordinaire la terreur superstitieuse qui commençait à s'emparer de son âme et s'élança dans l'inconnu sur la foi de son guide. Il n'eut pas à se repentir d'une telle confiance, il s'habitua même à entendre les voix plaintives et suppliantes qui sortaient de toutes les galeries et qui étaient

2

répétées par les échos sans nombre de l'abîme. Il
sentit alors dans son âme un bonheur divin qu'il
n'avait pas encore éprouvé. Tout à coup le guide
s'arrête et dit un mot à l'oreille d'un chrétien
agenouillé dans l'ombre. Une porte s'ouvre aussitôt et laisse voir aux nouveaux venus une vaste
salle circulaire. Une grande lampe, pendant du
milieu de la voûte, et plusieurs candélabres, pla-
cés çà et là, éclairent d'une vive lumière le front
chauve et la barbe blanche d'un grand nombre
de personnages assis immobiles sur des siéges de
bois, qui semblent adhérer aux parois de l'édifice et que l'on pourrait prendre au premier
coup d'œil pour un groupe de dieux immortels,
créés par l'imagination sublime de Phidias ou
de quelque autre célèbre artiste. Plus profondément ému que Cinéas qui crut voir une assemblée
de rois en pénétrant dans l'antique sénat romain,
Napoléon n'entre pas sans hésiter dans le sénat
de l'Église universelle, dans ce nouveau sénat qui
n'a pas pour mission comme l'ancien d'asservir
le monde à un peuple, à une ville, à un tyran vo-
luptueux, sanguinaire ou insensé; mais de propager partout la vérité avec la liberté, la justice, l'a-
mour de Dieu et des hommes.

Ce qui le frappe surtout, c'est la douce sérénité
qui brille sur les traits de ces nobles vieillards. Il
a déjà reconnu, sur le siége le plus élevé, Sixte,

l'ancien philosophe d'Athènes. C'est bien lui ! il
ne peut se tromper, mais il n'ose avancer, tant il
est frappé de la majesté qui entoure le pontife
suprême de Jésus-Christ ! Sixte aussi a reconnu
le généreux Italien qui cherchait autrefois la vérité dans les écoles publiques de la Grèce et,
voyant son embarras, il s'avance vers lui, le prend
par la main en souriant avec tendresse et lui dit :
« Mon fils, j'ai trouvé enfin la vérité. Il y aura
bientôt trois cents ans que Dieu est venu l'enseigner au monde. Platon avait raison de proclamer
l'impuissance de la philosophie à instruire les
hommes, et nous avions raison vous et moi d'en
appeler à l'expérience de tous les siècles et à notre
propre expérience pour établir le même fait sur
des preuves irréfragables. Or, ce que la philosophie n'a pu m'apprendre, la religion chrétienne,
si dédaignée des esprits ignorants et frivoles, me
l'a appris avec la plus grande certitude. L'homme
n'est plus pour moi un mystère incompréhensible.
Je sais qu'il vient de Dieu qui l'a créé et qu'il va à
Dieu, sa fin dernière ; je sais qu'il porte la peine
d'un grand crime commis par ses premiers parents et qu'il est souillé lui-même de cette tâche
originelle, et voilà pourquoi je ne suis plus étonné
des contradictions perpétuelles qui agitent son
cœur et son intelligence, ni de sa profonde bassesse,
ni de sa merveilleuse dignité qui lui rappelle sans

cesse sa royale origine. Je sais aussi que Dieu,
après avoir longtemps parlé au monde par des
prophètes, s'est revêtu de notre humanité pour
nous relever jusqu'à lui, qu'il est mort sur une
croix pour payer notre rançon et qu'il est ressus-
cité trois jours après sa mort pour nous ouvrir le
ciel où il est remonté, où il attend tous ceux qui
croiront en lui et qui pratiqueront sa foi jusqu'à
leur dernier soupir. C'est là ce qui produit une
paix et une joie inaltérables dans mon cœur et
dans celui de tous les chrétiens. Le christianisme
est le fait historique le plus grand et le plus incontestable que l'on rencontre dans les annales de
l'humanité. Voyez-vous ces nobles vieillards qui
m'entourent ? Celui-ci est privé d'un œil, celui-là
d'un bras, cet autre d'une jambe. Il n'y en a pas un
qui ne porte une marque glorieuse de sa foi et de
sa conviction profonde. Car ces blessures, ils les
ont reçues en affirmant la divinité de Jésus-Christ
et les autres vérités de la religion. Une multitude
de chrétiens de toutes les classes et de tous les
pays ont donné leur sang, depuis l'ascension du
Dieu fait homme, pour attester les mêmes vérités.
Croyez-vous que jamais secte philosophique fût
capable de soutenir ainsi son système au milieu
des plus affreuses tortures ? Croyez-vous que jamais fait historique ait été attesté par des témoins
plus nombreux, plus impartiaux, plus dignes de

foi? Si vous restez encore quelques jours dans
cette ville, vous verrez ces dignes vieillards et une
foule de chrétiens de tout âge, de tout sexe, de
tout rang, vous prouver la vérité de mes paroles
par leur constance à subir les plus horribles supplices. Car un édit de persécution nous dévoue
tous à la mort. Mais qu'entends-je?... Serions-
nous découverts?... Retirez-vous, mon fils; sauvez-
vous de la main des méchants, mais n'oubliez pas
de vous instruire de la vérité chrétienne. Car celui
qui ne croira pas et qui ne sera pas baptisé, au
moins par un vif désir d'être à Dieu, ne sera pas
sauvé, il sera éternellement malheureux ! »

Tandis que ces paroles retentissaient encore
sous la voûte de la vaste salle et portaient une
terreur salutaire dans l'âme de Napoléon, une
soldatesque effrénée se répandait dans les sombres
corridors des catacombes et enchaînait les pauvres chrétiens en poussant des hurlements mêlés
de blasphèmes, qui auraient glacé d'effroi les
païens les plus intrépides, mais qui ne purent pas
même ébranler la douce et profonde résignation
des disciples de Jésus-Christ. Le nouveau sénat fut
bientôt envahi par ces nouveaux barbares, et tous
les nobles représentants de l'Église suivirent avec
joie leur chef suprême qui se livra sans résistance,
heureux de monter comme son Maître sur le
Calvaire.

Cependant Marc-Antoine Napoléon avait retrouvé son guide et, grâce à la confusion qui régnait partout, il sortit sain et sauf de cet abîme de douleur. Le spectacle qu'il venait de voir, l'exemple et le discours de Sixte l'avaient profondément remué. Aussi il n'hésita plus à interroger le chrétien qui l'accompagnait et à lui poser question sur question pour s'instruire à fond de la doctrine chrétienne. Chaque réponse chassait de son âme quelque préjugé puéril ou absurde et lui découvrait une à une les assises inébranlables du christianisme. Sa grande intelligence faisait en même temps un travail rapide et intérieur, et elle se sentit bientôt presque entièrement dominée par cet enchaînement si logique et si merveilleux des preuves et des principes de la religion qu'un esprit supérieur ne peut longtemps contempler sans céder à l'évidence de la vérité. C'est alors que Dieu lui offrit un spectacle de grandeur d'âme et de touchant héroïsme pour achever son instruction, en portant un dernier coup à sa résistance ou plutôt à ses craintes mondaines.

Les chrétiens arrêtés dans les catacombes sont traînés au supplice au milieu des applaudissements de la foule idolâtre et avide de voir couler le sang. Marc-Antoine se mêle au flot populaire pour tout examiner et il entend le dialogue suivant qui s'établit entre le pontife Sixte et un jeune

homme, à la noble figure, à l'œil vif et intelligent :
« O mon père ! s'écrie ce jeune homme, où allez-
vous donc sans votre fils ? Où allez-vous, ô saint
prêtre du Dieu vivant, sans être accompagné de
votre diacre ? Vous n'aviez jamais l'habitude
d'offrir le divin sacrifice sans être assisté de votre
ministre. Quelle chose a donc pu vous déplaire
en moi? Est-ce que vous pensez que j'ai dégénéré?
Mettez-moi donc à l'épreuve et voyez si vous avez
un digne ministre pour distribuer aux fidèles le
précieux sang du Seigneur ? Ne m'abandonnez pas,
je vous en prie, ô mon père; car j'ai déjà partagé
vos trésors entre les amis de Jésus-Christ. — Je ne
t'abandonne pas, mon fils, répond le vénérable
Sixte, je ne te délaisse pas ; mais tu es destiné à
confesser la foi de Jésus-Christ dans de plus grands
combats. Nous qui ne sommes que des vieillards
débiles, nous n'avons pas une longue lutte à soutenir, nous sommes peu favorisés de Dieu ; mais
toi, qui es jeune, tu dois remporter sur le tyran
une victoire plus éclatante. Jeune lévite, dans
trois jours tu me suivras, tu suivras le prêtre au
sacrifice (1). »

Ce jeune homme qui demande avec tant d'instan-
ces à partager le supplice réservé au souverain pontife, c'est le diacre Laurent connu de toute l'Église.

Les trésors qu'il a distribués aux amis de Jésus-

(1) Voyez le Bréviaire romain, office de saint Laurent.

Christ, ce sont les aumônes que les chrétiens lui
ont confiées pour donner aux pauvres que les
hommes impies méprisent et foulent aux pieds
avec orgueil, mais que le Dieu fait homme prend
sous sa protection comme ses amis les plus chers,
comme ses propres membres. Le tyran qui déchaîne sa fureur contre l'Église veut ravir à Laurent et sa foi et les trésors dont il est le déposi-
taire. L'avarice et l'impiété l'enflamment et l'exas-
pèrent de plus en plus. C'est pourquoi il va dé-
ployer toutes ses ruses et toute sa cruauté pour
arriver à ce double but. Il court avec ses satellites
à l'église où Laurent, après la réponse prophétique du vénérable Sixte, est rentré pour encourager les chrétiens à la patience et pour se préparer lui-même à la mort qu'il appelle de tous ses
vœux. « Venez, dit au tyran avare le disciple intrépide de Jésus-Christ, venez et voyez les grands
trésors que je possède. » Et en même temps il lui
montre dans une immense salle une multitude
innombrable de pauvres que nourrit l'Église et aux-
quels il a distribué toutes ses richesses. Les vases
sacrés ont même été convertis en aumônes, afin
que les persécuteurs ne trouvassent rien à ravir.

Le tyran frustré dans ses espérances ne met plus
de bornes à sa fureur. Par son ordre des bourreaux déchirent avec des ongles de fer les membres délicats du jeune lévite. Mais tout cela est

inutile. Jésus-Christ triomphe dans son disciple de la rage des impies et donne à Laurent une force d'âme qui défie toutes les attaques des hommes. C'est alors que le tyran implacable imagine dans sa colère et ordonne de placer le saint martyr sur un gril ardent pour le brûler à petit feu. Couché sur ce lit de douleur, Laurent s'adresse ainsi à son barbare persécuteur : « J'adore mon Dieu, c'est lui seul que je sers, et voilà pourquoi je ne crains pas tes tourments. Ma nuit est sans obscurité, tout m'apparaît dans une douce lumière. Étendu sur ce feu dévorant, je confesse, je déclare hautement que Jésus-Christ est mon Seigneur et mon Dieu. O tyran impie, cette partie de mon corps est déjà cuite, mange-la donc et présente au feu l'autre partie ; car les richesses de l'Église que tu cherches se sont déjà converties en trésors célestes en passant par les mains des pauvres. »

Tel est le drame sublime et lugubre à la fois qui se déroule sous les yeux de Marc-Antoine Napoléon. Rien n'échappe à l'attention profonde de cet ami sincère de la vérité. Il a vu les pauvres nourris et honorés par l'Église, et il en conclut que tous les hommes sont égaux et frères devant Dieu, leur père, que l'esclavage est une invention infernale, que le péché de l'homme est la source de toutes les misères de la vie ; il a vu soupirer Sixte, Laurent et les autres martyrs après le bonheur du ciel,

2.

et il en conclut que la vie présente n'est qu'un passage, que le progrès qui n'a pas pour but la conquête de la couronne éternelle est une illusion trompeuse, que la société ne progresse pas fatalement, et qu'elle rétrograde toujours quand elle obéit à la loi de la concupiscence plutôt qu'à la loi de Dieu ; il a vu la lutte implacable des puissances de la terre pour détruire l'œuvre de Jésus-Christ, et il en conclut que cette œuvre est impérissable, que rien ne doit empêcher l'homme d'atteindre sa fin divine, pas même la haine furibonde des tyrans, que les méchants courent fatalement à leur perte, que les impies sont sous l'empire d'une folie telle qu'ils ne veulent même pas regarder un moment l'abîme ouvert sous leur pas ; il a vu bien d'autres choses que nous ne pouvons pas rappeler dans cette esquisse sommaire, mais il a vu surtout et admiré le calme divin des martyrs au milieu des plus affreuses tortures, et c'est alors qu'il s'écrie avec l'accent de la conviction la plus énergique : « Je suis chrétien désormais. Je crois volontiers les histoires dont les témoins se font égorger. Sixte avait pleinement raison quand il me disait : Le christianisme est le fait le plus grand et le plus incontestable que l'on rencontre dans les annales de l'humanité. »

En s'humiliant ainsi sous la main de Dieu, en proclamant pour toujours le règne de la vérité

sur son âme, Marc-Antoine grandit démesurément loin de perdre de sa puissance, il sent en
lui une force divine qui le transporte et qui l'é-
lève au-dessus des princes de la terre en lui inspirant le courage de fouler aux pieds, si l'occasion s'en présentait, leurs décrets injustes et sanguinaires. Aussi s'empresse-t-il de demander le
baptême et, quand il a été régénéré par les eaux
salutaires de la grâce, il repart aussitôt pour Naples. Qui pourrait dépeindre le bonheur et la
joie sainte d'Émilia Paula, lorsqu'elle apprit de la
bouche même de son mari la nouvelle d'une conversion si désirée ? Je ne connais pas d'expression
qui puisse donner une idée des transports divins
que ressentirent ces deux grandes âmes, unies
désormais par un amour qui doit durer éternellement.

C'est alors que Napoléon propose à Émilia
Paula de fuir le monde pour se retirer dans la
solitude, où ils pourraient se livrer tous les deux à
la contemplation de cette beauté céleste qui faisait tressaillir leur cœur. Jamais proposition venant de l'époux ne fut acceptée avec plus d'empressement par l'épouse. Les montagnes de l'île
de Sardaigne furent choisies pour être les témoins
silencieux du bonheur de ces nobles solitaires.
C'est là que nous avons trouvé, en commençant
ce récit, Émilia Paula et Marc-Antoine Napoléon.

Dieu touché de leur fidélité ne les laissa pas seuls dans le désert, il leur donna cet enfant plein de grâces, dont nous avons déjà parlé. Marc-Antoine imposa à son fils le nom de Sixte qui devait lui rappeler sans cesse sa conversion avec le souvenir de son ami, le pontife suprême, immolé sans pitié par la politique jalouse de l'empereur païen.

Sixte Napoléon, que Dieu destinait à de grands combats, à des triomphes éclatants, à une gloire impérissable, reçut de son père l'instruction la plus large et la plus complète que l'on puisse désirer. Aussi, lorsqu'il fut sur le point d'entrer dans le monde, il n'ignorait rien de ce qui regardait l'état de la société gréco-romaine. Il savait justement apprécier les théories politiques, philosophiques et littéraires de l'époque; il voyait clairement ce que pouvait l'empire avec ses légions contre les ennemis qui se pressaient à ses frontières; il connaissait les maux innombrables qui enveloppaient l'humanité dans un suaire de corruption; il connaissait aussi les remèdes efficaces que l'on pouvait apporter à ces maux. Car il voyait l'Église toujours combattue et toujours triomphante se dresser au milieu de ce monde rassasié d'orgueil et de jouissances sensuelles comme une colonne lumineuse, comme l'arche invulnérable du salut, attirer à elle les petits et les grands, réunir les esclaves et les patriciens les

plus superbes dans les doux embrassements de la
fraternité, dans le saint baiser de paix, et transformer enfin des gens de toutes conditions et de
tous pays en une société d'élite qui n'avait plus
qu'un cœur et qu'une âme. C'était donc à l'Église
qu'il fallait demander l'espérance, le vrai progrès
et la réhabilitation de l'humanité, c'était à elle
qu'il fallait s'adresser et s'attacher pour jamais,
si l'on voulait retrouver ici-bas la dignité et la
vertu avec une prospérité croissante de jour en
jour. Il n'y avait plus moyen de douter que là
ne fût le salut de la société, après tant d'expé-
riences infructueuses tentées par les législateurs
humains et les philosophes. Notre jeune héros,
si bien instruit par ses parents, n'en douta pas.
Cette grande vérité, qui fut toujours la lumière de
son esprit et la vie de son cœur, commençait à
être aperçue vaguement par les païens eux-mêmes
qui étaient étonnés, éblouis de la pureté des
mœurs chrétiennes et de l'union si douce et si
belle des disciples de Jésus-Christ. Mais les sophistes humanitaires, qui voyaient plus clairement encore la vérité, détournaient les populations idolâtres d'adhérer franchement au christianisme, les empêchaient même d'étudier une
religion si féconde dans les résultats et déversaient
sans cesse le ridicule sur les adorateurs du Dieu
crucifié. Car ils craignaient de perdre l'empire

qu'ils exerçaient sur la jeunesse et sur les personnes avides d'apprendre, ils craignaient de voir leurs vains systèmes s'écrouler tout à coup, leurs écoles devenir désertes et leur vanité expirer dans le néant de leurs folles prétentions.

Ainsi Sixte Napoléon, dont l'âme était exempte de préjugés, appréciait déjà son époque avec la raison d'un homme mûr et prenait silencieusement dans son cœur, avant de quitter le toit paternel, la résolution inébranlable de travailler selon ses forces, jusqu'à sa mort, à la gloire de l'Église et au salut de la société. Il rencontrait sans le savoir la pensée de son père, il entrait de lui-même dans les desseins que Marc-Antoine formait pour l'avenir, mais il ne découvrait pas toute l'étendue, tout le grandiose de ces desseins.

Or, voici ce que méditait Marc-Antoine Napoléon en voyant les talents supérieurs que l'œil le moins exercé pouvait découvrir dans son fils. Il rêvait pour ce cher enfant l'empire du monde. Ne riez pas, ami lecteur, ne soyez pas même surpris d'un tel rêve. Car quel soldat de l'armée romaine ne rêvait alors pour lui et les siens l'empire du monde? Quel barbare, né sur les bords du Rhin ou du Danube, n'avait le droit de dire : « Je puis un jour occuper le palais des Césars et imposer l'autorité de mon sabre à ces gréco-romains avilis et dégénérés. Cela s'est vu plusieurs fois, et pour-

quoi ne le verrait-on pas encore? » Un tel raisonnement eût été bien fondé, comme l'histoire le
prouve clairement. C'est pourquoi il n'est pas
permis de rire de la grande pensée qui occupait
l'esprit de Marc-Antoine Napoléon ; il faut même
la regarder comme éminemment raisonnable, puisque Sixte possédait à lui seul beaucoup plus de
bonnes qualités que tous les princes qui avaient
jusqu'alors régi l'empire romain. Que l'on ne
croie pas cependant que Marc-Antoine fût séduit
par l'ambition humaine, que l'on ne l'accuse pas
de méditer la ruine des Césars pour satisfaire un
orgueil secret et pour élever sa famille au faîte
des honneurs. Non, ses vues n'avaient rien d'humain, sa foi était trop vive pour se laisser éblouir
par un manteau de pourpre, son cœur était trop
haut placé pour descendre si bas. Lorsqu'il se pro-
menait seul sur la vaste pelouse qui dominait la
mer et qui était abritée par les arbres séculaires
de la montagne, on l'entendit souvent s'écrier avec
un accent de profonde émotion : « O Seigneur !
quand serons-nous délivrés de ces fers que nous
imposent les maîtres du monde? Quand le chrétien sera-t-il traité avec les égards que l'on a com-
munément pour les hommes paisibles et dévoués au bien public? Quand jouirons-nous de la
liberté de faire du bien aux malheureux et de vous
adorer sans crainte? On a dit plusieurs fois : l'em-

pereur a embrassé le christianisme, Philippe l'A-
rabe s'est converti, Alexandre Sévère est chrétien.
Mais le sang de vos disciples a toujours coulé,
même sous Philippe l'Arabe et sous Alexandre
Sévère. Vous savez, ô Seigneur, combien j'aime
mon fils, vous savez combien je serais heureux
de vivre toujours avec lui dans cette solitude et
de recevoir à mon heure suprême son baiser d'a-
dieu. Eh bien ! je vous l'offre ce cher enfant ; je
l'ai instruit dans votre loi sainte et dans toutes
les sciences humaines. Qu'il parte, qu'il vole avec
les légions romaines sur les frontières attaquées
par les barbares, qu'il se couvre de gloire et,
puisque l'empire tombe si souvent entre des mains
indignes et change à chaque instant de maître,
puisse-t-il tomber entre les mains de ce jeune
homme qui vous est si dévoué et qui n'aspire dans
la modestie de son cœur qu'à vous servir sans bruit
et sans ostentation ! ! Oh ! si vous permettez que
ce grand événement s'accomplisse, vous verrez
Sixte proclamer aussitôt la liberté de conscience
dans tout l'empire romain, abolir ces lois iniques
qui enferment les chrétiens dans un cercle de
fer, et travailler lui-même à ramener les hérétiques au sein de l'Église catholique ou à convertir
les païens qui sont encore assis à l'ombre
de la mort. Mon fils n'est plus à moi ; il vous
appartient désormais, ô Seigneur ; conduisez-le

par la main au milieu des écueils de la vie. »

Les mécréants, que la passion aveugle et qui
ne voient rien au delà de cette vie fugitive, ne
comprendront pas un désintéressement si sublime, un sacrifice si héroïque et si pur ; mais
tout vrai chrétien applaudira à ces paroles de
Marc-Antoine Napoléon et trouvera même naturel
que ce tendre père préfère à son intérêt privé l'intérêt de l'humanité tout entière, tant la loi de
Jésus-Christ a purifié le cœur de l'homme de tout
égoïsme et transformé par la grâce la nature avilie
en une nature digne, noble, héroïque et presque
divine ! C'est donc pour une grande pensée que
Marc-Antoine a élevé son fils, et c'est à la réalisation de cette pensée qu'il sacrifie le bonheur de
sa vie. C'est de la sorte qu'il condamne les vues
étroites de ces hommes qui n'élèvent leurs enfants que pour satisfaire leur orgueil ou leur avarice, et qui n'ont pas même l'idée de chercher quelque chose de plus digne et de plus beau que leur
intérêt personnel dans l'accomplissement d'un
devoir si important.

Émilia Paula ne se montra pas moins généreuse. Quoique le départ prochain de son cher enfant pénétrât son cœur d'une vive douleur, elle
trouva les propositions de son mari très-raison-
nables et souscrivit à tout avec la douce fermeté
d'une mère chrétienne. Mais il fut convenu entre

les deux époux qu'ils ne parleraient pas à Sixte
des grands desseins que ses talents et l'état politique du monde leur permettaient de former pour
l'avenir de l'Église et de l'humanité. Car ils craignaient de porter atteinte à sa modestie, de dépouiller son cœur de l'humilité qui est le fondement essentiel de toutes les vertus chrétiennes, et
de le précipiter inconsidérément dans des rêves
de grandeur qui peut-être ne se réaliseraient pas.

Cependant, lorsqu'arriva l'heure de la séparation définitive, Émilia Paula sentit son cœur brisé
par la douleur. Son courage l'abandonna complétement. Elle embrassait son fils avec la plus vive
effusion de tendresse et arrosait son front de
larmes brûlantes d'amour. Elle s'attachait au pas
de ce cher enfant, serrait ses mains avec une
émotion indicible et recommençait sans cesse à
lui prodiguer les marques de la plus profonde
affection. « Ah ! ma mère, s'écria Sixte qui comprit alors toute l'étendue et toute la profondeur de
l'amour maternel, ah ! ma mère, c'en est trop !
je reste, je veux vivre et mourir auprès de vous ! Je
ne veux pas causer votre mort par mon départ. »
Cette résolution soudaine et énergique du fils
rendit à la mère le calme et la réflexion. « Pars,
s'écria tout à coup Émilia Paula avec le tendre
héroïsme d'une chrétienne, pars, mon cher enfant ;
c'est Dieu qui t'appelle ; nous nous retrouverons

bientôt dans le sein de ce Dieu d'amour et là je
pourrai te serrer éternellement sur mon cœur. »
Tandis que cette scène déchirante se passait entre
le fils et la mère, Marc-Antoine Napoléon restait
morne et silencieux. La douleur empêchait ses
larmes de couler et semblait absorber sa vie tout
entière. Cependant la raison et la foi conser-
vaient toujours leur empire sur son esprit. Aussi,
malgré l'abattement de son cœur, il prit le jeune
homme par la main, descendit avec lui en silence
le chemin escarpé qui conduisait au port, et ce
ne fut qu'au moment du départ qu'il put lui dire
après l'avoir embrassé : «Mon fils, sois toujours
fidèle à Dieu et à l'Église catholique et tu seras
heureux, et nous pourrons nous revoir un jour. » A
ces mots le noble père regagna sa solitude qui lui
parut pour la première fois d'un vide affreux et
d'une tristesse désolante. Mais déjà le navire qui
emportait son fils vers le monde des intrigues et
des illusions voguait sur la mer immense et semblait fuir pour toujours les côtes si fertiles de la
Sardaigne.

CHAPITRE III

Départ de Sixte Napoléon pour l'Orient. — Ce qu'il voit et
entend sur le vaisseau et à Rome. — Sa première entrevue
avec Dorothée et Diocléa dans le palais de Nicomédie.

Sixte Napoléon avait reçu de son père deux lettres de recommandation, l'une pour le pape Marcellus, l'autre pour Dorothée, chambellan de
l'empereur Dioclétien. Il devait passer par Rome
pour se rendre de là à Nicomédie dans l'Asie Mi-
neure, où se tenait la cour impériale. Mais, au
moment solennel du départ, il ne pensait ni à
ces lettres, ni à ces futurs amis, ni au monde qui
allait s'ouvrir devant lui ; il ne pensait qu'à sa
mère et à son père qu'il avait laissés dans une si
profonde tristesse. Et tandis que le vaisseau fuyait
à pleines voiles, fendant l'onde amère, debout sur
le pont il regardait avec des yeux chargés de larmes ces hautes montagnes où s'étaient écoulées
dans la paix et l'innocence les premières années
de sa vie ; jamais ces arbres gigantesques, ces
prairies verdoyantes, ces côteaux ornés de vignes
et de plantes précieuses ne lui avaient paru si
beaux et si dignes de fixer son attention. Jamais
cette maison, qui avait été le témoin muet de ses
jeux et de son bonheur, ne lui avait paru plus élégante, plus grandiose et plus heureusement située.

C'était là du reste qu'était enfermé son trésor,
c'était là que son père et sa mère pleuraient son
absence et qu'ils le cherchaient en vain sur la
verte pelouse, dans le jardin, sous les pommiers
ou parmi les fleurs du parterre. Et voilà surtout
ce qui lui rendait si douce la vue de sa maison
natale qui allait bientôt disparaître dans un nuage
d'or. Il resta immobile dans cette muette contemplation jusqu'à ce que tout se dérobât à ses
regards dans un lointain inconnu et qu'il ne vît
plus autour de lui que le ciel et la mer, unis ensemble par l'immensité de l'horizon.

C'est alors que son esprit s'arrêta forcément sur
les personnes qui l'entouraient et qu'il put prêter
une oreille attentive à leurs discours. Et, quoique
son père n'eût rien négligé pour lui donner une
idée exacte des hommes et des choses, il fut obligé
de reconnaître que la vie réelle lui avait été peinte
sous des couleurs trop brillantes. Que voyait-il en
effet? Qu'entendait-il autour de lui? Il voyait des
hommes uniquement occupés de leurs passions se
livrer au jeu avec ardeur, chanter le verre en main
des hymnes en l'honneur de Bacchus ou se disputer pour de vains systèmes de philosophie et de
politique qui devaient paraître absurdes à l'esprit
le moins cultivé. Il voyait d'un autre côté des esclaves que des maîtres, à la figure dure et impi-

toyable, menaçaient sans cesse du fouet ou du
bâton pour les obliger à faire promptement les
travaux qui leur incombaient sur le navire. Il
voyait aussi des femmes que leur parure paraissait uniquement préoccuper, qui tâchaient de se
montrer sous le jour le plus avantageux, qui voulaient briller par la beauté ou par la grâce des
formes et qui se croyaient toutes dignes des plus
grands éloges, en attendant que quelqu'un pût
leur donner par un compliment une préférence
marquée sur leurs rivales. A cette vue il se rappela que son père lui avait dit un jour : « Qu'importe la beauté visible de la chair? C'est la beauté
mystérieuse de l'âme et du corps qu'il faut nous
montrer. La beauté de l'âme, c'est d'être vertueuse ; la beauté de la chair, c'est d'être immor-
telle (1). »

Sixte Napoléon comprit alors toute la vérité
de ces paroles et il ne put s'empêcher de dire en
lui-même : Ces femmes, qui emploient mille
moyens pour retenir la beauté fugitive de leurs
corps, travaillent par là même à la détruire et
à la perdre pour toujours. Elles ne savent pas sans
doute que la beauté physique dépend dans l'a-
venir de la beauté de l'âme, et qu'au grand jour
de la résurrection les corps qui auront été unis
pendant la vie à des âmes vertueuses seront seuls

(1) Clément d'Alexandrie.

glorifiés, spiritualisés, ornés de grâces toujours vives et d'une lumière plus pure, plus brillante, plus suave que tous les parfums du monde. Qu'elles sont à plaindre dans leurs vaines prétentions ! La mort flétrira peut-être leurs formes les plus gracieuses, avant qu'elles aient pu réussir à exciter une seule fois l'admiration, à s'attirer un seul compliment ou même à fixer un regard. Et puis, après le long sommeil du tombeau, elles se réveilleront pour ne jouir que de la honte de leurs folies passagères, pour vivre éternellement dans le mépris et pour voir ces corps si délicats et si parfumés transformés en spectres hideux et obscurcis par les ténèbres de la nuit qui n'aura pas de fin.

Tandis qu'il se livrait à ces réflexions, notre jeune héros entendit une musique délicieuse qui soupirait des airs tendres, mais qui lui étaient inconnus. C'étaient de jeunes Grecs qui faisaient résonner sur la lyre les chants langoureux de Sapho et d'Anacréon pour charmer les ennuis de la navigation. Tous les Romains étaient ravis d'admiration et ils ne respiraient que pour applaudir les passages les plus efféminés et les coups de gosier les plus sonores. Hé ! quoi ! se dit alors Sixte Napoléon, voilà les vainqueurs du monde, les maîtres des nations en extase devant des joueurs de lyre ! Voilà les descendants des Catons, des Régulus, des Fabricius, des Flaminius sou-

mis au joug des esclaves qu'ils ont vaincus! Voilà
donc où ont abouti tant de combats, tant de victoires, tant de sagesse dans les conseils, tant de
fermeté dans l'exécution, tant de vertus orgueil-
leuses! Les fiers Romains à genoux devant les
vils histrions de la Grèce pour les admirer et les
applaudir! est-ce possible?... Il ne doit pas en être
ainsi cependant à la cour de Nicomédie, dans le
palais de l'illustre Dioclétien. — Hélas! il n'en
était pas autrement dans tout l'empire romain. Ce
qui se passait sur ce vaisseau était même l'image
de la plus haute société, l'image de la vie que l'on
menait à la cour impériale.

Bientôt le pilote cria : Terre! et tous les passagers accourus à ce cri sur le pont répétèrent d'une
voix unanime : Terre! terre!! Les côtes de l'Italie
apparaissaient déjà sous un ciel limpide et pur et
l'on ne tarda pas à distinguer même les riches villas que des proconsuls avaient fait construire jusque dans la mer avec les dépouilles des provinces
soumises à leur autorité. Sixte Napoléon fut presque ébloui par tant de splendeur et de magnificence. Il ne pouvait se lasser d'admirer la hardiesse du peuple-roi qui élevait ces palais superbes sur des écueils battus des vagues comme
pour défier la colère de la mer après avoir défié
et vaincu toutes les nations. Mais sa surprise fut
bien plus grande lorsque, remontant le Tibre, il

vit sur les deux rives du fleuve tant de maisons de
plaisance, tant de jardins construits avec un soin
et un luxe infinis, tant de parterres artistement
arrangés, tant de superbes aqueducs pour ali-
menter les fontaines de la ville, tant de voies entre-
tenues avec une vigilance extrême et enfin tant de
magnifiques équipages qui parcouraient ces mille
voies, au milieu d'une population innombrable se
promenant à pied ou courant à ses affaires et
même à ses plaisirs avec une ardeur fiévreuse.
Qu'est-ce donc que Rome, s'écria-t-il, puisque les
routes qui y conduisent sont si belles et n'offrent
de toutes parts à la vue que des palais et un peuple
aussi nombreux que les grains de sable de la mer?
Rome, c'était la divinité païenne chantée par Virgile, c'était le Moloch de la civilisation antique
qui broyait sous sa dent de fer toute la substance
des peuples, c'était le dieu impitoyable de la force
brutale et de la guerre qui, las de promener dans
le monde le ravage et la mort, se reposait sur ses
lauriers sanglants en continuant à boire tous les
jours le sang des hommes. Sixte ne tarda pas à
s'en apercevoir. De même qu'il avait admiré les
abords du temple, de même il admira le costume
splendide et pompeux de la divinité, mais cette
divinité lui parut un monstre insatiable. Tandis
qu'il considérait avec une attention naïve les proportions grandioses d'un immense édifice, il en-

tendit des cris plaintifs qui s'élevaient de l'intérieur et qui étaient couverts presque aussitôt par
des rires et des applaudissements féroces. Il entre
sans hésiter et il voit un vaste amphithéâtre garni
de graves sénateurs, de nobles chevaliers, de pudiques matrones et de plébéiens enrichis qui
regardaient avec délices les membres sanglants
d'un homme déchiré par des bêtes féroces et
étendu sans vie sur l'arène. Un spectacle si inhu-
main le fait reculer d'horreur et il sort aussitôt
en maudissant cette civilisation païenne, qui n'a-
vait abouti qu'à inspirer aux hommes et aux
femmes les plus distingués le goût de ces jeux
barbares et de ces récréations abominables (1).

Sixte Napoléon ne pensa dès lors qu'à se rendre auprès de Marcellus, le pontife suprême des
chrétiens. Il avait surpris la civilisation païenne
en flagrant délit de cruauté, et cela lui ôtait toute
envie de pénétrer plus avant dans les mystères de
honte que les splendeurs de Rome ne suffisaient
pas à couvrir ni à déguiser entièrement. Il trouva
ce grand pape au milieu d'une multitude de
prêtres et d'évêques qui venaient recevoir ses instructions pour les porter jusqu'aux extrémités de
l'empire, jusque chez les peuples les plus sauvages et les plus inconnus. Aux uns il donnait

(1) Voyez Sénèque, *Ép. à Lucilius.*

des secours en argent pour fonder de nouvelles
églises et pour nourrir les pauvres des pays qu'ils
évangélisaient ou qu'ils avaient déjà soumis à la
vérité de la foi, aux autres il donnait des ordres
ou des conseils pleins de bienveillance pour leur
rappeler l'obligation de travailler activement à la
vigne du Seigneur, à tous il recommandait la douceur et la charité envers les pêcheurs ou les in-
fidèles, la fermeté à confesser la foi de Jésus-
Christ et à défendre les droits de l'Église, et surtout il leur recommandait la patience chrétienne
qui purifie l'âme, qui la dégage peu à peu de tous
les liens terrestres et qui transforme ses peines
quotidiennes en rosée céleste, en gloire impérissable. Sixte Napoléon était profondément étonné
de tout ce qu'il voyait ou entendait autour de lui ;
il pouvait à peine en croire ses yeux et ses oreilles.
Son père lui avait souvent parlé de la bonté, de la
mansuétude, de la puissance des papes, son imagination avait même grossi tout ce que lui avait
raconté Marc-Antoine à ce sujet, mais pour le
coup il fut obligé d'avouer que son imagination
était restée bien au-dessous de la réalité. Il ne se
serait jamais figuré qu'un souverain pût être à la
fois si humble, si doux, si bon, si charitable, si
ferme et si obéi que l'était le pape Marcellus ; il
n'aurait jamais cru qu'un souverain pût étendre
sa main bienfaisante sur tout l'univers avec tant

de sollicitude paternelle et de bonté angélique (1).
Lorsque tous ces prêtres et tous ces évêques furent partis pour aller annoncer la bonne nouvelle
sous toutes les latitudes sans autre appui que leur
foi et leur charité, Sixte Napoléon aborda le pontife suprême qui l'embrassa avec une touchante
simplicité. Marcellus ne lut pas sans éprouver
une grande émotion la lettre qui lui fut remise de
la part du noble solitaire de Sardaigne, et, après
l'avoir examinée attentivement, il embrassa de
nouveau le jeune voyageur avec la plus vive effusion de tendresse et lui dit ensuite : «Vous voyez,
mon fils, que nous sommes presque toujours obligés de nous cacher pour faire du bien aux malheureux, pour apprendre aux hommes les vraies
notions de la justice et de la liberté, pour répandre
dans tout l'univers la vérité divine qui seule peut
conduire l'humanité à sa fin dernière. Outre des
lois fiscales qui sont uniquement dirigées contre
nous pour limiter notre action et pour étouffer
nos efforts les plus généreux, il existe de terribles
décrets de proscription qui n'ont jamais été rap-
portés et qui servent chaque jour à excuser la fureur de la populace païenne, si avide du sang chrétien. Aussi il faut que nous soyons toujours prêts

(1) William Cobett, quoique protestant, prouve bien cette
suprématie bienfaisante et universelle du Pontife romain
même durant les trois premiers siècles de l'Église.

à subir la prison ou la mort pour défendre l'indépendance de l'Église et la liberté de la parole divine. Tous mes prédécesseurs depuis saint Pierre
ont donné leur vie ou leur liberté pour affirmer le
droit de Dieu à enseigner la vérité et le droit de
l'homme à ne relever pour la conscience religieuse que de ce Dieu suprême et de son Église.
Cependant l'Église, comme toute société com-
posée d'êtres humains, a le droit de vivre d'une
vie propre, elle a nécessairement sa place au soleil; elle ne peut du reste travailler à régénérer
l'humanité sans entrer dans de grandes dépenses,
et, puisque Dieu lui a proposé cette fin sublime
tout en disant aux prédicateurs de la vérité de ne
point se mettre en peine des nécessités de la vie,
il faut absolument que les peuples convertis viennent au secours des pasteurs uniquement chargés
de porter jusqu'aux extrémités de la terre la bonne
nouvelle et de transformer toutes les nations en
une société de frères. C'est ce que comprennent
très-bien les fidèles qui tiennent à honneur d'assurer l'indépendance de leur chef suprême et la
propagation de la vérité révélée, et qui ne ces-
sent de m'offrir comme à mes prédécesseurs des
biens de toutes sortes. Vous voyez que j'use de
ces biens pour le bonheur du monde, comme le
ferait Dieu lui-même; vous voyez que je suis plus
pauvre que les pauvres que je fais retirer tous les

jours de la misère pour les réchauffer dans le sein de l'Église et au feu de la grâce. Mais, je vous le répète, à chaque instant la fureur aveugle de la populace païenne, le caprice de quelque magistrat ou les craintes insensées des Augustes et des Césars peuvent nous dépouiller de tout et même de la vie, interrompre nos relations avec les églises particulières et obscurcir pour un moment la face de ce soleil de justice, qui doit faire le tour du monde malgré la rage de tous les esprits de ténèbres. Nous sommes toujours sur le qui-vive, même dans le temps où le pouvoir semble nous laisser libres. Une situation si intolérable ne peut pas toujours durer, c'est le moment de l'épreuve pour démontrer jusqu'à l'évidence la divinité de l'Église qui ne peut sombrer au milieu de tant de tempêtes. Ainsi le présent est à Satan, mais l'avenir est à Dieu et à son Église. Puissent cependant les douces et nobles paroles de votre père se réaliser bientôt !! Puisse bientôt l'Église trouver dans son indépendance temporelle un port assuré contre tant d'orages !!! Allez maintenant, mon fils, travailler vous-même à l'œuvre divine et que la bénédiction du vicaire de Jésus-Christ, que je vous donne du fond du cœur, vous couvre toujours comme un bouclier impénétrable aux traits de l'ennemi. Voici en même temps de précieux restes de saints martyrs que vous présenterez de ma part

à Dorothée et aux principaux chrétiens de Nicomédie, pour leur rappeler, la pensée de la couronne impérissable que nous cherchons tous ici-
bas. »

Notre jeune héros partit aussitôt pour l'Asie,
l'esprit tout occupé des choses qu'il venait de voir
et d'entendre dans la capitale du monde. D'un
côté la civilisation païenne avait abouti à la servitude la plus dégradante, à l'amour des spectacles
sanguinaires, à la proscription en masse d'une
classe pacifique de citoyens ; d'un autre côté l'É-
glise chrétienne, soutenue par l'héroïsme de ses
pontifes suprêmes et appuyée sur les promesses
infaillibles de son divin fondateur, travaillait avec
une patience toute céleste à faire prévaloir dans
le monde les principes nouveaux, c'est-à-dire la
liberté, la justice, l'humanité, la concorde et la
fraternité universelles. Voilà la grande lutte en-
gagée entre des principes diamétralement oppo-
sés, qui agitait alors la société jusque dans les
plus obscurs réduits de la misère et qui annonçait
de prochains orages, et voilà aussi ce qui remplit
l'esprit de Sixte Napoléon, durant tout le temps
qu'il mit pour passer d'Italie sur le continent
asiatique. Nous ferons connaître plus tard le résultat de ses méditations en exposant en détail
ses vues sur l'organisation la plus rationnelle et la
plus avantageuse de la société politique.

Dès que Sixte Napoléon fut arrivé à Nicomédie, il courut au palais impérial pour saluer le noble ami de son père. Dorothée le reçut avec une cordiale bienveillance qui le toucha profondément. Il lui dit, après avoir lu la lettre que lui adressait Marc-Antoine : « Mon jeune et cher ami, vous pouvez toujours compter sur moi, j'accepte avec le plus grand plaisir les offres qui me sont faites dans cette lettre. Désormais vous trouverez en moi un second père et, pour vous prouver que je ne parle pas en vain, vous allez dès aujourd'hui vous établir chez moi ; je vous compte déjà au nombre de mes enfants. » Dorothée parlait encore, lorsqu'on lui apporta un billet qui l'invitait à se rendre aussitôt auprès de la princesse Diocléa. « Suivez-moi, dit-il à Sixte Napoléon, je veux vous présenter à la personne la plus accomplie que l'on puisse trouver dans le paganisme. Les païens cependant ont bien tort de se prévaloir de son mérite, car Diocléa méprise souverainement les dogmes extravagants et les pratiques abominables du polythéisme. Elle suit par orgueil les nobles instincts de la nature et se fait même une gloire de résister aux passions avilissantes que favorise l'idolâtrie. Elle est néanmoins très-aimée de son père, l'empereur Dioclétien. C'est une Romaine des temps primitifs égarée dans cette époque de corruption et de décadence. Elle a en moi une confiance illimitée, elle me découvre toutes ses peines, tous ses ennuis; elle ne veut pas qu'un autre que moi s'occupe de ses affaires. Ainsi je dois remplir une double charge et, quoique je n'aie que le titre de chambellan de l'empereur, je suis plus souvent appelé par Diocléa que par Dioclétien. Quand j'ai réussi à dissiper ses chagrins et à ramener la paix dans son âme, elle me donne le doux nom de père avec une joie enfantine, pour m'exprimer de la sorte sa plus grande reconnaissance, et elle ajoute même quelquefois : « Que je serais malheureuse, si je venais à vous perdre!! » Vous voyez donc, mon cher Sixte, qu'en me permettant de vous présenter à cette noble princesse sans la prévenir, je ne déroge pas aux hautes convenances; elle vous recevra, j'en suis sûr, avec l'aimable bonté qu'elle montre à toutes les personnes que j'ai l'honneur de lui recommander. »

Napoléon n'eut pas le temps de répondre à son père adoptif ni de le remercier de l'affection si sincère qu'il lui témoignait par ces paroles; car la porte de l'appartement qu'occupait la jeune princesse s'ouvrit aussitôt et il fut ébloui par le luxe oriental qui débordait de toutes parts. On y voyait les plus beaux tapis de l'Inde et de la Perse unir leurs couleurs à celles de la pourpre tyrienne, on y voyait des bustes de marbre représentant les femmes les plus célèbres de la Grèce et de Rome,

3.

parmi lesquelles Lucrèce, Cornélie et Corinne,
brillaient d'un éclat particulier et semblaient être
redevables au talent de l'artiste de leur supériorité incontestable sur Clélie, Virginie et les
autres héroïnes qui les entouraient ; on y voyait
aussi des toiles de Zeuxis et d'Apelles d'une admirable fraîcheur, des vases de Corinthe d'un travail exquis, des statuettes éphésiennes d'un fini
poétique, et enfin on remarquait sur le pourtour
de l'appartement une double rangée de fleurs,
qui répandaient une douce et agréable odeur sans
trop charger l'air de leurs suaves émanations. On
croira peut-être que la parure de Diocléa répon-
dait à ce brillant intérieur, mais il n'en était pas
ainsi. La jeune princesse dédaignait tout ornement personnel et se plaisait uniquement dans
une mise d'une sévérité antique, soit qu'elle ne
voulût rien devoir qu'à la beauté de la nature, soit
qu'elle voulût effacer par ses grâces l'éclat uni-
forme des choses matérielles qui l'environnaient,
soit qu'elle méprisât le faux goût de ses contemporaines qui sacrifiaient tout au soin de leur
toilette, même leur santé ; qui faisaient renchérir
tous les jours les parfums de l'Arabie et les pierreries de l'Inde, par l'emploi immodéré de ces
matières précieuses, et qui passaient quelquefois
des heures entières à faire construire, par des

mains habiles et délicates, l'élégant édifice de
leur chevelure (1).

A la vue du jeune Napoléon, Diocléa se sentit
profondément émue, elle crut recevoir la visite
d'un de ces génies célestes qu'elle avait si souvent
admirés en lisant Platon, le philosophe poële, et
qu'elle s'était plu à orner dans ses rêves de toutes
les grâces de la nature. Son plus beau rêve se
réalisait tout à coup. Elle pouvait à peine en croire
ses yeux, elle voulait parler et ne trouvait aucune
parole. Enfin elle rompit le silence par un effort
suprême sur elle-même et parla à Napoléon
comme à une ancienne connaissance, comme à
l'hôte le plus cher de ce palais féerique que son
imagination avait construit pour lui, pour Dorothée et pour quelques personnes privilégiées, palais d'azur et de rose dans lequel elle devait trouver un bonheur sans fin et dont elle devait aussi
faire les honneurs avec cette grâce qui lui gagnait
tous les cœurs. Sixte en répondant à un accueil si
empressé et si inattendu finit de bouleverser avec
le son divin de sa voix le cœur de Diocléa. Comme
la beauté de son âme se révélait encore plus par
ses paroles que par l'ensemble harmonieux de
ses qualités physiques, il subjuguait sans y penser les esprits les plus superbes et les moins dis-

(1) Voyez Clément d'Alexandrie.

posés à se laisser dominer. La fille de Dioclétien
subit tellement l'empire d'un charme si nouveau
pour elle, qu'elle se crut pour le coup transportée
dans les sphères supérieures décrites avec une
imagination si brillante par le philosophe d'A-
thènes. Elle n'osait presque plus regarder son
interlocuteur ; car il y avait quelque chose dans
sa physionomie qui inspirait le respect, il y avait
une modestie céleste et pure dont elle ne découvrait pas la cause, mais qui suffisait pour faire
rougir et trembler la passion la plus violente.
Ainsi Diocléa se contenta de dévorer en silence
et de graver dans son cœur les paroles qui sortaient avec tant de douceur et d'harmonie de la
bouche du jeune étranger.

Sixte Napoléon, bien qu'il fût toujours maître
de son imagination et de ses sens, pensa qu'une
personne aussi richement douée par la nature
que cette noble princesse ne devait pas rester plus
longtemps entre les mains de l'ennemi du genre
humain, qu'il importait beaucoup de la convertir
au christianisme et que celui qui ferait à Dieu
une pareille conquête mériterait dans le ciel une
place des plus brillantes. Il revint plusieurs fois à
cette pensée et il se sentit même tout disposé à
entreprendre une conversion si désirable. A peine
fut-il sorti du salon de Diocléa qu'il communiqua
son idée à Dorothée, ne doutant pas qu'un chré-

tien aussi fervent et aussi zélé ne l'applaudit sans restriction. Mais Dorothée, qui avait l'habitude de démêler les pensées les plus secrètes de l'esprit aussi bien que les sentiments les plus subtils du cœur, lui répondit aussitôt : « Je crois, mon fils, que vous êtes dans l'illusion ; ce n'est pas tant un motif de foi qui vous fait désirer la conversion de Dicoléa qu'un autre motif tout à fait naturel que vous pourrez découvrir vous-même, si vous voulez réfléchir attentivement à l'impression que la vue de cette jeune princesse a faite sur votre cœur. Prenez garde, mon cher ami, de ternir la beauté de votre âme et de vous laisser séduire par l'ange déchu qui emprunte quelquefois le langage des anges de lumière pour mieux nous tromper. Du reste c'est une grosse affaire que la conversion de Diocléa, et soyez persuadé que j'aurais déjà gagné à Jésus-Christ cette grande âme, si j'avais trouvé quelque occasion favorable. — Mais, s'écria Sixte Napoléon, quel temps a jamais été plus favorable ? L'empereur Dioclétien n'est-il pas très-tolérant pour les chrétiens ? Il va jusqu'à permettre qu'on élève une église en face de son palais. Un tel prince ne persécutera jamais le christianisme. — Hélas ! reprit Dorothée en soupirant, puissiez-vous dire vrai ! »

CHAPITRE IV

Songe de Diocléa. — Moyen étrange qu'elle emploie pour se venger de Sixte. — Elle est prise dans ses propres filets et n'en est pas fâchée. — Déconfiture du littérateur Minutius et du philosophe Cornutus.

Diocléa ne dormit pas durant la première partie de la nuit qui suivit la visite imprévue du noble Italien. Et si le sommeil vint ensuite s'emparer de ses sens, ce fut pour faire naître dans son esprit le rêve le plus pénible et le plus brillant à la fois que l'on puisse imaginer. Elle vit dans l'avenir une multitude de gens de toute condition que l'on traînait au supplice, elle entendit les applaudissements de la foule avide de voir couler le sang, elle admira la patience divine qui brillait sur la figure des condamnés, mais en même temps elle fut profondément troublée par les rugissements des bêtes féroces qui déchiraient les membres sanglants de tant de malheureux dévoués à la mort. Elle aperçoit tout à coup au milieu de cette confusion et de ce désordre Sixte Napoléon lui-même; jamais il ne lui avait paru si beau, si divin, si majestueux. Dioclétien son père lui permet de prendre pour époux ce noble jeune homme. Mais Napoléon refuse sa main ! Quelle déception profonde ! ! ou plutôt quelle honte ! ! Elle, la fille

d'Auguste, de celui qui commande à tous les Césars et au monde romain, se voir refusée par un de
ses sujets ! ! ! Cette humiliation l'agita tellement
qu'elle faillit s'éveiller. Mais elle découvrit presque aussitôt un ciel qui ne ressemblait aucune-
ment à celui de Platon. Il n'y avait rien de vague,
rien de nuageux dans cet empirée. Tout y était
clair, précis, défini. Une douce lumière que l'on
ne peut pas même comparer à la lumière matérielle qui éclaire les corps enveloppait et pénétrait tous les habitants de ce séjour de délices.
Chacun d'eux était rempli d'une joie calme et toujours égale. Un sourire éternel s'épanouissait sur
les traits délicats de ces bienheureux, et ce sourire n'était qu'un reflet de celui de Dieu qui se livrait sans cesse à tant de myriades d'êtres avides
de le posséder et qui cependant était toujours le
même, comme l'Océan reste toujours ce qu'il est,
quoiqu'il répande à chaque instant ses eaux sur le
monde entier sous la forme de pluies ou de rosées
bienfaisantes. C'était un flux et reflux perpétuel
d'existences heureuses qui sortaient du sein de
l'Être infini, et qui y rentraient presque aussitôt
pour puiser près de son cœur la vie intarissable
et des délices inconnues aux mortels grossiers
que les biens de la terre retiennent dans des liens
plus grossiers encore. Qu'il était beau ce grand
Dieu dans son immobile éternité ! ! Qu'il était beau

au milieu de tant d'êtres radieux et admirables qui empruntaient de lui toute leur beauté!!!

C'est vers lui que s'avance Sixte Napoléon; Diocléa l'a reconnu, quoiqu'elle ne puisse pas distinguer clairement ses formes corporelles ; mais la lumière pure qui l'environne reproduit exactement ses traits fins et délicats, de sorte qu'il est impossible de s'y méprendre. C'est bien lui ! Le jeune héros se prosterne aux pieds de l'Éternel et lui adresse une prière qui fait tressaillir de joie tous les habitants de ce bienheureux empire. Dieu exauce cette prière par un sourire qui éclaire d'un nouveau rayon l'immensité lumineuse. Napoléon se relève aussitôt et vient tendre la main à la fille des Césars et des Augustes qui entre toute radieuse dans l'empirée. Dès lors plus de soucis, plus d'inquiétude pour Diocléa. Elle ne sent plus le trouble des sens, elle est heureuse jusqu'au fond de son être, elle s'enivre de l'amour de Dieu, elle jouit sans cesse de la beauté incomparable de ce grand Être, elle vit en un mot d'harmonie divine comme tous ceux qui l'entourent.

C'est alors qu'elle s'éveille et que la seconde partie de son rêve qui l'a enivrée d'un plaisir si pur s'évanouit en présence de la triste réalité. Elle n'est pas dans ce séjour de délices inénarrables qu'un être mystérieux lui a découvert pendant son sommeil, elle se trouve toujours

dans le palais terrestre de Nicomédie, témoin
quotidien de ses ennuis. Il est vrai que déjà le
soleil levant inonde de lumière les cimes des
montagnes phrygiennes et vient caresser de ses
premiers rayons les rideaux pompeux de son
alcôve, le visage inspiré de Corinne et quelques
autres bustes féminins qu'il rencontre dans ses
évolutions capricieuses. Mais que ce soleil est pâle
et incolore, en comparaison de celui que lui a
montré une vision éloignée de l'Éternité ! Ce soleil de la terre n'éclaire pas l'esprit comme celui
de l'empirée, il ne remplit pas le cœur d'un bonheur intarissable ! Il n'éclaire et n'échauffe que
les corps, et encore, il brille également sur le
beau et le laid, sur le bon et le méchant, sur le
juste et l'injuste. Il est aveugle en tout. Telles sont
les réflexions qu'inspirent à Diocléa le souvenir
de son rêve et la vue inopportune des premiers
rayons d'un beau jour terrestre. Elle se lève aussitôt et, comme la tristesse a déjà gagné son
cœur, elle se rappelle tout à coup la première
partie du songe extraordinaire qui a agité son sommeil. Tous ces pénibles souvenirs se présentent
en foule à son esprit. Elle s'y arrête avec passion et, quoiqu'elle ne soit pas assez superstitieuse pour ajouter foi au premier rêve venu,
elle croit néanmoins avec raison que la Divinité
peut se manifester quelquefois par ce moyen à

l'âme humaine. Aussi elle s'empresse de faire
part de toutes ses impressions de la nuit à Nigra,
sa confidente et la plus aimée de ses esclaves.
Nigra, loin de combattre les inquiétudes de sa
maîtresse, les confirme par des raisonnements qui
paraissent plausibles, et, détournant la tête pour
n'être ni vue ni entendue, elle lève les yeux au
ciel et dit à demi voix : « Seigneur, ouvrez enfin
le sein de votre miséricorde en faveur de ma chère
maîtresse et ne permettez pas que cette première
inspiration de la grâce soit perdue pour elle ;
soumettez à votre joug si léger et si doux cette
âme orgueilleuse, mais digne par ses nobles qualités de vous servir éternellement. »

Diocléa interrompit la prière secrète de sa confidente en lui disant avec vivacité : « Que penses-tu
enfin de la partie la plus pénible de ce songe? Crois-
tu que Sixte Napoléon serait assez téméraire et
assez orgueilleux pour dédaigner la fille du tout-
puissant Dioclétien, pour refuser l'insigne honneur de devenir son époux? Réponds-moi en
toute franchise, sans crainte de m'offenser. — Il
est possible, répond Nigra avec calme, que de
graves circonstances le déterminent à décliner un
si grand honneur. — Qui! lui! s'écria la jeune
princesse, il oserait ! Mais ce serait l'orgueil
poussé jusqu'à la folie !... Ah! nous verrons
bien !... Nous allons commencer dès aujourd'hui

à battre en brèche cette fierté que tu crois inébranlable. Écris à Cornutus, le philosophe spirituel, et à Minutius, le littérateur inépuisable ; dis-
leur que je les attends à dîner dans mon palais
pour proposer à leur habileté la solution d'une
question très-épineuse. Écris aussi à Dorothée
en le priant d'amener avec lui le jeune Italien, son ami et son protégé. Si cet étranger est
venu ici pour troubler mon repos, il faut qu'il
expie sans retard sa faute audacieuse,' il faut que
son arrogance romaine soit réduite à néant par
l'habileté incomparable des grands esprits de la
Grèce. »

Ce projet singulier rendit quelque calme à Diocléa qui, croyant avoir trouvé le vrai moyen
d'abattre ce qu'elle appelait l'arrogance romaine
de Napoléon, commença à jouir d'une victoire
qui lui paraissait certaine et ne put s'empêcher
d'admirer dans le secret de son âme une invention si ingénieuse. D'un autre côté Cornutus et
Minutius furent transportés de joie en recevant
l'invitation flatteuse que leur adressait la princesse.
Ils ne doutèrent puis de leur fortune. Ils se crurent
pour le coup arrivés à cette gloire, à ces honneurs,
à cette opulence qu'ils cherchaient en vain depuis
si longtemps.

Le littérateur voyait tout en rose et commençait déjà à mépriser dans son cœur les proconsuls

ou les membres du sénat qu'il avait si bassement adulés pour obtenir d'eux un regard de protection avec quelques faveurs pécuniaires. Ce n'est pas seulement à ces grands personnages qu'il espérait faire sentir sa supériorité à l'avenir, mais encore à tous les nains de la littérature qui le poursuivaient sans relâche de leurs critiques et de leurs épigrammes. Quant au philosophe, il se sentit ému jusqu'aux larmes. Quoiqu'il eût souvent loué la pauvreté pour gagner sa vie, il pratiquait si fatalement cette vertu que son cœur de glace se fondit devant la riante perspective d'échanger enfin son manteau râpé contre l'habit de courtisan tout brodé d'or. Son imagination aidée de son orgueil alla si vite qu'elle lui fit concevoir les plus vastes projets et les plus grandes espérances. Qui sait, dit-il en lui-même, si Dioléa, pour satisfaire plus facilement ses goûts philosophiques, n'aura pas un jour l'idée d'unir sa destinée à celle d'un philosophe? On a déjà vu des philosophes empereurs. Marc-Aurèle en est un fameux exemple (1).

Dorothée ne raisonna pas ainsi. Surpris de recevoir une lettre qui semblait écrite dans le but d'inviter spécialement son jeune ami, il comprit

----

(1) Voyez ce que dit Lucien des serviles flatteries des littérateurs et notamment des philosophes.

aussitôt que Diocléa obéissait déjà à une passion profonde qui ne pouvait tolérer l'absence de l'objet aimé. C'est pourquoi il rappela à Sixte Napoléon l'obligation de veiller très-attentivement sur ses paroles et sur son cœur, lorsqu'il serait admis à la table de la princesse, et en même temps il lui montra la lettre qui lui accordait déjà un si grand honneur.

Cornutus et Minutius arrivèrent avant les autres convives, tant l'espoir de faire fortune remuait leur cœur jusque dans les fibres les plus délicates ! Diocléa les reçut avec une si gracieuse bienveillance qu'ils tirèrent le meilleur augure de leur politesse empressée. Elle leur dit ensuite qu'elle attendait tout de leur habileté pour confondre l'orgueil d'un jeune Italien nommé Napoléon, qui venait d'arriver à Nicomédie et qui aurait l'honneur de dîner avec eux ce jour-là même. L'accueil fait à Sixte fut beaucoup plus réservé ; mais Dorothée, qui avait l'habitude du monde, persista dans ses premières inductions et, loin de voir dans cette réserve, comme Cornutus et Minutius, un mépris déguisé de la part de Diocléa, il n'y vit qu'un effort suprême pour cacher une passion d'autant plus violente qu'elle paraissait plus timide.

Le dîner fut servi avec le luxe que déployaient les Romains de cette époque de décadence. Des

lits excellents et magnifiques entouraient la table
où s'étalaient les mets les plus exquis à côté de
coupes artistement ciselées et d'amphores élé-
gantes remplies d'un vin délicieux. Lorsque chaque convive eut pris place sur le lit qui lui était
destiné pour se livrer aux plaisirs d'un festin si
délicat, Minutius, le littérateur, provoqua habilement Napoléon et décocha contre lui une multitude
de petites flèches qui semblaient devoir lui causer
les douleurs les plus vives. La plupart des convives donnèrent leur approbation à Minutius par
des sourires très-significatifs. Dorothée intérieurement indigné ne proféra pas une parole, mais on
remarqua sur ses traits le profond mépris que lui
inspiraient ces railleries intempestives. Diocléa ne
se prononça pas encore, elle avait trop de prudence
pour aventurer son jugement avant d'avoir entendu la réponse. D'ailleurs elle conservait toute
sa liberté, puisqu'elle s'était bien gardée de découvrir la cause intime de cette lutte aux deux
beaux esprits qu'elle avait appelés à son secours.
Cornutus garda un silence glacial ; ce n'est pas
qu'il désapprouvât son confrère, mais il était jaloux et il voulait se réserver l'honneur de triompher seul. Sixte Napoléon répondit sans s'émouvoir : « J'ignore ce qui a pu provoquer votre verve,
illustre Minutius ; car je n'ai pas l'honneur de vous
connaître personnellement. Il me semble cepen-

dant bien étrange que vous m'attaquiez devant
tous ces nobles convives et que vous m'appeliez à
une joute littéraire dans une réunion de personnes
d'esprit. Ce n'est pas ici le lieu de disputer sur
les lettres ni sur la beauté. Il faut laisser ces longues discussions aux écoliers et à leurs maîtres,
si prétentieux. Aussi je ne puis vous répondre
sans demander l'assentiment de la noble princesse qui nous a convoqués avec tant de bienveillance; je craindrais de déroger aux convenances
sociales en vous suivant sur ce terrain sans une
autorisation préalable. » A ces mots Dorothée
respira avec un bonheur indicible, l'attention des
convives fut vivement excitée, Diocléa se mordit
les lèvres comme une personne qui a préparé secrètement une attaque sans en prévoir les conséquences, et finalement elle dit à Napoléon : « Parlez, parlez librement, il est juste que vous défen-
diez votre réputation, et je ne pense pas que personne ici puisse trouver vos réponses trop longues;
il y en a même qui les trouveront trop courtes,
tant on a du plaisir à vous entendre parler ! »

Sixte reprit alors avec sa franchise ordinaire :
« Vous supposez, Minutius, que je suis étranger
aux discussions littéraires qui agitent les écoles
contemporaines. C'est là une supposition toute
gratuite et qui me donne déjà une idée très-exacte
de la suffisance de nos littérateurs. Vous exaltez

outre mesure les écrivains modernes et c'est tout
au plus si vous daignez reconnaître du talent à
Homère, à Eschyle, à Démosthène, à Cicéron, à
Virgile... Sans entrer dans des détails qui ne pourraient que fatiguer mes honorables auditeurs, je
vous prie de m'indiquer un seul littérateur moderne qu'un homme de goût et de bon sens osât
comparer à ces grands génies éclos sous le soleil
des jours antiques. » Minutius déconcerté répondit
en tremblant : « Je pourrais en nommer. » Mais il
ne nomma personne et Napoléon poursuivit ainsi :
« Votre modestie bien connue vous empêche sans
doute de vous nommer vous-même et de disputer
la palme de la gloire aux écrivains des siècles d'Auguste et de Périclès. Cette réserve est louable ;
aussi je n'approfondis pas davantage votre silence
mystérieux. Vous avez invoqué le témoignage
d'Horace à l'appui de votre opinion. Vous n'igno-
rez pas cependant que les grandes nations après
un long travail d'enfantement produisent, à une
époque déterminée spécialement par la Providence,
un ensemble de chefs-d'œuvre littéraires qui éclip-
sent les gloires du passé et qui servent de phare
à l'avenir. Il est alors permis à des hommes tels
qu'Horace de livrer au ridicule les écrivains ar-
chaïques, et de proclamer avec orgueil la supériorité d'un siècle qui atteint le suprême degré de
l'art en élevant à la gloire de la patrie des monu-

ments impérissables. Mais croyez-vous que le célèbre satirique de Rome, qui immola tant d'écrivains sur l'autel du bon goût, pourrait entendre
aujourd'hui sans rire ou sans s'indigner les froides
et vaines déclamations de nos littérateurs? Pensez-
vous qu'il composerait un hymne pour célébrer
avec vous le progrès de l'esprit humain?... Oh! je
voudrais bien que le bon Horace revînt à la vie pour
donner avec sa finesse mordante une rude leçon à
tous ces hommes qui nous parlent sans cesse de la
supériorité des modernes et qui ne peuvent sortir
de l'obscurité qu'en s'attaquant aux grands génies
des temps passés. Je suis sûr qu'il prendrait contre
votre école le parti de Quintilien que vous traitez
avec tant de dédain. Que prouve du reste le blâme
que vous déversez sur la pompe et la gravité des
anciens, tandis que vous ne tarissez pas d'éloges
sur l'esprit sémillant des modernes? Cela ne prouve
bien qu'une chose, c'est que le monde, devenant
de plus en plus frivole, ne peut plus comprendre
ni aimer les grandes pensées ou les vrais sentiments de la nature, c'est que les hommes mêmes
de notre époque ont l'esprit moins élevé que les
femmes qui brillèrent autrefois dans la république
des lettres. Et voilà ce que vous appelez naïve-
ment le progrès de l'esprit humain!

Quant à la supériorité que vous donnez aux institutions de la Grèce sur celles de Rome, je n'ai

4

qu'à m'adresser à votre simple bon sens pour vous répondre d'une manière péremptoire. Est-ce avec les vertus héroïques d'autrefois ou avec la philosophie et la faconde intarissable des Grecs que Rome a soumis l'univers à sa puissante autorité? Et ces légions romaines, qui vainquirent vos turbulents ancêtres, n'ont-elles pas complétement dégénéré sous le souffle de la corruption hellénique? Après avoir triomphé des peuples les plus aguerris elles ne peuvent plus tenir devant quelques barbares demi-nus qui harcèlent les frontières de l'empire. Tel est le grand bienfait que votre civilisation a procuré à l'invincible Rome. C'est dans cet abîme de faiblesses que vos institutions si supérieures ont précipité le plus puissant peuple du monde. Où est donc ce progrès dont vous nous parlez avec tant d'assurance, illustre Minutius?... Je vois déjà clairement que les sophistes entendent par progrès la corruption toujours croissante de l'espèce humaine. »

Minutius écrasé par un raisonnement si clair et si péremptoire n'osa pas répliquer, et Napoléon, encouragé par tous les convives qui étaient ravis d'entendre un jeune homme parler contre les vices ou les préjugés à la mode avec une si sainte indignation, avec une franchise si nouvelle à la cour, avec une sûreté de vues si remarquable, s'empressa de reprendre la parole pour continuer en ces termes : « Il paraît, Minutius, que vous professez aveuglément le culte de la peau. La beauté pour vous consiste dans le fard, dans les pierreries, dans les parfums de l'Arabie, dans tout ce qui peut relever l'éclat de la chair ou donner à la peau des grâces que le temps a flétries. Vous n'avez pas assez d'éloges pour les femmes de nos jours, qui passent des heures entières à s'ajuster, à s'admirer, à se parfumer, à se serrer, jusqu'à mourir avec des ceintures aux franges d'or. Vous approuvez qu'elles s'enferment dans leurs appartements pour ne point exposer aux feux du jour l'éclat emprunté de leur teint, qu'elles négligent entièrement l'administration de leur famille, qu'elles abandonnent l'éducation de leurs enfants à des esclaves vicieux et mercenaires, qu'elles méditent, comme dit le poëte, sur les moyens de s'affranchir du joug si gênant de la pudeur, de ruiner leur maison par de folles dépenses et de tromper adroitement leur mari (1). C'est le soir seulement qu'elles osent sortir de leur retraite embaumée, c'est alors que l'ivresse des festins et la pâle clarté des flambeaux viennent en aide au mensonge de leur parure, et c'est alors aussi que l'on voit bien clairement qu'il faut à ces beautés factices des lumières artificielles pour ravir les suffrages de notre public éclairé et

(1) Voyez Clément d'Alexandrie pour tous ces détails de mœurs.

délicat. Car vous choisissez ce moment, Minutius,
pour les applaudir, pour les comparer à Vénus,
pour dire à tout le monde : Voilà le progrès. Libre à vous d'applaudir à une illusion de nuit, à un
effet de lumière, et de comparer nos femmes honnêtes à une déesse que la pudeur antique osait à
peine nommer ; mais je suis libre aussi de dire
avec le poëte Ménandre : Il est honteux qu'une
femme chaste et modeste change la couleur de ses
cheveux et de son teint pour se donner en spectacle
dans une salle de bal ou de concert, pour se faire
passer en revue par quelques esprits frivoles à la
pâle clarté des flambeaux nocturnes.

Vous connaissez sans doute les temples des
Égyptiens. Des bois sacrés, de longs portiques,
des vestibules spacieux vous y conduisent ; d'innombrables colonnes en supportent le dôme
élevé : les murailles, revêtues de pierres précieuses
et de riches peintures, jettent de toutes parts
un éclat qui vous éblouit. Rien ne manque à cette
magnificence, partout de l'or, partout de l'argent,
partout de l'ivoire. Vous vous étonnez justement
que les Indes et l'Éthiopie aient pu produire assez
de richesses pour suffire à tant de pompe. Cependant le sanctuaire se cache encore à vos regards
sous de longs voiles de pourpre brodés d'or et de
pierreries. Si, tout plein d'un si grand spectacle,
vous en rêvez un plus grand encore ; si, vous ap-

prochant, vous demandez à voir l'image du Dieu
pour qui un temple si magnifique a été construit,
et, si alors un sacrificateur, vieillard au visage
grave et vénérable, vient au chant des hymnes sacrés soulever le voile du sanctuaire comme pour
vous montrer son Dieu, un amer sentiment de
mépris succède dans votre âme à votre admiration trompée; ce Dieu puissant que vous cher-
chiez, cette magnifique image que vous aviez hâte
de voir, c'est un chat, c'est un crocodile, c'est un
serpent ou tout autre monstre semblable, indigne
d'habiter un temple et dont la seule demeure doit
être l'obscurité d'une caverne ou la fange d'un
marais impur. Ce dieu des Égyptiens est un
monstre qui se roule sur des tapis de pourpre. Mais n'est-ce pas là, Minutius, l'image des
femmes modernes que vous louez avec tant de
complaisance et qui, toutes revêtues d'or, uniquement occupées d'abattre ou de relever l'édifice de
leur chevelure, les joues brillantes de fard, les
sourcils imprégnés de fausses couleurs, emploient
pour embellir leur corps et exciter l'admiration
le même art trompeur que les Égyptiens mettent
en usage pour attirer des adorateurs au monstre
qu'ils appellent leur dieu? Que voyez-vous en effet dans l'âme des femmes que le soin de la beauté
extérieure préoccupe seul et qui rappellent par
leur parure éblouissante l'éclat et la pompe de

ces temples magnifiques ? Vous y voyez des ja-
lousies, des rivalités implacables, des médisances
finement déguisées, de noires calomnies sous l'apparence du désintéressement, de l'orgueil ou une
vanité qui ne doute de rien, des adultères ou
d'autres monstres semblables et enfin un trouble,
un malaise perpétuel, cuisant et profond sous un
faux air de bonheur et d'enchantement (1) ? Voilà
votre progrès, ô Minutius ! Le voilà tel qu'il est
dans la réalité !... Je ne veux pas approfondir davantage cette matière; autrement vous finiriez par
me convaincre.

Ce n'est donc pas notre corps, mais notre âme
qu'il faut orner, quoique l'on puisse dire avec raison que la chasteté est l'ornement de la chair. Je
ne prétends pas cependant proscrire toute parure
extérieure, je sais même qu'il est permis et qu'il
sied bien à chacun de vivre selon son rang et sa
fortune, mais il y a une mesure en tout que la raison ordonne d'observer. Or, cette mesure n'est
plus respectée aujourd'hui. Et pourquoi ce désordre qui entraîne la société vers une dissolution
manifeste ? Parce qu'on ne pense jamais à orner
l'âme. Je connais une doctrine qui répand la plus

_____

(1) Cette longue comparaison est empruntée à saint Clément d'Alexandrie ; elle donne une idée assez exacte de la
gravité des chrétiens primitifs et de la corruption de la haute
société païenne.

vive lumière sur une question si délicate et si fondamentale. D'après cette doctrine notre âme est faite à l'image de Dieu ; Dieu est la beauté même ; il est infiniment bon, infiniment sage, infiniment aimable, infiniment pur, infiniment saint, en un mot infini dans toutes ses perfections.

L'âme humaine, que ce grand Dieu a créée pour l'unir éternellement à lui, si elle sort vertueuse de sa prison corporelle, doit s'efforcer durant sa captivité d'imiter la pureté de son divin modèle ; elle doit repousser avec soin tout ce qui peut ternir cette fleur délicate que l'on appelle pudeur ou chasteté, elle doit par conséquent se parer des perfections qu'elle découvre en Dieu avant de penser à orner le corps auquel elle est enchaînée. C'est alors seulement que, l'âme s'élevant sur les ailes de la pureté jusqu'à son idéal céleste, jusqu'à la beauté même de Dieu, le corps peut être paré et embelli sans danger. Mais, si l'âme veut s'élancer plus rapidement encore dans la voie du progrès, si elle veut approcher de plus en plus de Dieu, son parfait modèle, elle n'a qu'à mépriser tous les vains ornements du corps, qu'à paraître dans une mise d'une sévérité antique, qu'à brûler en un mot tout ce que le monde adore pour adorer tout ce qu'il déteste, pour adorer l'Être infiniment saint dont les perfections sont diamétralement opposées aux convoitises humaines. Vous devez

être content, Minutius ; car je proclame maintenant avec vous la nécessité du progrès et même
du progrès indéfini, puisque je lui donne pour objet l'imitation et la possession de Dieu qui est
infini en tout. »

Cette vive interpellation porta le coup de grâce
au littérateur grec qui, ne pouvant plus se prévaloir du mot vague de progrès pour couvrir ses sophismes, se garda bien de provoquer de nouveau
son adversaire et se contenta de dévorer en silence sa confusion mêlée d'un amer dépit. Les
convives mêmes, qui lui avaient d'abord donné
leur approbation, n'hésitèrent pas à revenir sur
leur jugement et proclamèrent d'une voix unanime la victoire du jeune Romain qui les avait
charmés par la vivacité de sa réplique, l'élévation
de ses pensées et la pureté de ses sentiments.
Diocléa était tremblante d'émotion. Tout ce
qu'elle venait d'entendre était nouveau pour elle
et renversait de fond en comble les idées générale-
ment reçues ; c'était cependant si raisonnable et
si bien prouvé qu'elle ne pouvait en douter. Ce
qui l'étonnait le plus, c'est que tant de sagesse et
tant de grâce se trouvassent à la fois sur les lèvres
d'un jeune homme qui entrait à peine dans la vie
du monde. Impossible de lui refuser son suffrage
et de méconnaître la défaite de Minutius qu'elle
avait appelé à son aide. Du reste Napoléon en ter-

minant avait donné les plus grands éloges à une
personne qui dédaignerait tous les ornements à la
mode pour ne paraître que dans une mise sévère
et simple. « Qui sait, dit alors Diocléa dans le
fond de son âme, s'il ne faisait pas allusion à moi-
même, à mes goûts bien connus? La passion
changea presque aussitôt ce doute en certitude, et
la jeune princesse fut heureuse de manquer à sa
première résolution en comblant d'éloges celui
qu'elle avait voulu humilier.

Cornutus lui-même applaudit Napoléon ; ce n'é-
tait pas par amour pour lui, ni pour ses principes
qu'il abhorrait, mais parce que sa verve l'avait délivré pour toujours d'un rival incommode en fer-
mant la bouche à Minutius. Plein de lui-même et
ne croyant pas qu'un Italien pût résister à la dia-
lectique d'un philosophe grec, il s'adressa à Sixte
avec cette gravité solennelle : « Vous avez rem-
porté un triomphe éclatant, jeune homme ; je le
reconnais avec ces honorables convives. Mais je
crois que vous n'avez jamais entendu parler de nos
philosophes, autrement vous auriez plus de respect pour les institutions grecques, vous auriez
cité comme modèle de sagesse le vénérable Socrate qui éclaira de ses vertus une époque de corruption et de ténèbres. » Sixte Napoléon répondit
en souriant : « Vous me traitez en écolier, très-
docte Cornutus ; je ne vous en veux pas, car il y a

4.

bien des choses que j'ignore. Cependant je dois
vous dire que la vie et les opinions de vos vénérables philosophes me sont bien connues. Vous avez
pour ces graves discoureurs un respect et une estime que je suis loin de partager. Platon avoue
lui-même que le vénérable Socrate aimait surtout
à enseigner la sagesse aux jolis garçons. D'autres
auteurs font à ce sujet des réflexions très-peu édi-
fiantes, que la décence ne me permet pas de rappeler ici (1). Ces vénérables-là ne m'inspirent pas
une grande confiance; voilà pourquoi je m'ab-
stiens de les proposer comme des modèles de vertus. »

   A ces mots tous les convives rirent du désappointement du grave Cornutus qui ne s'attendait
pas à une pareille réponse. Piqué au vif et sen-
tant sa dignité de philosophe compromise, il reprit sur un ton beaucoup plus solennel et s'écria
avec une émotion visible : « Jeune homme, vous
ne connaissez pas les sages de notre époque,
autrement vous vous garderiez bien de les assi-
miler aux philosophes de l'antiquité !! Vous ne
savez donc pas que l'esprit humain a fait des progrès immenses, que la vertu donne aujourd'hui la
main à la science, que la philosophie compte de

_____

(1) Le respect de la pudeur publique m'empêche de rap-
porter les réflexions de Lucien sur Socrate et sur d'autres
sages.

nos jours parmi ses adeptes des hommes qui méprisent tout pour vivre dans la pauvreté ! ! ! — Les philosophes modernes, répondit Napoléon, je les connais et je n'ignore pas les progrès immenses qu'ils ont fait faire à l'esprit humain; Les anciens philosophes croyaient encore à quelque chose, quoiqu'ils fussent complétement divisés même sur les questions fondamentales, les philosophes modernes ne croient plus à rien, si ce n'est à leur infaillibilité tranchante, à leur orgueil bruyant ou solitaire. Les anciens philosophes avaient quelquefois des éclairs de raison ou de génie, ils donnaient au moins à leurs sophismes une forme élégante et sublime qui pouvait en imposer au public crédule; les philosophes modernes ne savent que ressasser de vieilles erreurs dans un langage plat et presque barbare. Tel est le progrès immense que les sages de notre époque ont fait faire à l'esprit humain. Nous connaissons aussi la vertu de ces grands docteurs du siècle. Ils se détestent trop les uns les autres pour que leurs habitudes secrètes restent sous le voile du mystère. Nous savons par la bouche de plusieurs d'entre eux que les ombres de la nuit protégent souvent les pas timides de ces vénérables qui se rendent enveloppés de longs manteaux dans des lieux de honte et d'infamie où leurs élèves sont étonnés de les rencontrer. C'est

ainsi, ô vénérable Cornutus, que la vertu donne
aujourd'hui la main à la science (1). Enfin l'a-
mour de la pauvreté, qui anime certains philosophes, n'est pas aussi désintéressé que vous voudriez nous le faire croire. Les uns, ne pouvant arriver à la célébrité par les voies ordinaires, se
drapent publiquement dans une pauvreté dédai-
gneuse pour en imposer à la foule; c'est l'orgueil poussé à sa dernière limite sous un faux air
de vertu austère. Les autres ne jouent que par nécessité ce rôle superbe de Diogène et n'attendent
qu'un moment favorable pour jeter le masque en
s'attachant avec une avidité fébrile aux biens de
ce monde qu'ils font semblant de mépriser.
Quand les grands les appellent à leur table pour
le vain plaisir de les montrer à leurs convives, on
les voit accourir avec plus d'empressement que les
parasites de profession. Ne connaissez-vous pas de
ces philosophes-là, austère et sublime Cornutus? »

Tout le monde éclata de rire à cette question
railleuse qui pénétra jusqu'au fond de l'âme du
philosophe. Diocléa elle-même, qui était obligée
par position de ménager son grave convive, ne
put y tenir et s'unit à l'hilarité commune avec
une ardeur enfantine. Mais Cornutus, qui voyait

(1) On n'avance rien ici qu'on ne puisse prouver par des
témoignages de Lucien, le philosophe moqueur, le Voltaire du
paganisme.

tomber tout à coup ses plus beaux rêves, même
son empire philosophique, se dressa dans tout
son orgueil de sage, darda sur Napoléon des
regards enflammés de colère et lui dit avec une
voix vibrante : « Jeune téméraire, comment
osez-vous railler un philosophe, un ami du progrès ! Vous ne savez donc pas à quels châtiments
terribles vous vous exposez !! — Cher Cornutus,
reprit Napoléon d'une voix calme et digne, vous
avez tort de me prendre pour un homme du passé,
je suis un homme de l'avenir. Je proclame plus haut
que vous la nécessité du progrès ; je professe une
doctrine qui enseigne qu'il faut toujours avancer
dans la vertu et qui déclare que rester station-
naire, c'est reculer ou rétrograder. Cette doctrine
porte avec elle les destinées futures de l'humanité ; elle m'ordonne de combattre sans relâche et
sans crainte vos faux principes destructeurs de
tout progrès moral et social, mais en même temps
elle m'ordonne de vous aimer, d'aimer jusqu'à
mes ennemis les plus acharnés. C'est pourquoi,
cher Cornutus, vous pouvez me compter parmi
vos meilleurs amis et, quoique je combatte vos
préjugés, je suis toujours disposé à vous tendre
la main, à vous rendre service. »

Le philosophe, qui ne croyait pas qu'on pût aimer ses ennemis, se crut de plus en plus raillé
par ces paroles ; il se leva brusquement et en

se retirant, il apostropha en ces termes Sixte Napoléon : « Romain insensé, malheur à toi, qui oses
te moquer ainsi d'un sage de la Grèce ! Je me ven-
gerai ! ! » Cette sortie excentrique ne fit qu'aug-
menter la belle humeur de Diocléa ; la jeune princesse alla jusqu'à battre des mains pour mieux
faire sentir à Cornutus le plaisir qu'elle prenait à
son humiliation. Mais celui-ci jeta un dernier regard sur Napoléon et s'écria d'une voix qui fit
retentir la salle du festin : « Oui, je me venge-
rai ! ! ! » Et puis il disparut pour aller raconter
ses infortunes à d'autres philosophes également
amis du progrès, de la vertu et de la pauvreté.

Minutius, le littérateur, comprit alors que sa
position n'était plus tenable ; car tous les convives
reportaient sur lui leurs regards en souriant avec
finesse. Mais il eut le bon esprit de ne point se
fâcher ; il refoula prudemment ses sentiments de
vengeance au fond de son cœur, prit congé de
l'assistance avec une amabilité de commande et
sortit aussitôt, se promettant bien de ne parler à
personne de sa déconfiture.

Bientôt après Dorothée et Napoléon se retirèrent laissant Diocléa enchantée de la tournure
qu'avait prise le débat littéraire et philosophique,
mais la noble princesse, qui voyait déjà le bonheur lui sourire dans la société de Sixte Napoléon,
ne savait pas ce que lui réservait l'avenir.

CHAPITRE V

Ce que pense Sixte Napoléon de la vie et des petits triomphes
de cour. — Il dompte un cheval indomptable aux yeux
des plus habiles. — Ce qu'il demande à l'empereur Dioclétien pour récompense. — Son départ pour l'armée et désolation profonde de Diocléa. — Ce qu'était l'armée romaine
à cette époque. — Galère. — Son orgueil, son ambition, sa
défaite et son désespoir. — Triomphe de Napoléon sur les
Perses. — Enthousiasme des troupes romaines. — Jalousie
de Galère.

Sixte Napoléon se mit à réfléchir sur la vie du
monde, lorsqu'il se trouva seul avec ses pensées.
Il sentait son cœur s'enivrer de plaisir en pensant
au triomphe éclatant qu'il venait de remporter
sur les plus beaux esprits de la Grèce, il était
heureux d'avoir ravi les suffrages des hommes
les plus prévenus contre les Romains, et son âme
tressaillait encore de joie au seul souvenir des
approbations flatteuses que lui avait données
Diocléa. Il buvait avec délices la coupe enchan-
teresse, il respirait sans remords les suaves émanations que le monde répandait autour de lui
pour surprendre son innocence, il se laissait déjà
doucement entraîner par le torrent de la vie qui
fait naître sur ses bords les fleurs les plus variées
pour mieux cacher l'abîme où il va se perdre
sans retour. Mais il pensa tout à coup à la déconfiture de Minutius et de Cornutus, aux rires ma-

lins qui avaient accueilli leur défaite, il pensa
aussi aux attaques imprévues que ces deux Grecs
avaient dirigées contre lui avec l'intention bien
manifeste de l'humilier, et la seconde face du
monde lui apparut dans toute sa laideur. C'est
alors qu'il embrassa d'un seul regard toute la
vie humaine avec ses triomphes éphémères et
ses déceptions innombrables. Son cœur se voila
aussitôt d'une heureuse tristesse, il retrouva de
la sorte son indépendance et s'arrêta avec une
fermeté inébranlable aux grands projets qu'il
avait formés autrefois avant de quitter le toit
paternel.

Délivré des liens que la gloriole humaine
commençait de lui imposer, Sixte Napoléon eut
encore à résister au charme mystérieux qui l'at-
tirait vers Diocléa. Il était bien décidé à suivre
les grandes inspirations que Dieu avait fait naître
dans son cœur par l'entremise de ses parents, et
cependant le souvenir de la jeune princesse, le
regret de s'éloigner d'elle, la crainte de perdre
son amitié et d'autres sentiments encore venaient
à chaque instant troubler la pensée de notre héros et ébranler ses plus fermes résolutions. Je ne
sais quel esprit céleste lui rappela alors la dernière parole de sa mère : « Pars, mon enfant,
c'est Dieu qui t'appelle ! » Mais il n'hésita plus, il
fit taire les plus doux sentiments de la nature

pour obéir à sa vocation supérieure et il s'écria
dans un moment de divin enthousiasme : « C'en
est fait! J'irai où Dieu m'appelle, rien ne pourra
m'arrêter! » Il dit, court chez Dorothée et lui déclare qu'il veut suivre la carrière des armes, que
les petits triomphes de cour ne sauraient plus le
retenir et qu'il secoue pour jamais le joug si séduisant que la vanité et la mollesse essayent de lui
imposer. Dorothée fut enchanté d'entendre un
pareil langage, car il craignait déjà que son
jeune ami ne se laissât séduire par les applaudissements du monde et ne perdit ses plus beaux talents dans une vie molle et oisive. Et, quand il vit
que Napoléon avait pris de lui-même cette noble
résolution, il conçut la plus haute idée de son
protégé et lui offrit aussitôt de demander pour lui
à l'empereur un grade important dans l'armée
active. Mais Sixte s'empressa de remercier son
protecteur en ces termes : « Je ne demanderai
jamais rien qu'à mon épée et à la justice; je craindrais de trahir ma vocation en entrant dans l'armée romaine par la porte de la faveur qui voit
passer chaque jour tant de lâches, tant d'incapa-
bles, tant d'efféminés. Cependant le souvenir de
vos bontés restera éternellement gravé dans mon
cœur; l'offre si sincère, si généreuse et si aimable que vous me faites aujourd'hui, me rappellera
toujours que j'ai trouvé en vous un second père. »

Tandis que le jeune Romain parlait encore, il aperçut un cheval superbe que deux vigoureux Arméniens, attachés au service de la cour, essayaient en vain de contenir. A cette vue il s'élance vers l'animal indomptable. « Malheureux! s'écrie Dorothée, vous courez à votre perte!! Les hommes les plus habiles et les plus énergiques ont tous trouvé la mort en voulant dresser ce cheval qui errait naguère encore sur les montagnes de la Phrygie et qui a conservé toutes ses allures de liberté et de sauvage indépendance. » Mais Napoléon n'écoute que son ardeur; comme un autre Alexandre il s'élance sur ce nouveau Bucéphale, s'affermit sans s'émouvoir et étonne par tant d'audace le fier coursier des montagnes. Se croyant déjà vainqueur il caresse de sa main l'animal fougueux, l'encourage de sa douce voix et l'excite à avancer. Mais le cheval, revenu de sa surprise et honteux, pour ainsi dire, de son calme inaccoutumé, trépigne, s'agite en tous sens, avance, recule, se cabre et menace enfin de se détruire lui-même pour frapper plus sûrement son jeune et téméraire agresseur. Napoléon, loin de se troubler, semble plus calme qu'à l'ordinaire; il se campronne d'une main à la crinière de sa monture et de l'autre lui assène un coup si vigoureux et si inattendu entre les deux oreilles que le coursier indomptable cède en poussant un

profond soupir, s'élance dans la plaine et dévore
l'espace. L'intrépide cavalier disparaît bientôt à
l'horizon, mais il ne tarde pas à revenir sur ses
pas, il accourt vers le palais avec l'animal soumis,
quoique frémissant encore de l'émotion profonde
que lui a causée sa défaite. Les gens qui ont été
témoins de cette lutte effrayante battent des
mains pour applaudir et s'écrient d'une seule
voix : « Victoire ! honneur au jeune Romain ! ! » La
nouvelle d'un si beau triomphe se répand de tous
côtés, elle arrive même aux oreilles de Dioclétien
qui veut voir le vainqueur et le féliciter. L'empereur et ses courtisans sont étonnés de la modestie,
de la délicatesse, des formes gracieuses de celui
qui vient de donner une preuve si éclatante de son
courage. Dioclétien, ravi d'admiration, dit au
jeune vainqueur : « Choisissez, mon ami, la récompense que vous voudrez pour votre action héroïque, je m'empresserai de vous l'accorder. »

Sixte Napoléon répond : « Je demande pour
prix de cette petite victoire le cheval que j'ai
dompté et une bonne épée pour défendre les
frontières de l'empire attaquées par les barbares.
Les Grecs avides, qui entouraient l'empereur, sou-
rirent de pitié en entendant demander une si
modique récompense. Mais Dioclétien, qui savait
apprécier les hommes, dit aussitôt à Napoléon :
« Vous êtes le seul homme de mon empire qui

soit digne de continuer les traditions de nos glorieux ancêtres; allez avec cette épée que je mets
entre vos mains et avec le cheval que vous avez
discipliné, allez défendre l'empire que les bras
inertes de tant de Greco-Romains laissent assaillir
et piller par des hordes sauvages. »

Sixte Napoléon partit presque aussitôt et se
dirigea vers le Danube que les Marcomans, les
Goths et d'autres barbares essayaient de franchir
pour se jeter sur les richesses des Romains et
insulter les aigles impériales. Dorothée, après
avoir reçu ses adieux, ne put s'empêcher de dire
en le voyant courir à toute bride vers le Bosphore : « Ce jeune homme a plus de cœur et de
tête que la plupart des empereurs qui ont gou-
verné le monde romain. D'un autre côté il est
aussi zélé chrétien qu'un apôtre, il parviendra
à l'empire ou à la palme des martyrs. »

C'est ainsi que le jeune Romain annonçait jusque dans ses moindres actions ce qu'il pourrait
être un jour. Quand il se vit seul avec son fier
coursier sur la grande route de l'avenir, il se sentit
heureux d'avoir rompu les liens qui le retenaient
à Nicomédie, il jouit avec délices de son indépendance, il respira à pleins poumons l'air frais
de la liberté qui fait tressaillir les âmes de vingt
ans. A ces premières impressions succédèrent des
rêves de prospérité, de gloire et de grandeur que

la douce morale du christianisme, dont notre
héros était profondément pénétré, empêcha de
dégénérer en folies, en imaginations extravagan-
tes. Aussi Napoléon arriva-t-il dans le camp romain, le cœur content et la tête libre. Il se battit
vaillamment contre les barbares, reçut sur le
champ de bataille ses premiers grades militaires
et fut désigné par le général en chef pour aller
avec une troupe d'élite grossir l'armée d'Asie
qui venait d'être vaincue dans les plaines de la
Mésopotamie et qui se préparait à prendre une
éclatante revanche sur l'ennemi le plus redoutable
de l'empire.

Lorsque Diocléa apprit le départ subit de Napoléon, elle tomba dans le plus profond découragement. Elle qui avait applaudi avec une gaieté
si franche à l'humiliation de Cornutus, elle se
voit humiliée, délaissée à son tour! Ses rêves de
bonheur ont disparu avec plus de rapidité encore
que ceux de l'orgueilleux philosophe. Quelle horrible position! Aussi tout lui déplaît dans sa vie
brillante, tout lui devient insupportable. Elle ne
trouve plus de plaisir à aspirer le parfum de ses
fleurs, elle ne peut plus admirer les formes fines
et délicates du buste de Corinne. Sapho seule,
que l'artiste a représentée dans un sombre désespoir, a le pouvoir de fixer son attention. Elle reste
quelque temps en contemplation devant la figure

passionnée de cette célèbre Grecque, elle comprend alors toute l'étendue de ses malheurs, on
dirait que la fureur de Sapho s'empare de son
âme. La nuit la plus épaisse semble se faire autour d'elle, les sentiments les plus violents se
heurtent dans son cœur et éclatent bientôt en
imprécations. La jeune princesse, inconsolable
d'être abandonnée sans même avoir reçu une parole d'adieu, décharge sa colère sur les femmes
qui l'entourent et principalement sur Nigra dont
le calme fait un si singulier contraste avec son
agitation profonde. Elle s'en prend à tout le
monde. Personne ne put l'approcher ni lui faire
entendre le langage de la raison. Dorothée, qui
avait sur elle tant d'empire et qui réussissait toujours à dissiper ses chagrins, lui paraît en ce moment plus odieux que les autres courtisans, car
c'est lui qui a introduit dans le palais ce jeune
Italien et c'est peut-être lui qui l'a engagé à partir. Ces réflexions débordent du cœur de Diocléa
et se traduisent en paroles injurieuses pour le
fidèle chambellan. A un si violent orage succède
un calme sombre et désespérant. La jeune princesse se laisse tomber sur le magnifique lit qui
lui sert de siége pendant ses repas, elle roule je
ne sais quelles noires pensées dans son esprit,
mais tout à coup un rayon d'espérance brille sur
son front et l'on entend ces paroles qui sortent

rapides de sa bouche : « Qui sait s'il ne reviendra pas ?..... oh! alors je remuerai ciel et terre pour le gagner ou du moins pour l'empêcher de repartir. »

Sixte Napoléon revenait déjà en Asie, mais il ne devait pas s'arrêter à Nicomédie ; c'est tout au plus s'il put envoyer une courte lettre à Dorothée pour lui annoncer ses succès sur les barbares du Danube et ses espérances d'avancement rapide, à l'occasion de la grande guerre que l'on préparait contre les Perses, car c'étaient les Perses qui avaient battu les Romains près de Carrhes en Mésopotamie, et le césar Galère, qui voulait rétablir sa réputation compromise par un si humiliant échec, faisait appel à tous les hommes de cœur et leur promettait les plus brillantes récompenses : jamais appel ne fut mieux entendu. On vit dans chaque armée romaine des soldats briguer l'honneur de marcher contre les Perses ; il faut bien avouer cependant que la défense de la patrie commune n'était pour la plupart qu'un beau prétexte pour assouvir une ambition démesurée ou une soif plus insatiable encore des trésors de l'Orient. Quoi qu'il en soit de la pureté de ces sentiments patriotiques, il vint des troupes choisies des provinces les plus éloignées ; il en vint de l'Illyrie, de la Macédoine, de la Grèce et même de la Gaule ; il en vint aussi de l'Espagne, de l'Afrique, de l'É-

gypte, de l'Arabie, des îles de la Méditerranée, du
Pont et des montagnes de l'Arménie. D'autres
provinces moins importantes fournirent leur con-
tingent, et Galère put contempler avec orgueil
l'armée formidable qui désirait mériter ses récompenses plus encore que ses éloges. Cette
armée, quoiqu'elle appartînt à différentes races,
était unie par les liens d'une discipline commune.
Cependant chaque légion conservait le caractère
propre du peuple qui lui avait donné naissance,
bien plus elle portait plusieurs des armes qui
avaient fait briller le courage de ses ancêtres ; car
Rome, à mesure qu'elle marchait de conquête en
conquête à l'empire du monde, avait la bonne idée
d'adopter les armes et la tactique militaire des peuples qu'elle soumettait à son joug ; seulement lorsque ces armes et cette tactique lui paraissaient
préférables à sa manière de combattre. Voilà pourquoi cette immense armée offrait la plus grande
variété dans une admirable unité de discipline.
Ainsi la phalange macédonienne qui rappelait les
temps de Philippe et d'Alexandre, la légion gauloise qui se glorifiait d'avoir été créée par Jules
César et qui portait toujours pour emblème une
alouette aux formes vives et légères, les sagit-
taires des îles Baléares dont les ancêtres avaient
figuré avec éclat dans les grandes luttes entre les
Romains et les Carthaginois, les cavaliers numides,

à la figure basanée, aux allures fières, que l'on aurait pu prendre pour un noble débris de l'armée de Jugurtha, allaient bientôt combattre côte à côte avec des Italiens, des Illyriens, des Thraces, des Arméniens, des Arabes et même avec des barbares sortis des forêts de la Germanie et enrégimentés par les recruteurs romains qui cherchaient des défenseurs de l'empire jusque parmi ses ennemis les plus implacables. Tous ces soldats si différents par leur origine, leur costume, leurs armes, leur langage, avaient été jetés dans le moule de la discipline romaine et obéissaient, en gardant leurs allures particulières, à un seul mot d'ordre, à une seule règle générale, enfin à un seul homme.

Cet homme, le césar Galère, n'était ni un Grec, ni un Romain, ni un Gaulois, ni un Espagnol, ni même un Africain, c'était un barbare dont la mère, née au delà du Danube, est appelée avec mépris par Lactance *Transdanubienne*. Pâtre, aux formes grossières et athlétiques, il avait quitté la houlette pour prendre l'épée et s'était élevé successivement jusqu'au second rang avec le titre de César ; mais là ne se bornait pas son ambition, il voulait être Auguste et tout dominer dans l'empire, même Dioclétien. Débauché dans ses habitudes quotidiennes et féroce dans ses vengeances, il plaisait à la soldatesque greco-romaine qui ne de-

5

mandait à ses maîtres que du pain, des plaisirs
grossiers et des jeux sanguinaires. A ces vices si
séduisants pour des hommes dégénérés il faut
ajouter quelques bonnes qualités, de l'audace, de
la bravoure et des talents militaires incontestables
qui faisaient du pâtre barbare un des plus fermes
soutiens de l'empire. Galère, pour parvenir à ses
fins, ne négligeait pas non plus la ruse; les basses
flatteries à l'adresse de l'empereur suprême. Il
était assez maître de lui-même pour cacher ses
vues ambitieuses, tout en faisant l'éloge le plus
pompeux de Dioclétien. Endormir son maître sous
des flots d'encens et l'éclipser ensuite par des victoires éclatantes, tel était le but auquel marchait
le césar Galère avec une persévérance inébranlable. Les Perses, en lui faisant subir une honteuse
défaite, loin d'abattre son ambition n'avait servi
qu'à l'irriter davantage. Aussi, lorsqu'il parcourut
de son regard fauve l'armée si nombreuse réunie
sous ses ordres , il ne put s'empêcher de dire à
ses amis : « La victoire est à nous, la défaite que
nous avons éprouvée naguère servira mieux nos
desseins que dix batailles gagnées en prouvant à
tout le monde que nous triomphions aujourd'hui
du plus redoutable ennemi de l'empire.

Cependant l'ambitieux César comptait sans la
valeur et le nombre de ses ennemis. La nouvelle
de la victoire remportée à Carrhes s'était répan-

due avec la rapidité de l'éclair des bords de
l'Euphrate jusqu'aux Indes et jusqu'au delà de
la mer Caspienne. L'Orient, que cette nouvelle
fit tressaillir de joie et d'espérance, s'ébranla
tout entier pour marcher contre l'Occident; la
grande figure de l'empire romain ne l'épouvantait
plus; il s'empressa donc d'accourir pour voir le
colosse humilié et lui porter le dernier coup.
Les peuples les plus pacifiques se sentirent tout à
coup pleins d'une ardeur guerrière qui leur fit
abandonner la charrue ou le soin des troupeaux
pour prendre l'épée. On vit accourir vers l'Euphrate et le Tigre des Mèdes, des Perses, des
Bactriens, des Caramaniens, des Indiens et même
des peuples inconnus qui habitaient au nord de
l'Inde des montagnes couvertes d'une neige éternelle. C'est surtout le peuple qui s'étend à l'Orient
de la mer Caspienne dans de vastes plaines qui
s'empressa d'envoyer contre les Romains ses innombrables cavaliers pasteurs; ils vinrent à toute
bride, semblables à des nuées de sauterelles que
la colère de Dieu appelle du fond du désert et que
le vent du ciel pousse devant lui vers les régions
les plus fortunées. Le désir de la vengeance et
l'espoir du pillage animaient tous ces barbares
qui n'attendaient depuis longtemps qu'un homme
pour marcher en avant. Or, cet homme avait enfin
paru. C'était le vainqueur de Carrhes, Narsès, roi

des Perses. Avec sa haute taille, sa fière démarche
et sa noble figure que relevait encore l'orgueil de
la victoire; Narsès passa pour un demi-dieu aux
yeux de ces peuples ignorants et superstitieux qui
l'auraient suivi jusqu'aux extrémités de la terre.
Cependant il ne se fit pas illusion sur la puissance
effective de son armée, il savait que les Romains
étaient supérieurs en discipline et que la victoire
pourrait bien suivre les calculs de l'art militaire.
En habile capitaine il chercha aussitôt à faire
tourner à son avantage l'irrégularité et le désordre de son armée. Il lança d'abord contre les
gros bataillons de l'ennemi les Mèdes, les Perses
et les Caramaniens avec l'ordre formel de reculer
et de fuir après le premier choc. Cette première
rencontre fut terrible et ébranla les légions illy-
riennes, traces, italiennes, et même le bataillon
carré des Macédoniens. Comme l'avait prévu Narsès, les Romains se précipitèrent sur les pas des
fuyards et crurent à une facile victoire. Galère
excitait ses soldats de sa voix formidable, marchait au premier rang et entraînait après lui toute
l'armée ; il commandait et frappait en même
temps des coups d'épée si terribles que la mort
semblait lui avoir prêté sa faux tranchante pour
tout moissonner sur son passage.

Cependant le roi des Perses, placé sur une
hauteur, observait tout avec calme et, quand il

vit les Romains courir en désordre, aveuglés
qu'ils étaient par la passion de la vengeance et
par l'espoir d'une facile victoire, il ordonna à ses
soldats de faire volte-face et de se précipiter dans
les rangs ouverts de l'ennemi. Ce retour imprévu
déconcerta les vainqueurs et les jeta dans la plus
grande confusion. C'est en ce moment que Narsès
d'un coup de sifflet appelle au combat les farouches pasteurs, tenus jusqu'alors en réserve
malgré leur impatience belliqueuse. Ils arrivent
montés sur leurs grands chevaux, enveloppent
l'armée romaine de toutes parts et en font un
horrible carnage. Galère cherche en vain à ral-
lier ses troupes, il a beau se multiplier, faire des
prodiges de valeur, maudire le ciel et la terre, la
victoire lui échappe, il faut qu'il cède le terrain
à l'ennemi. Heureusement qu'une nuit épaisse
et profonde vient suspendre l'effusion du sang
et permettre aux Romains de regagner leurs re-
doutes, autrement on aurait pu voir Galère succomber lui-même dans cette horrible mêlée avec
son armée tout entière.

Lorsque l'orgueilleux César fut rentré sous sa
tente et qu'il put réfléchir sur l'immensité de ses
désastres, il s'abandonna à une fureur épouvan-
table. Tous les échos de la vallée où campaient
les débris de l'armée romaine répétaient ses
horribles blasphèmes ; les bêtes fauves, effrayées,

sortaient de leurs tanières et couraient au hasard
au milieu de la nuit obscure qui donnait par ses
ténèbres quelque chose de lugubre et de solennel
à cette scène de désespoir. Ce n'était pas la mort
de tant de soldats couchés sur le champ de bataille qui arrachait à Galère ces gémissements
profonds, ces cris déchirants, c'était la chute
inattendue de son ambition, c'était la crainte
d'une révolte dans l'armée, c'était enfin la perspective de se voir blâmé et peut-être disgracié
par ce Dioclétien dont il méditait secrètement
la ruine. Après avoir librement exhalé sa colère,
ne voyant pas d'issue à ses malheurs personnels
il convoque tous les officiers qui ont échappé à
la mort et leur demande conseil avec une modestie qu'on n'aurait jamais attendue d'un
homme si arrogant. «Faut-il se battre encore ou
se retirer honteusement? » Telle est la question
qu'il leur pose. La plupart répondent que la retraite est nécessaire, impérieusement comman-
dée par les circonstances. D'autres ne répondent
rien, mais leur sombre silence dévoile clairement leur pensée. Napoléon seul se prononce
pour un nouveau combat avec un calme et un
sang-froid qui inspirent la confiance. Galère
pousse un cri de joie, s'élance vers le jeune officier et le serre dans ses bras gigantesques
jusqu'à lui faire perdre la respiration. Après cet

épanchement de fraternité militaire il dit à Napoléon : « Quelle est votre idée ? quel est votre plan d'attaque ? » Sixte répond d'une voix ferme et sonore : « Illustre César, tout n'est pas perdu. L'armée romaine, quoiqu'elle soit mutilée, peut encore remporter la victoire, mais il faut changer quelque chose à notre tactique militaire. A l'exemple de l'ennemi il faut diviser notre armée en petits corps qui puissent se porter facilement d'un point à un autre et dérouter les marches et contre-marches des troupes persanes. D'un autre côté, comme les soldats romains sont formés à une discipline régulière, il sera facile, à un moment donné, de faire serrer leurs rangs pour envelopper et écraser l'ennemi par cette manœuvre inattendue. » A ces mots Galère pousse un profond soupir, car il se sent incapable d'exécuter un plan d'attaque si nouveau pour lui ; mais, comme après tout il lui importe essentiellement de vaincre, il abandonne la direction de l'armée au jeune officier et se résigne à obéir, tout en gardant le commandement suprême.

Napoléon se met aussitôt à l'œuvre pour préparer une nouvelle attaque. Il donne des instructions précises aux différents officiers, il désigne le corps que chacun d'eux conduira au combat au lever du soleil, il prend sous ses ordres la légion gauloise et met en réserve la cavalerie.

numide qui devra tomber, à un signal donné,
sur les cavaliers pasteurs venus de l'Asie cen-
trale. Après ces dispositions prises pour le lendemain, Napoléon se retire sous sa tente et appelle auprès de lui les officiers chrétiens. Ils
adressent tous ensemble une fervente prière au
Dieu des armées, à l'invincible Jéhovah qui détruit d'un seul souffle les conquérants les plus
redoutables, qui élève et brise à son gré les
trônes et les empires. « Venez, s'écrient-ils, venez, ô Seigneur, au milieu des tourbillons et
des tempêtes dissiper cette multitude de barbares qui ne rêvent que sang et que pillage.
Montrez-nous que vous êtes toujours le Dieu qui
ébranle les montagnes, qui désole les collines
sous le vent brûlant de sa colère, qui agite la
mer immense jusque dans ses abîmes et qui
porte enfin la terreur et l'effroi dans l'âme des plus
superbes dominateurs. Il vous suffit de vouloir
pour faire rentrer dans le néant vos ennemis les
plus implacables. Vous avez voulu et les flots de la
mer Rouge ont dévoré l'impie Pharaon avec sa
grande armée ; vous avez voulu et l'ange exé-
cuteur de vos justes décrets a exterminé devant
Jérusalem les innombrables soldats de Senna-
chérib ; vous avez voulu et le superbe Nabucho-
donosor est descendu au rang des plus vils animaux ; vous avez voulu encore et Ninive et Tyr et

l'orgueilleuse Babylone ont disparu avec leurs monuments grandioses de la surface de la terre. Tout obéit à un simple mouvement de votre volonté, la mort comme la vie. Montrez-nous donc cette volonté si puissante, ô roi immortel des siècles, soutenez nos faibles bras, affermissez notre courage chancelant en présence de l'ennemi qui nous presse de toutes parts. Nous entendons déjà les cris sauvages des cavaliers pasteurs qui se préparent pour une nouvelle attaque au lever de l'aurore, nous entendons aussi le bruit des roues qui se précipitent avec impétuosité, les chevaux qui hennissent fièrement, les chariots qui courent comme la tempête et la cavalerie qui s'avance à toute bride. Quelle audace ! Quelle fureur guerrière !! Cette nuit épaisse et sans étoiles, qui s'étend sur nous comme un couvercle de marbre noir sur un tombeau, ne pourra donc pas nous protéger jusqu'au retour de la lumière contre les attaques de ces terribles Asiatiques !! Mais voici les épées qui brillent au sein des ténèbres, les boucliers qui retentissent, les lances qui s'entre-choquent et jettent des étincelles. Sauvez-nous, ô Dieu des armées, accordez à vos adorateurs une éclatante et décisive victoire. Nous sommes faibles, mais nous pouvons tout avec votre secours, nous sentons déjà dans nos cœurs un feu divin qui nous annonce un pro-

5.

chain triomphe. » Telle fut la prière des jeunes
héros de la foi. Napoléon engage alors ses com-
pagnons à dormir en paix jusqu'à la naissance du
jour pour réparer leurs forces affaiblies par tant
d'émotions. Quant à lui il veille, il passe la nuit
à développer son plan d'attaque en présence de
deux amis intimes qu'il charge de porter ses
ordres de tous côtés, lorsque l'heure du grand
combat sera venue.

Quand l'aube commença à blanchir l'horizon
et à chasser les ombres de la nuit, Napoléon,
monté sur son beau cheval, courait déjà dans la
plaine, examinait avec soin la nature des lieux,
observait les positions de l'ennemi et éveillait à
son retour les Romains couchés près des feux
éteints du bivouac, en leur criant d'une voix
sonore et assurée : « Aux armes, mes amis ! aux
armes ! » Cet appel imprévu, cette voix mâle et
sympathique à la fois, les allures martiales de
ce jeune officier et le mystère qui entourait sa
personne rendirent la confiance aux soldats si
profondément démoralisés par la défaite de la
veille. Les païens crurent à une apparition de
Minerve ou de Mercure, les chrétiens se de-
mandèrent si ce n'était pas là l'ange des batailles
que Dieu envoyait autrefois à son peuple pour
relever son courage et lui donner la victoire
dans les moments les plus critiques. Tous re-

prirent donc les armes avec une confiance illimitée et marchèrent contre l'ennemi avec autant d'assurance que des troupes habituées à
vaincre dans toutes les rencontres.

Cependant Narsès, qui croyait les Romains
déjà réduits à l'impuissance, fit appel à l'avidité
de ses troupes et leur donna à piller le camp
de l'ennemi en leur recommandant de tout
exterminer jusqu'au dernier soldat. Cet ordre
barbare fut admirablement compris. De même
qu'un fleuve impétueux porte partout ses ra-
vages, lorsque des mains malfaisantes viennent
à rompre ses digues, de même l'armée persane,
furieuse d'avoir été si longtemps contenue, se
répand de tous côtés à la voix de son chef,
pousse des hurlements effroyables et fait marcher devant elle la terreur et la mort. Tous ces
barbares courent pêle-mêle au pillage du camp
romain, ils disent que c'est là le festin que leur
a préparé le Dieu de la guerre, et chacun d'eux
veut en avoir la meilleure part. Les farouches
pasteurs se montrent les plus empressés et les
plus avides, ils foulent aux pieds de leurs grands
chevaux amis et ennemis et se précipitent en
avant comme la tempête que le maître de la
nature déchaîne sur une riche campagne.

L'armée romaine, bien qu'elle soit effrayée par
cette irruption soudaine, exécute avec intelli-

gence les mouvements stratégiques commandés
par Napoléon et ouvre ses rangs pour laisser
passer le premier flot de barbares, elle encourage
ainsi les autres à courir sur la même voie; tous
jusqu'à Narsès viennent se prendre au piége. C'est
alors que Sixte, qui a conservé un calme parfait
et qui a l'œil ouvert sur tout le camp, ordonne à
ses troupes de se replier et de tomber sans pitié
sur le dos des barbares occupés du pillage. Quand
il voit que l'armée entière à bien compris ses
ordres, il s'élance lui-même dans la mêlée avec
son cheval superbe, excite les uns et les autres
sur son passage, apparaît encore aux soldats
comme un être supérieur et court se mettre à la
tête de la légion gauloise. Il attaque avec elle les
cavaliers pasteurs qui, sur l'ordre de leur chef,
vrai géant à la face velue et aux bras énormes, se
sont déjà mis en défense et semblent défier toute
agression. Mais les Gaulois, que rien n'épouvanta
jamais, sentent redoubler leur courage, lorsqu'ils
voient Napoléon les choisir entre tous les corps de
l'armée romaine pour les conduire au combat.
Fiers d'obéir à un chef si intrépide ils s'élancent
en riant contre les pâtres grossiers et hideux
dans leur sauvage contenance; ils tournent autour d'eux avec une rapidité extraordinaire, les
harcellent, les fatiguent, leur font mille blessures
et parviennent enfin à s'ouvrir un chemin sanglant

au milieu de leurs bataillons si redoutables. Sixte,
qui marche toujours en avant de ses troupes,
renverse tout sur son passage et va droit au chef
monstrueux des barbares. Celui-ci pousse d'abord
un cri sauvage en voyant le cheval de Napoléon
frémir...d'impatience et fouler aux pieds avec
orgueil les pâtres que son maître a renversés à
terre ; mais, quand il a examiné avec plus d'attention les formes délicates de son jeune agresseur, il s'abandonne à un rire féroce et de son bras
gigantesque lève une énorme massue pour as-
sommer l'audacieux Romain qui ne craint pas de
se mesurer avec lui. Napoléon évite le coup, fait
un demi-tour sur la droite avec la rapidité de
l'éclair, enfonce son épée sous la cuirasse du
géant barbare et abat à ses pieds ce terrible adversaire dont la chute retentit au loin comme la
chute d'un grand chêne qui tombe sous la hache
du bûcheron ou sous l'effort de la tempête.

L'épouvante saisit aussitôt les cavaliers pasteurs
qui avaient une confiance aveugle dans la puissance de leur chef ; en même temps la cavalerie
numide tombe sur le flanc gauche de ces barbares avec la rapidité de la foudre ; d'un autre côté
Galère, que les succès de Napoléon ont exalté, se
jette dans la mêlée pour prendre part à cette
grande fête militaire ; il arrive auprès du géant
barbare, au moment où celui-ci désarçonné par

Sixte, se relève péniblement et promène autour
de lui des regards où la honte et la colère se con-
fondent dans une expression d'audace incomparable. Galère met pied à terre et attaque le barbare
sans hésiter; il tressaille de joie, il bondit comme
le lion du désert qui provoque à la lutte un ours
difforme et monstrueux qui vient maladroitement
barrer son passage.

L'Asiatique a beau proférer des menaces et
brandir sa hallebarde avec une force herculéenne,
il tombe sous les coups de l'habitant du Danube
et couvre la terre d'un sang noir qui s'échappe par
de larges blessures. Si Napoléon laisse à Galère le
soin d'achever son œuvre, c'est qu'il voit courir
vers lui Narsès qui a rallié ses meilleures troupes
et qui veut se mesurer avec le nouveau chef de
l'armée romaine. Toujours suivi de la légion gauloise il pousse son cheval vers le roi des Perses,
et pour l'atteindre plus vite il se fraye un passage
sanglant à travers la garde royale qui cède à une
attaque si prompte et laisse son chef à découvert.

Voilà donc Napoléon et Narsès en présence;
ils se regardent, ils se mesurent de l'œil, ils
cherchent à se pénétrer mutuellement et ils
sont presque étonnés de se trouver aux prises
l'un avec l'autre. Narsès admire la jeunesse,
les formes délicates, exquises de Napoléon, et il
s'étonne qu'une âme si guerrière soit logée dans

un corps si jeune et si élégant, il s'étonne surtout
que l'armée romaine réduite aux abois doive son
salut à un officier qui la veille était inconnu. Napoléon admire de son côté les nobles allures de
Narsès, sa haute taille, ses grands airs de maître
absolu, et il s'étonne qu'un homme si distingué
consente à commander un ramassis de barbares et
à faire la guerre avec une cruauté inouïe. Ces réflexions passent comme l'éclair dans l'esprit des
deux héros sans arrêter l'ardeur guerrière qui les
anime. Narsès qui domine son adversaire de toute
la tête porte un coup terrible de sa hache d'arme
sur l'épaule droite de Napoléon, mais celui-ci
échappe à la mort en piquant son cheval qui s'é-
lance d'un bond au delà de l'espace occupée par
le roi des Perses. Tandis que le Persan se retourne,
le Romain lui envoie dans l'œil droit une flèche
aiguë qui lui cause la plus vive douleur et le fait
chanceler sur sa monture. Plus rapide que l'aigle
qui s'abat sur sa proie, Napoléon se précipite sur
son agresseur effrayé, déchire sa cuirasse d'un
coup d'épée, le pousse en arrière et le renverse
dans un tourbillon de poussière soulevé par les
pas des hommes et des chevaux.

La victoire est complète. L'armée persane dé-
moralisée emporte son chef à moitié mort, abandonne précipitamment armes et bagages et s'enfuit
dans le plus grand désordre vers les provinces

orientales où se répand de nouveau la terreur du
nom romain. Galère s'installe dans la tente magnifique de Narsès et livre au pillage le camp de
l'ennemi. Les Romains sont éblouis par les trésors
innombrables qui tombent sous leurs mains, chaque soldat se charge d'un riche butin et oublie
aussitôt ses fatigues avec les dangers qu'il a courus.

Cependant on pense après le pillage au jeune
héros qui vient de relever l'honneur des aigles romaines. Tout le monde veut le voir, l'entendre et
connaître son nom. Cette idée se répand avec la
rapidité de l'éclair dans toute l'armée. Un groupe
de soldats découvre Napoléon, l'entoure aussitôt
et le presse de se montrer aux troupes si dis-
posées à l'entendre et à l'acclamer. Mais il résiste
à ces désirs séditieux et renvoie tout l'honneur de
la journée à Galère. Inutiles efforts ! quelques soldats dressent une estrade qui domine toute l'étendue du camp, d'autres le portent sur leurs bras et
l'élèvent malgré lui sur cette tribune militaire. L'armée entière le voit alors et l'acclame avec un enthousiasme délirant. Mille voix s'élèvent aussitôt
pour lui dire : « Parlez ! parlez ! » Napoléon prend
forcément la parole et s'exprime en ces termes :
« Honneur à vous, Romains, qui rappelez aujour-
d'hui par votre bravoure les plus beaux temps de
notre histoire ! Les Scipion, les Paul-Émile, les
Marius et le grand César lui-même seraient con-

tents de vous, s'il était permis à leurs âmes ma-
gnanimes de venir contempler votre immense
triomphe. L'Orient s'était levé comme un seul
homme pour nous accabler, la nuit dernière a été
profondément troublée par ses vociférations sauvages, mais, grâce à vos héroïques efforts, l'Orient
se tait maintenant devant la puissance romaine;
bien plus il s'enfuit épouvanté vers ses steppes
solitaires. Il laisse en notre pouvoir un immense
butin et plusieurs provinces. Jamais victoire eut-
elle des conséquences plus fécondes! Oui, Romains, quoiqu'on vous accuse, peut-être avec raison, d'avoir dégénéré, on pourrait encore avec
vous pousser jusqu'aux Indes et soumettre à nos
lois ces peuples innombrables qui habitent des
régions à peine connues. » A ces mots l'orateur
militaire fut interrompu par une formidable acclamation qui, partie du pied de la tribune, se pro-
longea jusqu'aux extrémités du camp et épouvanta les oiseaux de proie qui planaient dans l'air,
épiant le moment de s'abattre sur les cadavres
épars dans la plaine. Quand le silence fut rétabli,
Napoléon continua de la sorte : « Vous avez tous
combattu vaillamment, mais je dois des éloges
particuliers à la légion gauloise. C'est elle qui, a at-
taqué avec le plus de hardiesse, c'est elle qui a ouvert un passage à toute l'armée à travers cette formidable cavalerie des pasteurs, c'est elle enfin qui

s'est portée comme la foudre à la rencontre de Narsès et de la garde royale.

Romains, permettez-moi de vous dire la vérité tout entière. Après vous avoir loués j'ai le droit de vous blâmer. Voulez-vous être invincibles comme vos ancetres? Soyez comme eux inébranlables dans l'obéissance à vos chefs, dans le respect de la discipline militaire. N'apportez-pas dans les camps les passions du forum, n'élevez plus sur un champ de bataille de ces tribunes aux harangues, et commencez dès ce moment à condamner la conduite que vous avez tenue à mon égard et à rendre à votre commandant suprême les honneurs que vous me prodiguez dans votre enthousiasme immodéré. »

Une nouvelle acclamation accueillit ces paroles. L'armée romaine, étonnée d'entendre un langage si modéré et si désintéressé dans un temps où tant d'ambitieux flattaient ses passions pour s'élever au rang suprême, revint à ses premières idées sur la nature du jeune vainqueur, elle crut encore à une apparition céleste. La mâle et sévère éloquence de Napoléon, sa parole harmonieuse, son regard de feu tempéré par une douce modestie, sa physionomie si suave et si expressive, tout contribuait à répandre et à nourrir cette illusion. L'armée entière s'ébranle et veut approcher de la tribune militaire pour voir de près et contempler

le jeune héros ; les rangs les plus éloignés s'effor-
cent de passer par-dessus les autres et bientôt le
camp présente l'aspect d'une mer houleuse dont
les vagues luttent de vitesse, comme si elles
obéissaient à la voix d'un Dieu qui les appelle.
Ces acclamations, ces mouvements enthousiastes
des troupes portent la terreur dans l'âme de l'ambitieux Galère ; il voit là un danger plus grand
que celui qu'il a couru la veille. Serait-il trahi
par le jeune officier dont il n'a pu entendre le
discours ?... Serait-il abandonné de toute l'armée ?... Ces réflexions et d'autres semblables
bouleversent son esprit et déposent dans son
cœur un profond sentiment de haine contre
Napoléon. Que faire ?... Punir de mort le vainqueur ?... impossible !! Car ce serait provoquer une
révolte de tous les soldats. « Mieux vaut dissimu-
ler, se dit à lui-même le pâtre danubien, qui
n'avait emprunté à la civilisation romaine que
ses vices les plus ignobles, mieux vaut dissimu-
ler ! ! Nous ferons tomber un jour dans le piège ce
jeune homme et nous lui ravirons la vie sans nous
compromettre. »

Ces résolutions prises, Galère se mêle au flot
turbulent de l'armée qui s'écoule vers la tribune
où trône le vainqueur des Perses, il acclame Napoléon avec plus de chaleur et d'empressement
que les soldats, il élève jusqu'aux nues ses talents

et ses exploits, il déclare enfin de sa voix la plus
retentissante que le jeune officier mérite les plus
belles récompenses civiques avec le titre de général qu'il portera désormais pour l'honneur et
la gloire du nom romain. Bien plus l'hypocrite
César embrasse son rival avec une feinte sympathie qui en impose à toute l'armée et, pour se
délivrer de lui au plus tôt, il le charge de porter
à Dioclétien la nouvelle de la victoire, en lui disant : « Vous êtes le seul homme de l'armée qui
soit digne de remplir une si noble mission, par-
tez aussitôt et vous serez un jour content de
moi. » Ces éloges et ces récompenses firent plaisir
aux soldats, comme s'ils les eussent reçus eux
mêmes ; cependant ils ne virent pas s'éloigner
sans regret celui qui les avait conduits à la victoire et semblait leur promettre de nouveaux
triomphes.

CHAPITRE VI

Retour de Sixte Napoléon à Nicomédie. — Il est reçu solennellement par l'empereur et toute la cour. — Pourquoi Diocléa l'empêcha-t-elle de devenir gouverneur de l'Égypte. —
Constantin. — Sa conversation avec Sixte et Dorothée sur
l'avenir de l'empire romain. — Plans hardis et gigantesques
de Sixte Napoléon. — Rome et le pape Marcellus. — Surprise et admiration de Constantin.

L'empereur Dioclétien que la crainte des
Perses troublait dans son sommeil et qui ne
pensait jamais sans frémir à la triste fin de Vale-
rianus (1), fut tellement enchanté d'apprendre le
triomphe des armées romaines qu'il résolut de
monter sur son trône pour recevoir avec toute la
pompe orientale celui qui venait lui apporter
une si heureuse nouvelle. Tous les grands personnages de la cour, tous les citoyens les plus
distingués de Nicomédie sont convoqués aussitôt
pour donner par leur présence plus d'éclat à cette
cérémonie. Le peuple lui-même pourra s'approcher des grilles dorées du palais pour prendre
part à la joie commune et recevoir de son maître
de larges distributions de vivres en signe de
réjouissance. Quand tout est réglé ou prévu avec
le goût délicat des Grecs qui président à ces
pompeuses solennités, deux chambellans magni-

(1) Voyez Lactance.

fiquement parés, introduisent Sixte Napoléon
dans la salle du trône. Le jeune officier, dont le
costume sévère et simple fait un si singulier
contraste avec le luxe déployé par tous ceux qui
l'environnent, s'avance d'un pas ferme vers l'empereur que les courtisans osent à peine regarder
et qui semble dans ce moment justifier avec sa
gravité et son vaste manteau de pourpre ses
prétentions à la divinité, à la ressemblance ou à
la parenté de Jupiter, le père des dieux. Sixte
s'incline profondément devant le maître du
monde romain, se relève avec dignité et fait aussitôt un récit précis et pittoresque à la fois de
tous les incidents qui ont signalé la victoire
éclatante des Romains sur les ennemis les plus
terribles de l'empire. Il donne des éloges aux
différents corps d'armée, il vante la valeur de
Galère et des officiers qui se sont le plus distingués, il n'oublie personne, excepté lui-même.
Ainsi son récit, quoique vrai en lui-même, laisse
dans l'ombre la plus grande partie de la vérité.
Mais Diocléa, qui avait envoyé un homme de
confiance vers l'armée pour savoir jour par jour
ce que faisait Napoléon, est parfaitement instruite
de tout ce qui est arrivé. Elle prend aussitôt la
parole et complète le récit de Sixte; elle ajoute
en terminant : « Vous voyez donc que c'est à ce
jeune officier que revient tout l'honneur de cette

éclatante victoire, c'est à lui seul qu'est dû le
salut de l'empire. »

A ces mots la vaste salle retentit d'applaudissements enthousiastes et la foule qui stationne devant le palais impérial répond par des hourras
frénétiques. On dirait alors que la grande âme de
l'antique Rome vient avec la majesté des siècles
animer de nouveau ces peuples dégénérés et leur
rendre une partie de la séve des temps passés.
Sixte Napoléon par la noble simplicité de ses
allures représente à merveille le vieux génie romain et peut facilement produire une si douce
illusion dans l'esprit des spectateurs qui contem-
plent cette scène avec des sentiments vraiment
patriotiques, mais il représente de plus le génie
moderne, le génie de la modestie et de la fermeté
dans la douceur, le génie de la vraie religion
pour tout dire en un mot. C'est là surtout ce qui
étonne la cour de Nicomédie et ce qui l'empêche
de pénétrer le jeune héros qu'elle admire cependant sans réserve. L'empereur Dioclétien, plus
ému encore que ses courtisans, descend de son
trône pour causer familièrement avec le vainqueur des Perses. Comme il n'aime pas son cher
gendre Galère, il embrasse tendrement Napoléon,
il le félicite avec d'autant plus de plaisir qu'il voit
dans ces éloges un blâme humiliant pour l'orgueilleux et hypocrite César. « Vous vous êtes

servi en brave, lui dit-il, de l'épée que j'ai mise
entre vos mains, vous avez vengé l'honneur des
armes romaines, vous avez surtout prouvé aux
plus ambitieux capitaines que toute leur expérience n'est rien en comparaison du génie qui se
révèle tout à coup et qui sait se contenir jusque
dans son activité la plus dévorante. Je vous remercie d'avoir si bien consolidé cet empire en nous
délivrant de la terreur des Perses, j'espère que
vous serez toujours prêt à tirer l'épée pour la
défense de la même cause et vous pouvez toujours
compter sur notre bienveillance. » Sixte Napoléon ne répondit à ces compliments que par une
profonde inclination de tête; l'empereur rentra
dans ses appartements, et aussitôt les courtisans
s'empressent autour du jeune vainqueur pour lui
faire mille caresses, pour lui adresser mille
questions qui se rapportent toutes à sa gloire.
C'est ainsi que ces messieurs aiment toujours à
saluer le soleil levant. Sixte sourit à celui-ci,
adresse une bonne parole à celui-là, fait un compliment à un autre, mais ayant découvert Dorothée, il le saisit par le bras et s'enfuit avec lui
pour échapper aux protestations chaleureuses
d'amitié que lui adressent sans rougir tant d'inconnus.

Plusieurs jours s'écoulèrent, avant que le vainqueur des Perses reparût en public. Cette retraite

mystérieuse lui gagna l'estime de tous les grands
dont plusieurs ne voyaient pas sans jalousie ses
brillants succès, mais elle excita au plus haut degré la curiosité du peuple qui ne pouvait comprendre qu'un jeune homme eût assez d'empire
sur lui-même pour envelopper volontairement sa
gloire dans le silence. Ainsi jamais la modestie ne
servit mieux les intérêts même temporels d'un homme supérieur. Napoléon se vit bientôt désiré par
tout le monde et forcé de sortir de sa retraite pour
répondre aux impatiences de la foule qui voulait le
voir et l'entendre. Cependant Dorothée observa
tout avec la finesse d'un vieux courtisan et avec
la bonté d'un père qui aimait le brave Romain autant que son propre fils. Comme il connaissait
la profonde défiance de Dioclétien envers quiconque semblait l'éclipser, comme il connaissait d'un
autre côté l'amour ardent et peut-être compro-
mettant de Diocléa pour Napoléon, il crut agir
avec beaucoup de prudence en demandant à l'empereur le gouvernement de quelque province fron-
tière pour son jeune et brillant ami. C'était là le
vrai moyen à employer pour conserver à Sixte l'estime de tous avec l'amitié du maître souverain.
Dioclétien agréa la proposition de Dorothée et
nomma aussitôt Napoléon gouverneur de l'É-
gypte et de la Libye. Mais quand Diocléa apprit
cette nouvelle imprévue, elle courut chez l'empe-

6

reur, se jeta dans ses bras et le supplia les larmes
aux yeux de revenir sur sa première décision et de
conférer au jeune vainqueur des Perses le titre
de commandant de la garde impériale. Dioclétien
ne put résister aux caresses si touchantes de sa
fille, il lui accorda sans réfléchir ce qu'elle de-
mandait et lui aurait accordé bien davantage.

Sixte se réjouissait déjà avec Dorothée, il étonnait son père adoptif en développant devant lui un
magnifique plan d'administration qu'il se proposait d'appliquer à l'Égypte. Mais, quelle ne fut pas
sa surprise, quand il reçut une lettre impériale
qui l'appelait au premier poste du palais ! Quel
ne fut pas surtout son désappointement en voyant
ses plus beaux projets s'évanouir comme un songe
fantastique ! Être si jeune condamné à une brillante oisiveté ! !... Cette pensée passa sur son front
comme un épais nuage et jeta son cœur dans une
mélancolie voisine du découragement.

Dorothée reconnut aussitôt la main de Diocléa
dans un changement si inattendu, car la jeune
princesse seule avait le pouvoir de faire revenir
l'empereur sur les déterminations qu'il avait une
fois prises. Il comprit en même temps tous les
dangers que pouvait courir Napoléon dans cette
nouvelle position et il s'empressa de lui dire :
« Vous êtes prisonnier, mon ami, comme un
oiseau dans sa cage ; on va vous fêter tous les

jours, vous accabler de compliments et de caresses ; les douceurs ne vous manqueront pas
plus qu'à l'oiseau auquel on veut faire oublier
la liberté des champs. Mais veillez sans cesse
sur vous ; car si vous vous prodiguez, si vous
attirez sur vous tous les regards et toutes les
sympathies, vous pourrez exciter la sombre
jalousie du maître, et dès lors il y aura parmi le
nombre de vos courtisans des gens à double face
qui trouveront du mal dans vos actions les plus
innocentes et qui vous accuseront auprès de
l'empereur après vous avoir juré une amitié
éternelle. Là n'est pas encore le plus grand
danger pour vous ; il faut que je vous dise sans
détour que Diocléa ne peut souffrir votre absence
de la cour impériale, c'est elle sans aucun doute
qui a agi sur l'esprit de l'empereur pour vous
retenir à Nicomédie, c'est elle qui a provoqué
votre nouvelle nomination et qui veut vous charger de chaînes magnifiques pour vous consoler. »
A ces mots une vive rougeur couvrit le front de
Sixte qui baissa les yeux en même temps comme
pour cacher les sentiments de son cœur. « C'est
là que je vois pour vous un grand danger, continua Dorothée qui s'était arrêté un instant pour
observer son ami ; c'est en face de ce séduisant
tentateur qu'il faut vous armer de vigilance pour
vous conserver pur devant Dieu et même pour

échapper à une disgràce devant les hommes. Car
je crains déjà que Dioclétien ne fasse tomber sur
votre tête le poids de sa colère, si vous avez le malheur d'écouter les rêves passionnés de sa fille. »

A peine Dorothée avait-il achevé de parler,
qu'il entra un grand et beau jeune homme, devant
lequel tous les serviteurs du palais s'inclinaient
profondément. C'était Constantin, fils de Constance Chlore, qui gouvernait alors les Gaules
avec le titre de César ; c'était encore un captif
de la haute fortune ; car, s'il habitait à Nicomédie
entouré de respect et d'honneurs, c'était pour
répondre sur sa tête de la fidélité de son père
à l'empereur suprême. Il n'ignorait pas qu'il ne
jouissait de la liberté qu'en apparence, aussi la
vie de la cour lui paraissait bien souvent monotone
et décolorée. Mais son esprit subtil et profond
à la fois appréciait sainement les circonstances
et les causes de son séjour forcé en Asie, et c'est
ce qui l'engageait à attendre avec patience le
moment favorable pour échapper à ses puissants
geôliers.

Il avait deviné à la première vue que Napoléon
était chrétien ; le souvenir de sa mère Hélène
l'avait amené à cette conclusion et lui avait
inspiré en même temps une profonde sympathie
pour le jeune Romain. La victoire que Sixte avait
remportée sur les Perses, les honneurs qu'on lui

avait rendus à son retour dans la capitale, les
hautes fonctions qu'il allait remplir désormais,
tout engageait le prince Constantin à entrer en
relations avec celui que le souvenir de sa mère
si chrétienne et si pure lui faisait aimer depuis
longtemps. Voilà ce qui explique suffisamment
sa visite imprévue à Dorothée.

Le chambellan mit aussitôt en rapports directs
les deux jeunes gens et, pour leur donner la
facilité de se connaître mutuellement, il les engagea à une promenade dans les jardins impériaux, les conduisit par mille allées tortueuses
sous un magnifique berceau formé de platanes, et
là, après s'être assis sur un banc de verdure, il
leur dit qu'ils pouvaient donner, sans crainte
d'être entendus, un libre cours à leurs sentiments
et à leurs pensées. Cette proposition fit tressaillir le prince Constantin. Il était si heureux de
rompre son silence habituel et d'ouvrir son cœur
à des amis discrets qu'il invoqua Apollon, le dieu
de l'éloquence, dont la statue s'élevait au fond
d'un kiosque entre une Diane et une Minerve artistement travaillées. Cette invocation ne plut pas
à Napoléon, mais il résolut d'écouter en silence
espérant qu'un jour Dieu exaucerait les prières
d'Hélène en appelant son fils à la connaissance
de l'éternelle vérité.

« Vous ne connaissez pas encore, dit Constan-

tin à son nouvel ami, vous ne connaissez pas
encore le sombre maître qui vit au fond de ce
palais. Vous n'avez vu jusqu'ici que le brillant
côté de sa puissance, mais il est bon que vous
sachiez que cet homme a causé la ruine publique
et qu'il est l'inventeur de maux et de crimes
inouïs. Il a bouleversé l'univers par son avarice et
sa pusillanimité. Il a associé trois princes à
l'empire qu'il a divisé en quatre parties. Les
armées ont été multipliées, et chaque empereur
s'efforce de réunir beaucoup plus de soldats que
n'en avaient les anciens princes, alors que la
république obéissait à un seul maître. Aujour-
d'hui il y a un bien plus grand nombre de salariés
de l'État que de contribuables. Aussi les cultiva-
teurs accablés par l'énormité des impôts abandonnent leurs champs, et les labours se changent
en forêts. Pour répandre partout la terreur du
maître, on a morcelé les provinces, on a lâché
sur chaque région et presque sur chaque cité des
gouverneurs, des officiers du fisc, des régisseurs,
des employés de préfecture qui se sont abattus
sur leur proie sans respecter les formes ordinaires
de la justice ne songeant qu'à condamner, proscrire, piller, injurier arbitrairement et sans souci.
Les moyens que l'on emploie pour l'entretien et
la subsistance des troupes ne sont pas plus sup-
portables. Dioclétien livré à une avarice insatiable

ne peut jamais souffrir que ses trésors diminuent ;
il a recours à des voies extraordinaires pour
amasser de l'argent, afin de ne pas toucher à ses
épargnes secrètes. Ses injustices criantes et
innombrables ayant causé une extrême cherté,
il a mis un prix sur les denrées. Une grande
effusion de sang a été la triste conséquence de
cette taxe arbitraire, bientôt personne n'a plus
osé rien exposer en vente et la cherté est devenue
telle que la loi sur les denrées a été abolie, mais
alors seulement qu'une multitude de malheureux
avaient succombé à la faim. De plus Dioclétien
est possédé de la manie de bâtir, il opprime les
provinces pour les obliger à fournir des entrepre-
neurs, des ouvriers, des chariots et tout ce qui
est nécessaire pour construire. Ici il élève un
palais impérial, là un cirque, ailleurs un édifice
pour la monnaie ; plus loin il fait construire un
arsénal, une maison pour sa femme et une autre
pour sa fille. Il a fallu pour cela renverser une
grande partie de cette ville. Quand ces édifices
sont achevés au détriment des provinces que l'on
a épuisées, il n'est pas rare d'entendre dire à
l'empereur : « Ceci n'est pas bien fait, qu'on le
fasse autrement. » On détruit de nouveau pour
reconstruire, et peut-être pour démolir encore.
On a vu les habitants de cette ville sortir en foule
avec leurs femmes et leurs enfants pour faire

place aux démolisseurs, comme si la cité eût été prise par l'ennemi. La folie de Dioclétien est de vouloir égaler Nicomédie à Rome pour la magnificence. Je ne parle pas de tous ceux qui ont péri à cause de leurs richesses. C'est là la suite ordinaire de la morale des méchants. Dioclétien a cela de particulier qu'aussitôt qu'il voit un champ bien cultivé ou une belle maison, il emploie la calomnie pour condamner à mort le propriétaire, comme s'il ne pouvait lui ravir son bien sans verser son sang.

Qu'est-ce maintenant que son confrère Maximien, surnommé Hercule ? C'est un monstre qui lui ressemble beaucoup. Ces deux hommes n'auraient pu s'unir d'une étroite amitié, s'ils n'avaient eu les mêmes inclinations, les mêmes pensées, les mêmes désirs. Toute la différence qu'il y a entre eux, c'est que l'un est plus avare et l'autre plus hardi, non pour faire le bien, mais pour faire le mal. Maximien, qui a établi le siége de son empire en Italie et qui est maître de l'Espagne et de l'Afrique, n'est pas aussi attaché à l'argent que son collègue, parce qu'il en trouve toujours en abondance dans ces deux provinces si opulentes. Quand son trésor est épuisé, il fait accuser par de faux témoins quelques riches sénateurs d'aspirer à l'empire, les livre à la mort et prive à chaque instant le sénat de ses plus illus-

tres représentants. C'est ainsi que le fisc regorge
toujours d'injustes et sanglantes dépouilles. Je ne
parle pas des débauches effroyables de Maximien,
elles font rougir la nature, ce monstre fait consis-
ter son bonheur, ainsi que sa grandeur, à ne rien
refuser à ses passions les plus infâmes.

Galère, gendre de Dioclétien, est pire encore,
non-seulement que Maximien Hercule et son beau-
père, mais que les plus détestables princes qui furent jamais. Son regard, le son de sa voix, ses actions, tout chez lui inspire la terreur. Il fait trembler son beau-père même. Mais je m'arrête, car
vous avez pu déjà justement apprécier ce féroce
et gigantesque barbare (1). »

Dorothée fut le premier à répondre à Constantin. « Je vois avec le plus vif plaisir, lui dit-il, que
l'injustice, la duplicité et la débauche soulèvent
dans votre cœur une grande indignation. Vous
marcherez un jour sur les traces de votre illustre
père qui surpasse déjà en sagesse, en bravoure, en
magnanimité son oncle l'empereur Claude, si célèbre par ses immortelles victoires sur les Allemands
et sur les Goths. Ni l'orgueilleuse cité de Boulogne,
ni les fiers Bretons, ni les Allemands, ni les autres
barbares n'ont pu résister à la puissance de ses
armes et il règne aujourd'hui paisiblement sur la

---

(1) Voyez Lactance que je traduis presque mot à mot, surtout en ce qui concerne Dioclétien.

6.

Gaule et sur la Bretagne. Il se fait aimer par sa modération et sa clémence, il ouvre de nouvelles voies
au commerce, il embellit les villes, il fait partout
fleurir les arts à l'ombre d'une paix glorieuse. On
dirait qu'il est immobile, et cependant il agit sans
cesse par ses bienfaits et par la puissance latente
de sa politique. Le César des Gaules mérite de
commander à tout l'univers, et si Galère force un
jour Dioclétien à lui céder la première place, le
peuple et l'armée forceront cet ambitieux barbare
à partager le pouvoir suprême avec votre illustre
père. C'est ainsi que Constance Chlore prépare en
silence du fond des Gaules l'avénement de son fils
au trône du monde. Car nous espérons que vous
serez toujours digne de vos glorieux ancêtres, nous
espérons même que votre vertueuse mère Hélène
ne priera pas en vain pour votre vrai bonheur. »

Sixte Napoléon, qui avait écouté les discours de
ses deux amis avec une surprise toujours croissante, prit à son tour la parole, et s'adressant directement à Constantin, il lui dit : « Je crois que
ce n'est pas seulement la timidité qui a déterminé
Dioclétien à diviser l'empire en quatre grands com-
mandements militaires, mais encore le désir bien
arrêté de rendre plus efficace la défense des frontières contre les barbares qui semblent avoir juré
la ruine du monde romain. C'est là assurément
une grande idée qui ne sort pas d'un esprit ordi-

naire, et néanmoins je ne l'approuve pas plus que
vous. Car elle est inconciliable avec l'unité réelle
de l'empire et ne peut être que fatale à la prospérité publique, comme les faits le démontrent déjà
très-clairement. La société est bien malade, elle
agonise dans la corruption et le scepticisme, et ce
n'est pas avec les remèdes qu'emploie Dioclétien
qu'on pourra lui rendre la vie avec la confiance et
la foi dans l'avenir. La philosophie, le scepticisme,
le polythéisme et même les légistes romains sont
poussés à bout de toutes parts, tous leurs efforts
n'ont réussi qu'à produire un immense chaos où
se débattent sans espoir les divers peuples qui
sont entrés dans l'empire romain. Il ne faut plus
essayer de remèdes vulgaires, si l'on veut sortir
de l'abîme, il faut prendre les choses de plus haut.
Une transformation religieuse, politique, financière et administrative me paraît aujourd'hui nécessaire. Nous sommes arrivés à une de ces grandes
époques de l'histoire humaine où l'homme de
génie que la Providence place à la tête de la société doit se dire résolûment : Les moyens de
transition, les palliatifs, les ménagements sont désormais inutiles. Il faut désormais un remède ra-
dical et suprême, il faut que j'aille au but avec une
volonté inflexible ou que j'emporte dans la tombe
tout espoir humain de régénération sociale, après
avoir succombé à la tâche immense qui m'était

imposée. Tel doit être le langage intime de
l'homme providentiel que Dieu a peut-être déjà
marqué du sceau de la prédestination pour la
grande œuvre que nous croyons si nécessaire.
Mais il faut que cet homme soit chrétien et catholique, car il n'y a plus aujourd'hui de vie, de foi
et d'espérance sérieuse que dans le catholicisme.
Le philosophisme roule dans un dédale de contradictions sans fin, attaquant sans cesse pour détruire et toujours impuissant à édifier; le polythéisme aux abois est devenu la risée de tout
homme sensé, les sectes séparées de la grande
Église du Christ qui a pour chef suprême le pape,
successeur de Pierre, sont minées par la division
et le doute, elles finissent de perdre le peu de séve
divine qu'elles avaient puisée à la source unique
de la vérité religieuse avant leur séparation, elles
ne peuvent plus tromper l'œil de l'homme atten-
tif par une apparence de prospérité matérielle;
la mort les a saisies au cœur, elles ne vivent plus
que de la haine qu'elles portent à la vraie et seule
Église de Jésus-Christ. Ces sectes, nées sous le
souffle du mensonge et de la révolte, ne sont pas
même aussi capables que les religions païennes
de moraliser les masses, de relever l'autorité des
princes et de garantir le grand principe de liberté
que le christianisme a introduit et popularisé dans
le monde : qu'il me suffise de vous citer ici le gnos-

ticisme, si immoral dans ses pratiques et qui détruit même la famille en détruisant le mariage; je fais appel à des faits évidents et palpables pour prouver la vérité de mon affirmation. Vous n'avez du reste qu'à plonger votre regard dans l'intérieur domestique de ces sectes pour vous convaincre par vous-même, je suis sûr que vous reculerez d'horreur à la vue de leurs abominations et que vous n'aurez que du mépris pour leurs systèmes contradictoires et absurdes.

Que le chef de l'empire se déclare donc ouvertement chrétien catholique, qu'il prenne d'une main ferme le drapeau de la vérité une et universelle, qu'il proclame partout la liberté de conscience en brisant les lourdes entraves que les empereurs païens ont imposées aux disciples de Jésus-Christ, qu'il travaille enfin comme homme par sa parole et par ses vertus à la conversion de ses sujets, tout en respectant avec une délicatesse scrupuleuse les lois de liberté de conscience qu'il aura portées comme recteur suprême de la société civile, et dès lors commencera pour l'humanité une ère de transformation religieuse dont les résultats moraux sont incalculables. Cela ne suffit pas toutefois pour que ce grand changement s'opère dans l'ordre et féconde le présent en s'emparant pour toujours de l'avenir. Il faut encore que l'empereur devenu chrétien abandonne l'Italie à son chef spirituel, au pape, auquel il doit soumission et obéissance en matière religieuse.

Rome a conquis l'univers par sa politique et par ses armes, et depuis la conquête elle ne cesse de l'opprimer sous une législation de fer qui sert à merveille la volonté despotique des empereurs. Les peuples qu'elle courbe ainsi vers la terre avec sa main impitoyable regardent dans leur détresse à tous les points de l'horizon pour savoir d'où viendra le libérateur. Que Rome réponde, si elle est habile et soucieuse de ses destinées, à cet immense désir de liberté en renonçant pour toujours à gouverner le monde par la force matérielle, mais qu'elle se saisisse aussitôt du sceptre de l'autorité morale et religieuse et son empire, au lieu d'être maudit, sera béni de génération en génération ; elle fera dès lors oublier par ses bienfaits ses déprédations séculaires, elle ira chercher avec la charité inépuisable de Jésus-Christ les peuples barbares jusqu'au fond des forêts les plus lointaines, soumettant ainsi par la religion ce qu'elle n'a pu s'assujettir par les armes. Enfin elle enveloppera l'humanité tout entière dans son manteau divin pour lui raconter avec sa langue de reine les secrets du ciel et les joies pures de l'autre monde. Telle est la mission future de Rome. Est-elle imaginaire cette mission? Non ! car c'est Dieu lui-même qui l'a déterminée de la sorte. Il y a déjà

trois cents ans qu'il a conduit sur les rives du Tibre l'apôtre Pierre, son représentant suprême et
son successeur sur la terre. Il a établi le pauvre
pêcheur de Galilée dans la capitale du monde ci-
vilisé en lui ordonnant de jeter de là ses filets sur
toutes les nations, sans craindre ni les menaces de
la populace païenne, ni les railleries de la philosophie sceptique, ni les supplices organisés par
Néron et d'autres empereurs contre les chrétiens.
Fidèle à sa mission et inébranlable dans le poste
que la Providence lui avait assigné, Pierre est mort
martyr dans la ville des Césars. C'est pourquoi son
successeur sera toujours l'évêque de Rome, l'é-
vêque et le docteur suprême du monde, lors
même que la tempête le jetterait sur les plages les
plus lointaines et les plus inhospitalières. Présent
ou absent le pape ne cessera jamais d'être le chef
de cette Église romaine fondée par Pierre contre
laquelle ne prévaudront pas les portes de l'enfer,
c'est-à-dire l'hérésie, la perfidie, l'impiété et les
autres moyens de persécution employés par le
père du mensonge. Et réciproquement tout évêque, qui ne serait pas le successeur légitime de
saint Pierre, ne serait pas évêque de Rome ni chef
de l'Église universelle, lors même qu'il trônât dans
la capitale du peuple-roi pendant l'exil volontaire
ou forcé du pape. Le pape emporterait avec lui
dans les catacombes ou sur les chemins du monde

l'âme de l'Église catholique et l'affection de tous
les vrais croyants répandus dans l'univers ; il emporterait aussi avec lui l'âme et toute la grandeur
future de Rome. Car aujourd'hui le souverain pontife est la véritable puissance de la ville éternelle ;
le féroce et impur Maximien, qui vous inspire un
si profond dégoût, l'a compris lui-même ; il s'est
retiré devant l'auguste et radieuse figure du vicaire
de Jésus-Christ, pour s'établir dans le nord de
l'Italie et pour méditer en silence sur les moyens
qu'il pourra employer contre ce nouveau potentat
qui commande à l'univers du fond des catacombes.
Je ne fais pas ici une appréciation banale et ha-
sardée de notre époque. La politique a déjà sus-
cité contre l'Église de Dieu et son pasteur suprême
Néron, Trajan, Marc-Aurèle et plusieurs autres
qui voyaient avec défiance la puissance des papes
grandir à l'ombre du sanctuaire et enlacer le
monde dans un immense réseau de bienfaits. J'ai
vu moi-même, de mes yeux vu ce que peut cette
puissance pour le bonheur de l'humanité. Car il
m'a été donné de contempler la douce et auguste
figure du pape Marcellus. Je l'ai vu dans sa majestueuse simplicité et au milieu d'une multitude
d'ouvriers apostoliques qu'il envoyait vers les quatre points cardinaux travailler à la vigne du Seigneur et donner le pain de vie aux intelligences
d'élite comme aux esprits les plus grossiers. Il

m'a dit lui-même, après m'avoir embrassé, combien son cœur souffrait de ne pouvoir faire davantage pour le bonheur des hommes, combien surtout il était affligé de voir l'Église livrée avec son chef à tous les caprices du pouvoir civil et politique.

Tandis que l'ancienne Rome succombe dans le sang et sous le poids de l'exécration universelle, vous voyez ainsi clairement apparaître la nouvelle marquée du sceau divin, forte de ses vertus, ayant le monde entier pour héritage, la suite des siècles pour avenir et l'éternité pour but. Que faut-il maintenant à cette puissance morale, qui s'est emparé du monde malgré le monde, pour qu'elle achève en paix l'œuvre régénératrice si heureusement commencée? Il lui faut la liberté et l'indépendance! Oui, c'est au soleil si doux de la liberté que l'Église réchauffera ses membres meurtris par trois siècles de persécution et qu'elle produira les fruits les plus suaves. Mais peut-elle être libre cette société humaine et divine à la fois, si son chef suprême ne l'est pas? Impossible, à moins qu'elle ne continue de se soumettre au bourreau et aux bêtes féroces pour défendre son indépendance au prix de son sang le plus pur. Dieu, qui la soutient, ne permettra jamais qu'elle soit asservie. Mais il n'y a pour elle que deux moyens d'être libre, le sang versé généreusement ou l'indépendance temporelle de son chef.

C'est pourquoi j'appelle de tous mes vœux un
empereur catholique qui abandonne Rome et
l'Italie tout entière à la direction du chef suprême
de l'Église. Les peuples italiens, dont la puissance
romaine étouffe les soupirs depuis des siècles,
retrouveront leurs libertés sous la conduite paternelle des papes et formeront une garde de
corps impénétrable à celui que Dieu a établi le
chef suprême du monde religieux en lui donnant
le trône de saint Pierre.

— Mais je crains bien, dit Constantin qui interrompit en ce moment Napoléon, je crains bien
que cette indépendance du pape ne soit illusoire
et livrée à la merci de l'empereur qui enveloppera l'Italie de toute sa puissance.

— Votre objection n'est pas sans fondement, reprit Napoléon ; mais pour quiconque a la foi, elle
est facile à résoudre. L'Esprit-Saint a dit qu'il n'y a
plus dans le monde ni Grecs ni barbares, ni hommes libres ni esclaves, que tous les hommes
sont égaux et libres devant Dieu et qu'ils doivent
ne faire qu'un par la sainteté avec ce grand Être.
L'Église, au point de vue religieux et moral, a déjà
réalisé cette unité divine et humaine à la fois,
cette union de tous les peuples dans la liberté,
l'égalité et la fraternité sous le regard de Dieu.
Or, quand ces grands principes seront passés dans
l'ordre politique, il sera bien difficile à l'empe-

reur d'opprimer avec toute sa puissance le pontife
suprême qui les a popularisés dans le monde et
qui en est le défenseur naturel. L'opinion publique
se dresserait alors entre le César oppresseur et
son auguste victime, Dieu lui-même interviendrait
dans ce terrible débat, et l'empereur chrétien qui
méconnaîtrait ainsi les lois du monde intellectuel,
moral et politique, irait bientôt rejoindre dans
l'abîme Néron, Domitien, Valérien avec les autres
persécuteurs qui tous ont été frappés de la foudre
dans leur personne ou dans leur lignée pour avoir
osé porter la main sur le père spirituel de la grande
famille humaine. L'Italie donc par sa configuration
physique et par la bravoure de ses habitants dé-
fendrait d'abord le pape contre toute agression
impériale, et Dieu viendrait ensuite avec l'opinion
publique frapper le dernier coup et donner une
victoire complète au défenseur né de l'indépendance de l'Église, de la liberté humaine et de la
justice naturelle. Depuis que Jésus-Christ a dit
au monde avec son autorité divine : Rendez à César ce qui est à César et à Dieu ce qui est à Dieu ;
depuis que saint Pierre a répondu au sénat de
Jérusalem : Mieux vaut obéir à Dieu qu'aux hommes ; depuis que tant de martyrs sont morts en
jetant à la face de leurs bourreaux la même réponse, la conscience humaine a échappé au despotisme de l'empereur, une profonde et essentielle

distinction s'est établie entre le pouvoir religieux qui ne relève que de Dieu et de son Église et le pouvoir civil qui relève de Dieu et de l'opinion publique. Vouloir détruire cette distinction fondamentale qui est un fait accompli depuis trois siècles et qui compte des défenseurs dans tous les rangs de la société aussi bien que dans tous les pays, vouloir ramener le genre humain affranchi par le Christ à l'adoration de la force brutale dans la personne d'un César, c'est entreprendre l'impossible et se heurter follement non-seulement contre Dieu qui a promis de soutenir son Église jusqu'à la fin des siècles, mais encore contre l'humanité entière qui aspire de toutes parts à rompre ses liens pour s'élancer dans la voie du progrès chrétien.

Que devra donc faire l'empereur devenu chrétien catholique? Se tenir sans cesse en garde contre l'ambition de vouloir dominer jusqu'à la conscience humaine comme les Césars païens, bénir Dieu de ce qu'il a daigné le préserver d'une chute fatale en mettant des bornes à sa puissance par l'institution d'une Église indépendante au sein de l'humanité et par l'affranchissement de l'opinion publique, enfin viser et tendre par tous les moyens licites à l'union politique des peuples, à la création d'un empire universel sur le modèle de l'Église universelle.

Oui, de même que Dieu a réalisé par son successeur spirituel sur la terre l'union religieuse et
morale des peuples, de même il réalisera l'union
politique de toutes les nations par son représentant temporel, si ce prince sait entrer dans ses
vues en respectant la liberté de l'Église et les
droits imprescriptibles de la conscience humaine.
Jamais époque ne fut plus favorable que la nôtre
à l'accomplissement de ce grand dessein. Les
barbares nous attaquent de toutes parts, nous
avons donc le droit de porter la guerre chez
eux à notre tour et de pousser nos conquêtes
jusqu'aux extremités du monde. Il est vrai que
nous avons peine à nous défendre, que la puissance romaine n'est plus que l'ombre d'elle-
même et qu'elle semble se précipiter vers la tombe
avec une effrayante rapidité. Mais comptez-vous
pour rien cette jeune société chrétienne qui apparaît pleine de force et de vertu et qui suivrait au
bout de l'univers un empereur catholique? Comptez-vous pour rien l'action si puissante de l'Église
qui va au-devant de tous les barbares pour en faire
des chrétiens et les préparer ainsi à devenir pro-
chainement des citoyens romains et de vaillants
défenseurs de l'empire? Comptez-vous pour rien
surtout la transformation politique de l'empire qui
changera tant d'esclaves en citoyens libres et dévoués au prince, en patriotes reconnaissants, en

Romains pleins de zèle pour soutenir des institutions qui leur assurent une prospérité toujours
croissante ?

Voilà certes des éléments bien féconds ; pourvu qu'on trouve un homme de génie qui sache
les mettre en œuvre, l'unité politique du monde
est réalisée et l'humanité s'avance vers un avenir
de paix et de bonheur appuyée d'un côté sur
le glaive de l'empereur et de l'autre sur l'autorité morale du pape, défenseur vigilant de nos
libertés ainsi que de l'autorité temporelle du
prince suprême. Mais il faut à cet homme prédestiné par son génie à de si grandes choses une volonté inflexible et un calme imperturbable pour
marcher sans crainte dans la voie des réformes
politiques. Toutes les forces vitales de l'empire
romain sont étouffées ou tenues dans l'inaction par
le sombre despotisme d'un maître implacable.
Que l'empereur devenu chrétien rompe hardiment ce silence de mort en appelant ses peuples
à l'examen de leurs propres affaires ! Il n'a qu'à
imiter l'Église qui depuis les apôtres tient dans
tous les pays des assemblées plus ou moins nombreuses appelées conciles où viennent siéger les
hommes les plus sages et les plus éclairés pour
examiner avec soin tout ce qui intéresse le sort
religieux des peuples. Du reste cette vie publique
de l'Église, qui est sans exemple dans l'histoire et

qui rayonne déjà dans tout l'univers, entraînera
tôt ou tard la société civile dans son mouvement
irrésistible et forcera les princes temporels à accorder à leurs sujets des institutions que semble
réclamer la plus vulgaire sagesse. C'est donc par
un grand coup de maître que l'empereur, prenant
dans la société civile une position analogue à celle
du pape dans l'Église, procédera à la réforme radicale d'un système politique usé et impuissant
et laissera chaque province, chaque région, chaque cité régler ses propres affaires dans des assemblées plus ou moins nombreuses. Mais,
comme le pape, il se réservera le droit d'approu-
ver ou de rejeter les décrets qui auront été portés
par ces divers parlements. Il pourra aussi, à
l'exemple du chef de l'Église, convoquer des assemblées où seront discutés les grands intérêts
de l'empire, il présidera par lui-même ou par ses
délégués ces assises universelles et ce n'est encore
que par sa sanction que les décrets des assemblées
générales du monde auront force de loi.

Grâce à ces réformes politiques une vie nouvelle
et intarissable circulera dans tous les membres de
l'empire. Les peuples arrachés au despotisme
effréné du prince ne formeront plus contre lui de
noirs complots, ils béniront au contraire son autorité paternelle et le mettront à l'abri des insur-
rections militaires si fréquentes dans notre époque

de décadence. Le prince forcé de compter avec l'o-
pinion sera nécessairement sage sans cesser d'être
puissant, puisqu'il conservera le droit de convoquer les assemblées générales et particulières de
l'empire, de sanctionner leurs décrets et de commander les armées.

Toutes les autres réformes découleront nécessairement de la réforme politique de l'empire. Les
finances seront soustraites à l'action ténébreuse
du fisc, aux caprices du maître et de ses employés;
on ne verra plus des proconsuls ruiner des provinces entières pour élever des villas sur des
écueils au milieu de la mer, on ne verra plus des
nuées d'administrateurs affamés s'abattre sur une
contrée pour tout mettre à contribution sans respecter les formes de la justice, on ne verra plus
enfin les colons déserter les champs devant la
rapacité des collecteurs d'impôts et passer la fron-
tière pour implorer la protection des barbares
contre un gouvernement impitoyable. Le luxe di-
minuera également, puisque la cour suprême de
l'empereur n'aura plus à rivaliser avec d'autres
cours; la charité chrétienne venant en aide à la
justice légale versera le superflu des grands dans
le sein des pauvres que l'on cessera de réunir
dans des vaisseaux à fond mobile pour les noyer
dans la mer comme des êtres malfaisants; l'agri-
culture fleurira de nouveau; le commerce em-

brassant tout l'univers alimentera nos différentes industries et unira les divers peuples de l'empire dans un intérêt commun ; nos colonies iront encore, comme à la grande époque de la république, accoutumer les barbares à notre langage, à nos mœurs, à nos institutions, et fonderont de nouvelles villes, pleines d'avenir, tout en délivrant les vieilles cités d'une population turbulente et incommode ; mais c'est surtout le Code romain modifié par le christianisme et accommodé aux institutions nouvelles, qui fera pénétrer partout les idées de justice, de liberté, de progrès dans l'ordre, et qui viendra clore dignement l'ère de la transformation religieuse, politique, financière et administrative de l'empire.

— Mais où est l'homme, s'écria Constantin frappé d'étonnement, où est l'homme capable d'exécuter un plan de réforme si vaste et si hardi ? Je crois que vous n'en trouverez pas d'autre que vous-même dans tout l'empire romain. Vous abandonnez avec raison l'Italie tout entière au pape, chef suprême du monde religieux, afin que Rome ne pèse plus de sa main de fer sur la destinée des peuples ; c'est là, je l'avoue, un coup de maître, une admirable concession à la haine que les vaincus portent aux Romains, mais où placerez-vous la tête du nouvel empire qui doit s'étendre indéfiniment et embrasser toutes les nations ?

7

— Il y a dans le monde romain, répondit Napoléon, deux contrées spécialement favorisées de la nature où l'on peut asseoir la capitale de l'empire universel; je veux parler de la Thrace et de la Gaule. Byzance sur le Bosphore communique par le Pont-Euxin et le Danube avec le nord de l'Europe, par la Méditerranée avec le midi de l'Europe, l'océan Atlantique, le nord de l'Afrique et l'Asie occidentale. Cette ville, qui s'élève dans une position si magnifique entre les trois continents comme une superbe reine au milieu de sa cour, pourrait devenir plus facilement que toute autre la capitale du monde; elle commande par sa situation même à la terre et à la mer. C'est là un immense avantage. Mais il ne suffit pas d'avoir une capitale dans une position magnifique, il faut encore un grand peuple pour l'animer. Une belle tête se fait admirer de prime abord, mais quand on s'aperçoit qu'elle est pleine de frivolités et incapable de concevoir et d'exécuter quelque chose de vraiment sérieux, on ne la respecte plus, on la méprise même. Il en serait ainsi de Byzance transformée en capitale du monde, on l'admirerait d'abord, mais on ne la craindrait jamais et on finirait par la mépriser. Car le peuple grec, qui serait appelé naturellement à trôner dans la nouvelle Rome et à donner le branle aux affaires humaines, ne me paraît pas à la hauteur d'une pareille destinée; il

n'a plus l'énergie de ses ancêtres, c'est un mélange
de faiblesse, de fourberie, de vaine prétention,
c'est un je ne sais quoi que ce peuple déchu, dont
l'esprit s'éteindra un jour dans de ridicules disputes de philosophie et de littérature. Impossible
donc de placer la capitale du monde au sein d'un
tel peuple, ce serait bâtir sur le néant.

La Gaule avec ses beaux fleuves, ses nombreuses
rivières, son sol fertile et son climat tempéré, apparaît à la tête de l'Occident entre deux grandes
mers, la Méditerranée au sud qui la met en com-
munication directe avec l'Afrique et l'Asie, l'océan
Atlantique à l'ouest et au nord qui lui assure une
magnifique étendue de côtes et qui l'unit peut-être
à des pays encore inexplorés. C'est dans cette
grande contrée que je voudrais voir s'élever la capitale de l'empire universel. Cologne sur le Rhin,
Lutèce sur la Seine ou Trèves qui sert de séjour à
votre illustre père, se trouvent dans les conditions
physiques nécessaires à la métropole du monde.
Les Gaulois ne sont pas dégénérés comme les
Grecs. Leur antique bravoure, qui ne céda qu'au
plus grand des Romains ou qui fut plutôt annulée
par le refus d'obéir aveuglément à Vercingétorix,
le redoutable chef des Arvernes, pourrait encore
faire des prodiges sur tous les champs de bataille,
triompher des barbares les plus audacieux et animer tout le grand corps de l'empire, si un homme

de génie se plaçait hardiment à la tête des Gaules
avec le dessein bien arrêté de changer l'organisation politique du monde. La Bretagne, qui n'est
qu'un appendice de la Gaule et qui est peuplée
par la même race celtique, les tribus germaines
qui s'agitent au delà du Rhin, les Allobroges qui
occupent les sommets neigeux des Alpes, pourraient facilement se mêler aux Gaulois et entretenir
dans le cœur et la tête de l'empire une vie toujours
puissante. La mélancolie bretonne et la gravité ger-
manique venant tempérer la pétulance, la témérité
et la bruyante bravoure des Gaulois donneraient
au nouveau peuple sorti du mélange de ces races
un caractère hardi, ferme et aimable à la fois qui
ferait oublier les plus célèbres générations de la
Grèce et de Rome. Le monde aurait ainsi une magnifique capitale occupée par un grand peuple
qui serait digne de lui commander et par sa bravoure et par son esprit et par son humanité.

La transformation religieuse et politique de la
société civile et l'union de l'empereur et du pape
peuvent seules amener ces beaux résultats, je le
crois, j'en suis persuadé et j'aime à le répéter.
Bien plus, cette transformation et cette entente
entre les deux pouvoirs religieux et civil me paraissent aujourd'hui tellement nécessaires, que
sans elles l'empire ne tardera pas à devenir la proie
des barbares et le monde arrivera peut-être à son

déclin avant d'avoir vu se réaliser son unité politique, à l'instar de l'unité religieuse. »

A ces mots Sixte Napoléon fut interrompu par
un bruit confus de voix humaines, par le hennis-
sement de chevaux qui faisaient retentir le sol
sous leurs pas précipités et surtout par les accents
d'une voix formidable qui ébranlait l'air et inspirait la terreur. Les trois amis se séparèrent aussitôt sans oser se confier leurs craintes respec-
tives.

CHAPITRE VII

Galère rentre à Nicomédie avec son armée. — Ce qu'il médite avec Romula, sa mère. — Apparition des ombres des
persécuteurs à Dioclétien. — Manœuvre infernale de Romula
déjouée par la foi de Napoléon. — Rupture entre Galère et
le héros chrétien. — Angelos et l'Église grecque. — Le
vieillard du désert. — Rencontre de Sixte et de Diocléa dans
les jardins impériaux. — Affranchissement de Nigra. — Le
feu à l'église.

Toujours César !! (1) Tel fut le cri d'indignation
qui sortit de la bouche de Galère, lorsqu'après
la défaite des Perses il reçut une lettre de félici-
tation de l'empereur Dioclétien qui lui parlait
encore comme à un subalterne. L'ambitieux barbare se hâta de conclure la paix avec Narsès qui

(1) Voyez Lactance.

abandonna par le traité de Nisibe plusieurs provinces aux Romains et il revint aussitôt vers
l'Occident pour imposer ses volontés à son timide maître. C'est lui dont la voix a troublé la
solitude des jardins impériaux et mis fin subitement à la conversation sérieuse de Napoléon,
de Constantin et de Dorothée. Tous les habitants
de Nicomédie sont saisis de terreur en le voyant
entrer dans leur cité à la tête d'une armée victorieuse, et Dioclétien surtout tremble au fond
de son palais. L'empereur suprême accable son
gendre de félicitations et de caresses, il s'efforce
de l'apaiser avec de vaines paroles, il lui fait
même entrevoir pour l'avenir le titre d'Auguste ;
mais Galère n'entend pas attendre si longtemps
le premier rang, il ne se laisse pas éblouir par
des fleurs de rhétorique, il fait sonner bien haut
la défaite des Perses et parle sans cesse à son
beau-père d'une victoire à laquelle il a eu cependant si peu de part. Toutefois il y a dans le
cœur de cet ambitieux César un sentiment plus
vivace et plus terrible que celui de son ambition,
c'est la haine qu'il porte aux chrétiens. Il roule
depuis longtemps dans son esprit le dessein d'a-
néantir tous les adorateurs du Christ. Romula,
sa mère, qui honore spécialement les dieux des
montagnes, entretient avec soin cette haine profonde, elle l'excite sans cesse pour la faire dé-

border, et enfin elle croit que le moment de
frapper un coup décisif est arrivé.

La mère et le fils, aussi superstitieux l'un que
l'autre, se présentent à Dioclétien et lui font un
sombre tableau de la situation de l'empire qui
est miné de toutes parts, disent-ils, par les so-
ciétés chrétiennes et qui ne tardera pas à succomber sous les coups d'un ennemi si redoutable,
dont la nuit et le silence couvrent les mystérieux desseins. Ils lui disent ensuite combien
les dieux sont irrités, ils attribuent à leur sainte
colère les maux qui fondent de tous côtés sur le
monde romain, ils représentent Jupiter armé de
la foudre pour frapper un dernier coup sur les
indifférents qui laissent déserter ses autels et
ceux des dieux subalternes, enfin ils racontent
plusieurs prodiges menaçants qui sont comme
les avant-coureurs de catastrophes épouvantables. Bien plus, Romula, pour agir plus efficace-
ment sur l'esprit de l'empereur, évoque en sa
présence les âmes de plusieurs morts célèbres.

La vieille sorcière connaît à merveille l'art
des Chaldéens, elle boit d'abord une liqueur
mystérieuse qui pénètre tous ses sens et la fait
sortir de son état normal, elle pratique ensuite
des frictions nombreuses sur tous ses membres
avec un onguent qu'elle tire d'une boîte richement ornée. C'est alors qu'elle entre dans un

état effrayant de convulsion, elle s'agite en tous
sens, pousse de sourds gémissements et se livre
malgré elle à mille excentricités. « Les voilà !
s'écrie-t-elle tout à coup, les voilà !! Voilà l'ombre magnanime de Néron qui offrit tant de chrétiens en sacrifice aux dieux immortels. » En
même temps un spectre hideux, qui portait au
coup une large tache de sang, frôla le plafond
doré de la salle et disparut en criant : « Mort
aux chrétiens ! » Ce cri était bien digne d'un
parricide. « Voilà maintenant l'âme du pieux et
vénérable Domitien ! s'écrie de nouveau Romula ;
et voici celle de l'illustre Trajan, celle du grave
Marc-Aurèle, celle de Septime-Sévère, celle de
Dèce, celle d'Aurélien, celle de l'infortuné Valérien !!! Oh ! venez tous ensemble, mes chers
amis, venez rendre quelque énergie à ce vieillard
qui succombe sous le poids de l'empire et qui
n'a pas même la force de détruire les chrétiens
pour honorer les dieux. — Mort aux chrétiens ! »
crièrent ensemble les fantômes impériaux,
à l'exception de l'ombre lugubre de Domitien
qui dit et répéta plusieurs fois d'un ton rauque
et sépulcral : « Mort aux sénateurs ! mort aux
lâches Romains qui courent toujours au-devant
de la servitude !! »

L'épouvante avait saisi Dioclétien. Le timide
vieillard regardait tantôt Romula dont les yeux

brillaient comme deux fournaises ardentes, et
tantôt les spectres des anciens persécuteurs qui
s'étaient rangés en cercle et qui formaient comme
une couronne au-dessus de sa tête. Il voyait, il
entendait, il comprenait, mais il ne pouvait rien
répondre, tant son âme pusillanime était abîmée
dans la crainte ! Il était livré tout entier à une
terreur superstitieuse qui faisait dresser les cheveux sur sa tête. Il ne remarquait plus l'air menaçant de Galère qui se tenait debout devant
lui, les bras croisés sur la poitrine. C'est alors
que le César, indigné du silence gardé par l'empereur, s'écria d'une voix tonnante qui fit trembler les fantômes eux-mêmes : « Mort aux chrétiens !! À bas le Christ qui a introduit la liberté
dans le monde et qui a détrôné du même coup
les dieux et les Césars ! A bas le Christ ! répétèrent les fantômes impériaux, à bas le Christ,
qui a appris aux peuples à nier notre divinité
pour se faire adorer lui-même ! » L'empereur
suprême était de plus en plus terrifié, l'angoisse
pesait sur sa poitrine comme un lourd fardeau,
sa respiration était presque étouffée. Mais tout
à coup la porte de la salle s'ouvre : c'est Napoléon, le commandant de la garde impériale,
qui entre pour prendre les ordres de son maître.
Le héros chrétien est saisi d'horreur à la vue
de cette scène diabolique. « Au nom de Jésus-

7.

Christ disparaissez, dit-il en s'adressant aux âmes
des persécuteurs ; rentrez dans l'abîme de l'éternelle souffrance, monstres altérés de sang qui
n'avez pas craint de livrer à la mort des mul-
titudes d'innocents pour assouvir votre orgueil
impie et insensé ! » Et aussitôt les fantômes dis-
parurent comme les ombres de la nuit que l'apparition soudaine du soleil fait évanouir. « Au
nom de Jésus-Christ, reprit Napoléon, laisse en
liberté, Satan, cette malheureuse femme ! » Et
le démon s'empressa d'obéir et Romula, revenue
à son état normal, ignorait ce qui s'était passé ;
elle était étourdie, appesantie comme une personne qui sort d'un profond sommeil (1).

C'est alors que Dioclétien respire librement
et qu'il se sent heureux d'être si promptement
délivré de la présence de ces étranges visiteurs.
Mais, tandis qu'il exprime toute sa reconnaissance à Napoléon, Galère dit au jeune commandant d'un ton railleur et féroce à la fois : « Vous
êtes chrétien, mon brave ami ! Je vous ai promis ma protection le jour de la défaite des
Perses ; par Jupiter ! je vous déclare que je tien-
drai parole. Ah ! vous appartenez à cette infernale engeance ; je comprends bien maintenant

(1) Voyez ce que dit Tertullien sur la facilité des chrétiens
à détruire les enchantements, à faire taire les sibylles.....

quels étaient vos desseins en haranguant mes
soldats ! — Mes desseins ! répondit Napoléon
avec une noble fierté, tout le monde les connaît,
toute l'armée sait que je lui ai recommandé
de vous être toujours fidèle, illustre César. Un
chrétien ne prêche jamais la rébellion, il obéit
noblement et il commande sans orgueil. En définitive, il ne craint rien, parce qu'il est inébranlable dans son devoir aussi bien que dans la défense de son droit. »

Napoléon, sans attendre de réplique, se retire
après cette franche profession de foi et laisse
Dioclétien dans le plus grand étonnement. Il se
rend directement à l'église qui s'élève en face du
palais impérial pour découvrir à son ami, le
prêtre Angelos, les malheurs qui planent déjà sur
la tête des chrétiens. Il rencontre d'abord un
vieillard vénérable, accompagné d'un enfant de
sept ou huit ans, qui paraît déjà comprendre
toute la beauté de la religion et qui admire avec
un enthousiasme naïf les nombreux *ex-voto* que
les fidèles ont déposés dans l'édifice sacré. C'est
pour lui une apparition que cette rencontre ; car jamais dans ses pérégrinations sur la terre il n'a vu
d'homme aussi grave, aussi divin, aussi rayonnant
de sainteté que ce vieillard. Ce n'est pas cependant l'habit qui relève la majesté de sa figure. Cet
étranger ou plutôt ce pèlerin céleste est revêtu

d'une large tunique, assez grossièrement façonnée
avec des feuilles de palmier. Une tête nue et vénérable, une longue barbe blanche, un visage
osseux et presque épuisé par les veilles et les ma-
cérations, voilà certes de quoi faire trembler la
nature et inspirer le respect, mais cela ne suffit
pas pour exciter l'enthousiasme religieux du spec-
tateur. Sixte néanmoins éprouve un tressaille-
ment divin de tout son être à la vue de ce vieillard. Et pourquoi cette émotion profonde? Parce
que le jeune héros a découvert sous ce front dé-
nudé un regard céleste, une joie inaltérable, une
pensée sublime, un esprit humain abîmé dans la
contemplation de la vérité. Il s'approche avec un
respect mêlé d'amour et demeure ensuite immobile, craignant de troubler la méditation du vieillard. « Soyez le bienvenu, dit aussitôt le pèlerin,
soyez le bienvenu, et que la paix de Dieu soit
toujours avec vous! Approchez, mon fils, ne
craignez rien. » Sixte Napoléon approche et dit :
« Mon père, puis-je savoir à quel serviteur de
Dieu j'ai l'honneur de parler?

LE VIEILLARD : Je ne puis vous répondre directement; je ne puis pas vous découvrir mon nom.
J'ai été et je désire toujours être inconnu parmi
les hommes. Loin de moi toute vaine gloire! Je
suis le vieillard du grand désert égyptien. C'est
sous cette dénomination seule que l'on me con-

naît dans le monde. Vous n'en saurez pas davantage sur mon nom ni sur ma famille.

SIXTE NAPOLÉON : Puis-je du moins savoir ce
que vous faites, mon père, dans ce grand désert
de l'Égypte !

LE VIEILLARD : Je prie.

NAPOLÉON : Et vous ne faites pas autre chose?
Vous priez donc toujours !

LE VIEILLARD : Je prie, je prie toujours. J'habite
une grotte sauvage, ombragée par un palmier
qui me rappelle Abraham, Jacob et les autres
patriarches qui abandonnaient tout pour obéir
aux ordres de Dieu et qui ne trouvaient pour reposer leurs membres fatigués que l'ombre d'un
palmier ou d'un platane. Devant moi s'étend le
désert immense qui rayonne au feu du soleil
comme une fournaise ardente. Nul être vivant
dans ces solitudes désolées. Parfois des tourbillons de sable que le vent chasse devant lui ou
qu'il transforme en montagnes mouvantes. Du
côté du désert je n'entends jamais d'autre voix que
celle de la tempête. Derrière ma grotte encore
du sable brûlant et aride, mais à trois milles au
delà apparaît un bois obscur et profond, habité
par des lions, des tigres et d'autres bêtes féroces. Au pied de mon palmier coule un filet
d'eau limpide qui fait naître sur un petit espace un
gazon frais et fleuri, mais il se perd bientôt sans

retour dans la terre brûlante. C'est là le vin délicieux que me fournit tous les jours la divine
Providence pour étancher ma soif. Un corbeau
vient chaque soir de la part de celui qui veille
même sur les petits des oiseaux m'apporter la
moitié d'un pain pour garnir ma table de gazon
et pourvoir au seul repas que je prends. Quand la
nuit projette ses ombres immenses et fantasti-
ques sur le désert et que les bêtes féroces cherchent au loin leur proie, en poussant mille cris
sauvages, je suis en prière, je suis uni par l'esprit et par le cœur à celui qui a fait la nature si
grande et si belle, même dans ses horreurs. Quand
le soleil surgit du fond de l'horizon et envahit l'espace de ses feux brûlants, il me trouve en prière ;
car mon sommeil a été bien court et souvent
interrompu par des cantiques de reconnaissance
au Dieu de l'univers. La prière est un levier si
puissant qu'elle remue le monde, transforme les
nations et les empires et oblige le Créateur d'o-
béir à la créature. Moïse prie sur la montagne
et Israël est vainqueur ; il cesse de prier et la
déroute du peuple choisi est complète. Dieu m'a
fait connaître l'efficacité de la prière en me mon-
trant une multitude d'âmes que j'ai arrachées,
par mes supplications et sans le savoir, au monde,
à Satan, à l'éternelle souffrance. Lorsque pendant
la journée j'interromps ma prière, c'est pour me

livrer à quelque travail d'esprit ou de corps. Je
lis les divines Écritures, les actes des martyrs,
les écrits des apologistes chrétiens. Je fais quelquefois des nattes pour couvrir la terre nue de
ma grotte, je fais aussi avec des feuilles de palmier l'habit grossier que je porte. Cette tunique,
qui vous paraît plus curieuse que le manteau de
pourpre de l'empereur, est mon œuvre personnelle. Le travail a été imposé à l'homme comme
un devoir. Travailler pour obéir à Dieu, c'est prier.
J'ai donc raison de vous dire que je prie toujours
dans le désert de la Thébaïde.

SIXTE NAPOLÉON : Béni soit Dieu qui opère en
vous et par vous tant de merveilles ! Béni soit son
divin Fils qui fait de l'homme un ange et qui
donne par sa grâce tant d'empire à la volonté humaine !!

Puis-je vous demander encore, mon père, ce
qui vous amène dans cette capitale?

LE VIEILLARD : Il y a déjà quarante ans que j'habite le désert, trente ans je suis resté seul et entièrement ignoré des hommes. Mais Dieu m'ordonna alors dans une circonstance critique pour
les chrétiens de quitter ma solitude et d'aller au
sein de la société raffermir le courage des tièdes
par ma présence et par mes paroles. Depuis cette
époque j'ai fait plusieurs apparitions dans le
monde. Quoique j'apporte aux fidèles les conso-

lations de Dieu, mon arrivée parmi eux inspire
toujours des craintes ; car on sait que je ne quitte
jamais ma grotte sans de graves raisons. Si vous
me trouvez aujourd'hui à Nicomédie, c'est que je
vois depuis longtemps une grande persécution
suspendue sur la tête des chrétiens. Je viens
donc ici pour encourager les fidèles à la persévérance, je viens aussi pour soutenir et défendre
contre d'odieuses calomnies le prêtre Angelos qui
correspond avec moi par une famille d'Alexandrie
dont l'enfant que voici a voulu absolument me
suivre en deçà des mers.

Angelos est un de ces prêtres d'élite que produit seule l'Église catholique, une de ces pures
figures qui rappellent à la terre les habitants des
cieux par leur pureté virginale, par leur douceur,
par leur aimable sérénité. C'est une de ces âmes
que rien ne peut abattre et qui savent résister
aux plus brillantes séductions. Il est jeune encore, mais les épreuves de toutes sortes ont mûri
sa raison et fixé ses espérances. Quoiqu'il n'ait
jamais souillé sa robe d'innocence au contact
du siècle, il connaît cependant le siècle. Plein de
respect pour la haute dignité de prêtre, il s'est
cru longtemps indigne d'entrer dans la milice sacrée. Il s'est jeté d'abord dans le monde avec la
ferme volonté de l'étudier en philosophe chrétien, sans se laisser prendre à ses appâts. Il a tout

vu, tout examiné de près. Il a étudié les mœurs
de ses contemporains, les écrits des philosophes
les plus renommés, les œuvres des littérateurs les
plus célèbres ; il a comparé et discuté sans passion toutes les opinions même les plus excentri-
ques. Sa prodigieuse mémoire, que dirige une
intelligence sûre, lui a permis de tout embrasser,
sans rien confondre, et de voir clairement la faus-
seté des systèmes les plus vantés, l'inanité de ce
que le monde appelle philosophie raisonnable,
bonheur, prudence, sagesse, progrès. C'est alors
que Dieu a frappé ce jeune homme, comme Saul
sur le chemin de Damas, pour le retirer du
monde et l'introduire dans le sanctuaire. Angelos a médité la science sacrée avec autant de soin
que la philosophie profane. Et maintenant qu'il
connaît les assises inébranlables de la vérité aussi
bien que le néant de l'erreur, sa foi est inexpu-
gnable, son espérance se dilate sans cesse vers
les rivages de l'éternité et sa charité lui fait juger
sans passion les hommes et les choses. Il a cependant conservé le sourire malin du philosophe
grec et la pointe acérée du littérateur attique.
Mais cela ne peut servir qu'à la défense de la
vérité, tandis qu'il attire à lui les âmes droites
par sa bonté, sa douceur et sa haute intelligence.

Qui peut être sûr de vivre en paix ici-bas ? Personne. La calomnie et le mensonge d'un hypo-

crite Judas ont livré à la mort le Fils de Dieu.
Il arrive souvent que nos intimes sont nos plus
dangereux ennemis. Il y a encore des Judas parmi
nous. Vous savez que saint Paul a souvent adressé
de graves reproches à l'Église grecque. Or les
Grecs seront toujours les Grecs. Plusieurs d'entre
eux apportent jusque dans le sanctuaire la perfidie et les basses intrigues du siècle. Angelos,
dont je connais la modestie, la pureté virginale
et la délicatesse de conscience en toutes choses,
a eu le malheur d'exciter la jalousie par son zèle
pour la gloire de Dieu, par ses connaissances variées et surtout par la probité qu'il a en vénération. Quoiqu'il ne se prévale jamais et qu'il s'i-
gnore lui-même, quoiqu'il ne désire qu'une seule
chose, la paix *dans l'obscurité*, quoiqu'il *patiente*
jusqu'*au sang* pour ne pas perdre cette divine
paix, il est représenté auprès de ses supérieurs
comme un orgueilleux, comme un esprit brouillon
dont il faut se délivrer au plus tôt. Il a beau se cacher, on lui fait un crime même de son silence ; il a
beau dire qu'il ne sait rien et qu'il s'efforce de tout
ignorer, on ne le croit pas et on l'accuse toujours
indirectement. On va même jusqu'à blâmer la
science et jusqu'à prétendre que l'homme igno-
rant est plus digne des honneurs d'ici-bas que
celui qui sait quelque chose. Fatale époque que
celle où l'on vous débite sérieusement et où l'on

ne craint pas d'appliquer de pareilles théories ! !
Angelos pousse la mansuétude jusqu'à vivre en
paix avec ces nouveaux judas, jusqu'à leur rendre mille services, jusqu'à les traiter en amis.
Il offre à Dieu toutes ses peines en esprit de mor-
tification. Mais l'intrigue s'irrite d'un silence si
chrétien et, voyant qu'elle ne peut réussir à
compromettre ce noble prêtre en le poussant fatalement à un éclat, elle le fait menacer par un
assistant de l'évêque de le jeter sur le pavé. C'est
alors seulement qu'Angelos sort de son silence
et dévoile à l'évêque l'indigne persécution qui
s'acharne à sa perte. Il dit surtout à ce bon prélat que les intrigants compromettent son autorité
et son repos en faisant déclarer par ceux mêmes
qui l'approchent que son administration est en-
nemie du savoir, du talent, *des prêtres instruits,*
pour me servir de leurs propres paroles. Il ne
lui laisse pas même ignorer les noms de ceux qui
lui créent ainsi des embarras pour l'avenir. Angelos se retire profondément touché de la noble
simplicité et de la douce bienveillance avec lesquelles l'a reçu ce vénérable prélat. Mais l'intrigue, se voyant démasquée dans sa marche tor-
tueuse et hypocrite, redouble d'ardeur et de précautions pour porter à sa victime un coup sûr et
irréparable. Elle échoue encore devant le silence
impassible d'Angelos, elle a beau pénétrer jusque

dans son intérieur en gagnant les uns et les
autres avec de l'argent ou de fallacieuses promesses, elle ne peut découvrir aucun grave sujet
d'accusation. Un an se passe ainsi. Désespérée,
l'intrigue recourt de nouveau à la menace d'une
complète disgrâce, et c'est encore le même assistant de l'évêque qui se charge de provoquer le
noble prêtre.

SIXTE NAPOLÉON : Quel est le nom de ce malheureux qui ose ainsi méconnaître sa dignité et celle
de ses inférieurs ?

LE VIEILLARD : Angelos par charité veut tenir
caché ce nom-là, mais je crois que la justice naturelle elle-même exige qu'on le fasse connaître.
Cet homme se nomme Nervo; il a déjà créé bien
d'embarras à l'évêque, il a de fâcheux précédents.
« Retirez-vous, dit-il à Angelos avec sa politesse
gothique, retirez-vous du milieu de nous, *nous
n'aimons pas les prêtres instruits !* » Et Angelos de
lui répondre : « Vous vous trompez, monsieur,
en me prenant pour un savant. Vous avez dans le
diocèse des prêtres qui en savent beaucoup plus
que moi. — Mais nous ne les aimons pas ces prê-
tres-là, reprit Nervo avec une assurance imperturbable. —C'est fâcheux, répondit Angelos, mais
je dois vous dire que j'ai été averti de vos répul-
sions pour la science par un vénérable prêtre dès
mon arrivée parmi vous, que j'ai réglé ma con-

duite sur cet avis charitable, que je me suis bien
gardé d'étudier pendant mes loisirs, désirant à
tout prix éviter une disgrâce, que j'ai consacré
une partie de mon temps à remplir avec zèle les
fonctions de mon ministère et l'autre partie à ne
rien faire, que malgré tant de précautions je n'ai
pu réussir à *devenir bête* ni à déguiser entièrement,
aux yeux de mes jaloux accusateurs, les connaissances que j'avais acquises dans le passé. Vous ne
pouvez du reste me jeter sur le pavé sans une
raison sérieuse. La loi canonique et la loi naturelle vous le défendent. » A ces mots, Nervo se
mit à rire, ayant l'air de dire qu'Angelos était
bien simple de croire encore aux sacrés canons et
à la justice naturelle. Étonné d'un arbitraire si
inique et se voyant innocent jusqu'à la délicatesse
de conscience, Angelos veut avoir aussitôt avec
son interlocuteur une explication définitive devant
l'évêque. Mais Nervo refuse de le suivre.

SIXTE NAPOLÉON : Et depuis, Nervo a-t-il fait ses
excuses à Angelos? Lui a-t-il enfin rendu justice?
ou du moins s'est-il arrêté dans ses injustes pro-
cédés?

LE VEILLARD : C'est au contraire Angelos qui a
fait de très-humbles excuses à Nervo pour l'apaiser
et pour lui donner le temps d'ouvrir les yeux à la
lumière de la vérité.

SIXTE NAPOLÉON : Et Nervo a-t-il été touché de

cette humilité qui me paraît dépasser les bornes
de la perfection chrétienne?

LE VIEILLARD : Il a d'abord fait semblant d'être
touché, il a même serré la main que lui offrait
Angelos avec une admirable charité et il a osé
lui dire que lui, Nervo, ne gardait jamais de ran-
cune. Mais loin de se rendre intérieurement à la
voix de la justice, il a fait courir aussitôt dans le
clergé mille bruits absurdes à la charge de sa
victime, il a employé tous ses amis pour l'aider
auprès de l'évêque à accabler l'innocence; il est
allé dès ce jour même trouver un collègue
d'Angelos pour se concerter avec lui sur les nouvelles mesures à prendre. De plus il a fait inter-
dire à Angelos l'entrée du palais épiscopal, afin
que la défense devînt absolument impossible pour
la victime et que l'évêque fût entraîné fatalement
à frapper en aveugle, sans se douter nullement
que tout conspirât à l'induire en erreur.

SIXTE NAPOLÉON : Quel affreux arbitraire ! Que
ces Grecs sont misérables dans leur infernale
hypocrisie ! !

LE VIEILLARD : Patience, mon cher fils, patience !
car ce n'est pas tout. Malgré tant d'efforts pour
accabler Angelos, on n'a pu absolument persuader
le vénérable évêque; j'ai même réussi à lui découvrir une partie de la vérité et à le convaincre, tout
en lui découvrant les embarras que cette odieuse

injustice pourrait lui susciter dans un avenir prochain. Il m'a donc promis de laisser Angelos en
paix. Mais, dès que les calomniateurs du jeune
prêtre ont eu connaissance de mon succès, ils ont
pris une autre voie pour arriver à leur but, ils
ont recouru à l'autorité païenne, ils se sont adres-
sés au directeur suprême des délateurs. Ils ont
d'abord fait un certain éloge d'Angelos pour mieux
tromper ce loyal magistrat que j'estime sincèrement.

Mais après avoir selon leur habitude jeté quelques fleurs sur la victime qu'ils voulaient immoler, ils ont habilement repris la thèse contraire, ils
ont représenté finalement le saint et noble prêtre
comme un homme dangereux qu'il fallait expulser
le plus tôt possible de Nicomédie.

SIXTE NAPOLÉON : Quelle infamie! quelle horreur!! Traîner aussi la dignité sacerdotale devant
les délateurs (1)!!!! Mais qu'est-il arrivé alors?

LE VIEILLARD : Le directeur suprême des délateurs s'est laissé convaincre par la calomnie qui
cachait habilement ses desseins sous un faux air
de vertu et de charité. Il a fait dire à l'évêque tout

_____

(1) Saint Athanase dit que ses zélés et hypocrites persécuteurs, l'évêque arien, Georges de Cappadoce, en tête, eurent
recours, pour le renverser et le perdre, au préfet d'Alexandrie,
aux païens et même aux juifs. Le tableau qu'il trace de cette
infernale intrigue est bien plus sombre que celui-ci... L'hypocrisie, excitée par la jalousie, ne recule jamais.

ce qu'on lui a suggéré contre Angelos, croyant sans doute bien faire. L'évêque, qui a la faiblesse de craindre énormément l'autorité païenne, est revenu en partie sur les promesses qu'il m'avait faites. Il faut dire cependant qu'Angelos a trouvé un honnête homme parmi les chefs des délateurs. Cet homme, en apprenant que mes premières démarches auprès de l'évêque avaient réussi, a serré la main au jeune prêtre et lui a dit : « Je vous félicite, monsieur l'abbé, je félicite aussi l'évêque de sa prudente et sage résolution. On nous a déféré là une affaire qui ne nous regardait pas. A chacun son rôle sur cette terre. Et puisse l'innocence triompher enfin !! »

SIXTE NAPOLÉON : Voilà un païen qui raisonne à merveille. Il a le sentiment de la dignité sacerdotale à un bien plus haut degré que Nervo et son compère. Puisse le Seigneur l'éclairer de ses pures lumières et le convertir !

LE VIEILLARD : Je l'espère bien ainsi... Tout ce que je vous dis ici, je puis l'appuyer sur des preuves irréfragables. Car il faut de bonnes preuves pour défendre l'innocence contre des hypocrites qui disent *oui* et *non* sur le même fait avec un calme imperturbable, selon que leur intérêt l'exige.

Ainsi Nervo vous soutiendra sans hésiter qu'il n'obéit pas aux instigations d'un certain collègue d'Angelos, et cependant, dès le soir du jour où il refusa de suivre sa victime devant l'évêque, il alla se concerter avec ce charitable chrétien pour frapper un coup décisif. Nous le tenons de la bouche même de ce dernier qui se trahit souvent et révèle presque à son insu la joie que lui inspire le succès de ses intrigues ténébreuses. Nous savons également par les propres aveux de ces messieurs que ce sont eux-mêmes qui ont fait comparaître Angelos devant les chefs des délateurs.

Sixte Napoléon : Quel est donc le nom du compère de Nervo dans cette abominable intrigue ?

Le vieillard : Angelos veut encore cacher ce nom par esprit de charité, il veut aussi ne point faire connaître quelques autres intrigants qui ont pris part à cette machination. Mais je pense qu'il faut nécessairement révéler le nom de celui que vous appelez le compère de Nervo. Car c'est lui qui est la véritable cause de toutes ces persécutions. Il se nomme Cudas. Il ne vaut pas plus que Musad, son collègue.

Sixte Napoléon : Ces gens-là sont-ils Grecs, mon père ?

Le vieillard : Tout ce qu'il y a de plus Grec au monde sous le rapport de la duplicité, de la bassesse, de la méchanceté envieuse qui ne peut souffrir aucune supériorité intellectuelle ou pécuniaire. Mais ils n'ont rien de grec dans leurs manières, ni dans leur style, ni dans leurs

8

études. Musad se prend pour un homme d'esprit et de société, mais il est aussi lourd qu'un pâtre du Taurus. Il est hautain jusqu'à la brutalité avec ses égaux et ses inférieurs. Il est d'une avidité remarquable et peu scrupuleuse. Il est ambitieux et pratique la ruse; il vendrait Jésus-Christ pour arriver, en se disant comme Judas son ami le plus sincère. Il serre la main à Angélos et travaille à le perdre par ses calomnies, car on lui a promis de le faire avancer, s'il réussissait à déshonorer le noble prêtre. Il maudit l'évêque de ce qu'il hésite à frapper l'innocent. Cudas est un soldat aux formes triviales, au langage grossier, qui, ne pouvant faire fortune dans l'armée, est entré dans l'Église par la fenêtre comme les voleurs, avec la ferme résolution d'arriver à quelque chose par toute espèce de moyens licites ou illicites. C'est rare qu'il fasse une allocution sans violer les convenances oratoires ou les règles de la foi et de la grammaire. Néanmoins il se pose toujours avec assurance comme un modèle accompli, parle sans cesse de ses œuvres et ne trouve rien de bon dans celles des autres. Il sait très-bien que notre siècle est enclin au charlatanisme. Déprécier les autres directement ou indirectement pour se faire valoir, telle est la règle qu'il s'est imposée. Il a perfectionné l'art de la calomnie et il a dépassé tout ce que l'Évangile raconte des pharisiens. Aussi quand il

veut immoler quelqu'un à sa vengeance ou à sa
jalousie, il joue toute espèce de personnages, il
contrefait le langage de l'amitié, de la compassion, du zèle religieux et même de la piété
fondante, il invite sa victime à dîner et lui serre la
main avec affectation; il l'accable quelquefois de
caresses, mais il achète en même temps des consciences vénales qui s'empressent d'entrer dans ses
vues ténébreuses et de servir sa passion contre le
malheureux qu'il veut perdre. Enfin, lorsqu'il a
porté un coup mortel ou presque mortel à son ennemi trop confiant, il se met à le plaindre, il va
même intercéder pour lui, afin qu'on ne puisse
pas le soupçonner d'être l'auteur de cette machination. Il veut aussi mériter par là le titre d'homme
généreux et compatissant. C'est ainsi qu'il a
perfectionné l'art de la calomnie et du mensonge.
Il méprise profondément les hommes dont il se
sert pour arriver à son but. Il prétend, par exemple, qu'il a gagné un assistant de l'évêque en lui
faisant cadeau d'un appareil ingénieux pour appeler la servante, il se dit beaucoup plus capable
que lui de conseiller le vénérable évêque et il va jusqu'à raconter en public qu'il lui est supérieur en
tout, même au jeu. Il l'accable néanmoins de félicitations quand il le rencontre et se baisse devant lui jusqu'à terre, avec un air de profonde
humilité. C'est ainsi qu'il en agit avec quelques

autres qui peuvent le servir. Aussi peut-il dire avec raison qu'il est maître des décisions de l'évêque et qu'il fera jeter sur le pavé tous ceux qui auront le malheur de résister à ses caprices ou à ses excentricités. Il a déjà réussi plus d'une fois, et s'il n'a pas encore entièrement accablé Angelos, c'est qu'il a affaire à un prêtre invulnérable sous tous les rapports.

SIXTE NAPOLÉON : Cudas est-il seulement offusqué par le talent et le mérite d'Angelos, ou bien a-t-il contre lui d'autres sujets de haine ?

LE VIEILLARD : Cudas a voulu primitivement mettre la main sur tous les revenus d'Angelos, sous prétexte de l'héberger dans sa maison et de lui procurer toutes les douceurs d'une aimable société. Angelos, qui a reçu une éducation soignée et délicate, n'a pu consentir à une telle proposition, il a refusé de devenir l'homme lige de Cudas, il a craint de perdre dans une telle société plus que ses revenus, il a craint de perdre la pureté, la franchise de caractère, la délicatesse du sentiment et la finesse de l'esprit, le goût des grandes choses et bien d'autres qualités qui lui sont plus précieuses que tous les trésors du monde. Depuis trois ans qu'il a refusé de se laisser ainsi exploiter et triturer, il est en butte aux avanies directes ou indirectes de Cudas (1).

(1) Voyez ce que disent sur l'avidité de certains ministres

SIXTE NAPOLÉON : Ces Grecs sont incomparables dans leur perfidie et dans leur avidité. Ils abusent même de la religion pour satisfaire les passions les plus basses de l'âme! Quel peuple ! Quelle décadence dans cette nation autrefois si glorieuse ! !

LE VIEILLARD : Cudas a trouvé l'art de passer pour charitable sans dépenser une obole, de donner beaucoup avec de l'argent qui ne sort jamais de sa bourse. C'est ainsi qu'il a fondé sa fortune. Car cette manière de donner non-seulement ne lui coûte rien, mais elle produit immensément en bons revenus. Comme on n'a jamais connu son père et que sa mère n'avait rien, il a été obligé de recourir à des moyens étranges pour se procurer des ressources pécuniaires. Mais il n'est pas temps encore de faire des révélations sur ce sujet ni sur la vertu de pureté qu'il pratique aussi d'une singulière manière.

SIXTE NAPOLÉON : Comment cet homme n'a-t-il pas été démasqué plus tôt? Comment peut-il tout brouiller à sa guise, tout oser, tout trancher, faire déshonorer celui-ci, écraser celui-là, sans être nullement inquiété?

LE VIEILLARD : Je vous ai dit déjà qu'il peut tout par sa duplicité et ses mensonges, par ses grosses flatteries, par ses basses intrigues. Mais il peut

saint Chrysostome, saint Grégoire de Nazianze et quelques autres.

tout surtout par les dîners qu'il donne à ces messieurs. Car, comme le dit fort bien Angelos, dans notre siècle de progrès il y a bien peu de consciences qui résistent à un bon dîner. La vérité et la justice entrent rarement dans une salle à manger et en sortent plus rarement encore. Il n'est donc pas étonnant qu'il se vante d'imposer indirectement ses volontés à l'évêque, puisqu'il s'empare par des moyens si puissants de ceux qui sont chargés d'éclairer ce vénérable prélat. Aussi il est redouté de tous ses subalternes dont plusieurs ont été disgraciés par ses intrigues.

SIXTE NAPOLÉON : C'est affreux ! Et Nervo se laisse aveugler par ce fourbe consommé ! Il ne comprend donc rien aux hommes ni aux choses de la vie ?

LE VIEILLARD : Nervo croit si bien Cudas sur parole, qu'il est persuadé qu'Angelos pousse l'avarice jusqu'à s'épargner la nourriture. C'est ce qu'il a dit dernièrement à un vénérable prêtre, ne craignant pas ainsi de déroger à sa propre dignité pour avoir le plaisir de charger sa victime d'une odieuse accusation. Or, Angelos pousse la libéralité jusqu'à donner ses habits aux pauvres. Telle est la vérité. Si Cudas le fait ainsi calomnier par son supérieur, c'est pour se venger de ce qu'il n'a pu l'exploiter à sa guise. Et si Angelos est pâle, ce n'est pas parce qu'il manque de nourriture, mais bien parce qu'il souffre en

silence depuis trois ans la plus ignoble persécution. Il crache souvent le sang sous le poids de
tant de peines, et c'en est fait d'une vie si pré-
cieuse pour l'Église, si l'évêque ne se décide enfin
à agir contre les calomniateurs et à venger l'innocence si longtemps opprimée.

SIXTE NAPOLÉON : Mais, qu'est-ce donc que cette
Église grecque ? Il n'y a donc pas de lois dans ce
pays-ci ? Angelos, mon ami, mon soutien, mon
consolateur quotidien sur cette terre étrangère,
Angelos que je n'ai jamais entendu se plaindre,
Angelos si raisonnable, si supérieur par le cœur
et par l'intelligence, est ainsi traité par ces misérables, et il n'y a personne ici qui ose prendre sa
défense et il faut que vous veniez du fond de
l'Égypte pour le soutenir ! ! ! Il n'y a donc pas
un homme de caractère parmi tous ces Grecs de
Nicomédie, il n'y en a pas un qui ne soit enchaîné
à l'égoïsme, à l'amour de la quiétude personnelle !

LE VIEILLARD : Ce ne sont pas les lois qui manquent, ce sont les hommes capables et dignes qui
manquent aux lois. Il y a bien ici, comme dans
l'Église latine, des sacrés canons fondés sur la
raison éclairée de la foi, mais les hommes qui en
ont la garde spéciale ne les connaissent pas, ou
bien s'ils les connaissent, ils ne les appliquent
pas ; ils ne consultent même pas la loi naturelle
qui ordonne d'entendre la défense avant de fulmi-

ner la condamnation. On décide tout par voie d'arbitraire. L'intrigue prépare les décisions, et le caprice prononce. Malheur à la victime, si elle a la maladresse de réclamer contre cet arbitraire ! car elle aggravera assurément sa position pour n'obtenir que cette réponse : *Nous savons ce que nous avons à faire.* Dans les temps ordinaires les tribunaux civils vous rendent une exacte et parfaite justice. Et pourquoi n'en serait-il pas ainsi dans l'Église ? Est-ce que le prêtre est de pire condition que le laïque ?... Bien plus le laïque, qui est frappé d'une destitution arbitraire, peut encore faire quelque chose et recouvrer l'estime de ses concitoyens induits en erreur. Mais le prêtre innocent, que fera-t-il pour ne pas déchoir de sa dignité, pour trouver même un refuge contre l'opinion publique qui ne voudra jamais croire à l'injustice de sa condamnation ? D'un autre côté si Angelos eût eu moins de vertu aurait-il patienté si longtemps et jusqu'au sang ? Aurait-il pu résister à l'idée de secouer par la défection cet infâme arbitraire ?... A quelque point de vue que l'on se place, une réforme dans l'Église orientale paraît absolument nécessaire. Il faut des juges ecclésiastiques qui entendent les deux parties avec impartialité, qui ne puissent rien craindre pour eux-mêmes ni être influencés par l'intrigue et qui prononcent toujours d'après

des règles fixes et invariables. Si cette réforme
n'arrive pas, malheur à l'Église grecque !

Du reste, si on a le malheur de porter le dernier
coup à Angélos, je fais appel aussitôt à l'Église
universelle et je dévoile une longue série d'ini-
quités qui feront frémir d'indignation tous les
vrais catholiques du monde. Nervo, Cudas et leurs
complices, que je nommerai alors, auront beau
s'appuyer sur la puissante organisation des délateurs, ils seront livrés malgré l'autorité païenne
au mépris de tous les honnêtes gens. Ils perdront
même bientôt l'appui de l'évêque, et du chef suprême des délateurs qu'ils ont induits en erreur
avec une si rare perfidie. Tout se tournera contre
eux jusqu'aux philosophes honnêtes qui ont conservé des relations d'amitié avec Angelos (1).
Mais, voici Angelos lui-même !

ANGELOS : Merci, mon père, merci de votre bien-
veillante intercession ! Permettez-moi de baiser
votre main sacrée. Je prie N. S. Jésus-Christ de
vous laisser longtemps encore sur la terre pour
le bonheur de l'Église, pour le triomphe de la
vérité et de la justice. Mais quelle est donc cette
grande nouvelle que vous vouliez m'apprendre
avant votre départ ?

(1) Le philosophe païen Libanius et saint Basile le Grand
furent toujours en relations d'amitié ; lisez leur admirable
correspondance.

8.

LE VIEILLARD : La nouvelle de la plus terrible persécution qui soit jamais tombée sur le monde !

SIXTE NAPOLÉON : Je venais aussi pour vous annoncer ce grand malheur. Galère et Romula assiégent Dioclétien pour arracher à sa faiblesse le fatal décret de proscription. Pour moi, mon parti est bien pris; j'ai déjà fait ma profession de foi devant Galère qui m'a menacé de toute sa fureur.

ANGELOS : Enfin nous touchons à la couronne du martyre ! Béni soit Dieu qui se montre si bon envers moi ! Il va me retirer de cet abîme de ténèbres et de douleur pour me faire jouir éternellement de sa présence.

SIXTE NAPOLÉON : La persécution est donc un bien, une chose désirable ?

ANGELOS : Non, elle n'est pas un bien, elle est même un très-grand mal, et malheur à celui par qui ce mal arrive dans le monde ! Mais Dieu permet de temps à autre à la persécution de sévir pour tirer les bons de cette terre désolée, pour raffermir la foi des tièdes et pour démasquer les méchants qui abusent comme Judas des choses les plus saintes. Ne craignez pas toutefois pour l'Église. Elle ne périra pas dans cette nouvelle tempête. Dieu la conduit et il saura, quand il voudra, briser ses plus redoutables persécuteurs. Ce qui prouve que l'Église est inébranlable et

dirigée par l'Esprit-Saint, ce n'est pas tant encore
l'impuissance de ses ennemis extérieurs que la
malice doucereuse et corrosive à la fois des
faux chrétiens qu'elle porte dans son sein. Les
grands coupables, qui se déchaînent de temps
en temps contre l'œuvre de Jésus-Christ, accu-
mulent des ruines sur leur passage comme des
orages dévastateurs, mais ils disparaissent bientôt
sous les décombres, et le soleil de la vérité res-
plendit alors plus brillant que jamais. Les mauvais chrétiens s'attachent au contraire comme des
vampires aux flancs de l'Église. Pour qu'elle ne
succombe pas à des attaques si perfides et si
persévérantes, il faut qu'elle soit réellement
portée par la main de Dieu. Ne soyez pas étonnés
de m'entendre dire qu'il y a de mauvais chrétiens
et même de mauvais prêtres. Sur douze apôtres
il y eut un Judas. Mais sa profonde malice, en
livrant le Maître à la fureur des Juifs, ne servit
qu'à faire connaître à tout l'univers la divinité du
fils de Marie que la mort ne peut retenir dans
le tombeau. Les Judas qui ont paru depuis n'ont
pas réussi davantage à déshonorer le sacerdoce
ni à corrompre la vérité religieuse par le schisme
et l'hérésie. Leur perfidie n'a abouti qu'à donner
par le contraste plus de relief à la vertu des prêtres
et des évêques fidèles, qu'à faire mettre dans un
plus grand jour la vérité qu'ils voulaient obscurcir

où étouffer. La vérité religieuse habite donc une
région divine, calme, inaccessible à tous ses ennemis. Chaque persécuteur laïque ou prêtre aboutit
tôt ou tard à l'impuissance et prouve ainsi que
Dieu n'a pas promis en vain de soutenir son Église
jusqu'à la fin des siècles. Applaudissez donc au
sublime triage que Dieu va faire dans la société
chrétienne par le moyen de la tempête. Réjouis-
sez-vous de voir enfin les loups ravisseurs jeter
le masque d'une fausse dévotion et laisser en
paix les brebis innocentes. Tel est du reste le
désir qu'exprimait autrefois saint Cyprien, l'illustre
évêque de Carthage, à la vue des désordres que
son zèle ne pouvait réprimer.

LE VIEILLARD : Je loue votre zèle, mon fils, et
j'admire votre foi. Mais vous aspirez trop tôt à la
palme des élus. L'Église grecque a un grand
besoin de défenseurs. Vous êtes jeune, vous avez
des talents et des connaissances très-étendues.
Vous vous devez à l'Église et vous ne devez pas
penser encore à courir dans la lice des martyrs.

ANGELOS : Laissez-moi mourir, mon père, laissez-moi mourir ! car je ne serai jamais aussi bien
préparé pour le grand passage du temps à l'éternité que je le suis maintenant. Les persécutions
que je subis depuis plusieurs années m'ont complétement détaché de la terre. Aussi je remercie

du fond du cœur mes zélés persécuteurs et je prie chaque jour pour leur conversion.

SIXTE NAPOLÉON : Comment pouvez-vous, mon cher ami, bénir et remercier des hypocrites tels que Nervo, Cudas et leurs complices ?

ANGELOS : Je dois les aimer plus que les autres, puisque ce sont eux qui m'ont fait faire le plus de progrès dans la perfection, en me poursuivant sans relâche de leurs calomnies. Aussi je leur pardonne de tout cœur et je les aime infiniment (1). Je suis seulement étonné que vous connaissiez le nom de ces messieurs que je voulais taire pour toujours.

SIXTE NAPOLÉON : Et moi je ne tairai rien, je parlerai hardiment en faveur de l'innocence opprimée, je ferai tomber le masque qui couvre la figure de ces nouveaux pharisiens !... Au moins vous laissent-ils en paix maintenant ?

ANGELOS : N'ayant pu réussir directement à me faire jeter sur le pavé par l'évêque qui se doute de leurs mauvais desseins, ils prennent une autre voie aujourd'hui pour me déshonorer et pour me perdre. Ils m'empêchent de remplir mes fonctions, surtout celles qui peuvent me mettre en évidence aux yeux des fidèles dont l'estime m'est acquise ; ils veulent, disent-ils, m'annuler peu à

---

(1) L'illustre sainte Thérèse tiendra plus tard le même langage dans sa vie et dans ses écrits.

peu et faire entendre ensuite à l'évêque je ne veux rien faire.

Sixte Napoléon : Mais c'est une infernale duplicité ! Il faut que la vérité se fasse sur toutes ces intrigues ténébreuses !

Angelos : Patience, mon cher ami ! car vous ne connaissez pas bien encore les Grecs de nos jours. C'est toujours au nom du bien qu'ils font le mal. Ainsi Nervo m'a empêché, il y a quatre ans, d'être nommé dans mon pays où je jouis cependant de l'estime générale ; depuis lors il s'est uni à tous ceux qui veulent ma perte par haine ou par jalousie ; il fait tout son possible pour me déshonorer ; il semble qu'il ne veuille pas me laisser sur la terre une pierre où reposer ma tête. Et il fait tout cela au nom du bien ! ! ! C'est toujours sous la couleur et l'apparence de la bonté que les Grecs poursuivent les plus mauvais desseins.

Sixte Napoléon : Et vous craignez de dévoiler ces gens-là à la face du monde ? Mais la justice elle-même exige que la vérité entière soit connue !

Angelos : On ne la connaîtra jamais tout entière. Cependant, comme l'Esprit-Saint lui-même nous ordonne de défendre notre réputation et donne ainsi plus de poids à la loi naturelle qui nous impose la même obligation, je me laisserai défendre par nos amis, mais je ne me défendrai pas.

SIXTE NAPOLÉON : Et pourquoi ne pas vous défendre vous-même? Je crois que personne au monde n'a plus de droit que vous à la défense.

ANGELOS : C'est vrai ! mais la prudence me commande désormais un silence absolu, car la moindre réponse que je ferais aux injustices les plus criantes, les mots les plus modérés que j'emploierais contre d'odieuses provocations, seraient aussitôt dénaturés et transformés en engins de guerre contre moi. Je dois donc tout remettre au jugement de Dieu et de l'avenir. Je ne puis pas même sourire des bévues grossières dont je suis témoin chaque jour sans me compromettre radicalement. D'un autre côté je crains de perdre, en me défendant moi-même, les biens spirituels que tant d'épreuves m'ont procurés. C'est là surtout la principale raison qui m'empêchera toujours de prendre ma défense personnelle.

SIXTE NAPOLÉON : Hé bien ! moi je vous défendrai devant l'univers entier ! ! !

« Et nous aussi ! » répondirent plusieurs voix de promeneurs qui s'étaient arrêtés sous les galeries extérieures de l'édifice sacré pour prêter une oreille attentive à cette douloureuse discussion, En même temps ces promeneurs rejoignirent nos amis sous le sombre vestibule de l'église, car plusieurs d'entre eux ne pouvaient pas entrer dans l'intérieur, n'étant pas encore chrétiens. Il

y avait parmi eux des avocats, des philosophes,
des littérateurs, des peintres, des statuaires, en
un mot des artistes en tout genre qui avaient dans
leur âme le sentiment de la vertu, qui cultivaient
les sciences ou les arts par amour du beau et qui
admiraient dans Angelos l'union harmonieuse
du bon, du vrai et du beau idéal. C'est ainsi que
quelques années plus tard saint Athanase, saint
Basile et saint Chrysostome exciteront l'admiration des plus beaux esprits du paganisme et
même des Juifs, nous dit le célèbre orateur à
la bouche d'or. « Nous sommes tous prêts à vous
défendre, répétèrent-ils à l'unisson ! Ne craignez
rien ! Votre vénérable évêque verra enfin qu'on
l'a indignement trompé sur votre compte. Il
sera heureux de sortir si facilement des embarras inextricables qu'allaient lui créer des hypocrites pour satisfaire leurs misérables passions. »

ANGELOS : Je suis entre les mains de Dieu. Qu'il
dispose de moi comme il lui plaira. J'adore sa
volonté impénétrable et je me résigne même à
vivre encore loin de sa radieuse présence.

LE VIEILLARD : Mieux vaut vivre pour souffrir
que mourir pour jouir. Vivez donc encore dans
dans la nuit de la souffrance. Car, si Dieu vous
met dans la fournaise de l'épreuve, c'est qu'il
veut vous employer bientôt pour quelque grand
dessein. Du reste je suis toujours prêt à ac-

courir du fond du désert pour votre défense.

Sixte Napoléon : Vous êtes sublimes l'un et
l'autre dans vos pensées aussi bien que dans vos
résolutions. Mais, tout en admirant en vous la
perfection que le Christ donne aux nobles âmes,
mon esprit se porte vers le chef suprême de l'É-
glise et je me sens pressé de vous dire : pourquoi
les Grecs ne s'adressent-ils pas au pape Marcellus
afin que la justice soit rendue à tout le monde avec
impartialité, afin que l'innocent ne soit pas condamné sans défense même à son insu? La perfection est admirable, mais elle ne doit pas empêcher
la justice de faire son cours. Libre à chacun de
souffrir en silence ; mais, pour le bien général, il
faut que la sévère équité ne souffre jamais. Le pape
Marcellus, qui règne aujourd'hui, est un esprit
large, un homme à grandes vues et ennemi déclaré
du désordre. Il appartient à cette sublime lignée
de législateurs qui soumirent sous la république
le monde entier aux lois de Rome et de la raison.
Il porte dans tous ses actes cet esprit de haute
administration qui distinguait ses ancêtres. Je
sais en outre qu'il porte un intérêt tout particulier
aux Églises d'Orient. C'est lui-même qui me l'a
dit, lorsque j'ai eu le bonheur de le voir en passant par Rome. Que l'Église orientale s'adresse
donc à ce suprême justicier et elle verra bientôt
l'intrigue et la perfidie faire place à la vérité, à

la franchise, à l'honneur, à la probité, à toutes les
vertus chrétiennes.

LE VIEILLARD : Vous parlez, mon fils, comme
un docteur de l'Église. Vos paroles sont marquées
au coin de la plus pure sagesse. Mais entre
Rome et nous il y a une longue distance et il n'est
pas toujours facile de recourir au chef de l'Église.
De plus vous avez sans doute remarqué vous-même
que plus nous allons, plus on voit l'antipathie des
Grecs et des Romains, de l'Orient et de l'Occident, se manifester, se développer et s'étendre
sous mille prétextes.

LES ARTISTES : C'est vrai ! Nous avons de graves
reproches à adresser à nos vainqueurs qui ont
longtemps traité les arts avec un superbe dédain.
Mais enfin ils ont cédé à notre influence civilisa-
trice. S'ils sont les maîtres de nos champs et de
nos corps, c'est nous qui sommes aujourd'hui
les maîtres de leur esprit, les directeurs de leur
intelligence dans tous les genres d'éducation.
Nous blâmons cependant avec énergie ces Grecs
superficiels qui sèment la discorde entre les deux
peuples et qui cherchent à détruire une union si
nécessaire au bonheur du monde.

LE VIEILLARD : Ce n'est pas seulement dans la
société civile qu'apparaissent ces rivalités, c'est
même dans l'Église romaine et jusque dans le
sanctuaire. Un Grec a beaucoup de peine à dé-

pouiller ses habitudes de ruse et de perfidie, il
ne renonce pas volontiers au désir de paraître et
de vouloir tout enseigner, alors même qu'il ne
sait rien. Aussi toute supériorité l'offusque et,
quand il ne peut triompher de son rival par le mérite et le talent, il a recours sans scrupule au
mensonge, à la calomnie insidieuse ou à la fausse
piété. Il préfère quelquefois soutenir une erreur
pour faire parler de lui que de suivre humblement
le chemin de la vérité. Quand un tel homme se
glisse dans l'Église, c'est un vrai malheur ; il est
bien rare qu'il ne s'ensuive pas quelque hérésie
ou au moins quelque scandale.

Le Romain au contraire aime la vérité naturellement ; il dédaigne les subtilités, il méprise les
petites intrigues. La loi est toujours pour lui
comme pour ses ancêtres la *raison écrite*. Aussi,
quand la religion chrétienne vient à éclairer son
esprit, il se trouve presque aussitôt le maître de
ses passions, il sent qu'il est encore le roi du
monde, il va droit à la vérité. Il raisonne en
maître sur les vérités révélées, comme ses ancêtres raisonnaient en maîtres sur la politique.
Comme il voit clairement la lumière divine, il
est rempli d'une noble ardeur pour la conquête
des âmes, et il s'indigne de trouver sur son passage
quelque sophiste grec qui se fatigue l'imagination
pour enfanter quelque hérésie absurde ou immo-

rale. Tous les vrais chrétiens de l'Orient ne se
lassent pas de prêcher la concorde entre l'Église
grecque et l'Église latine. Mais combien n'y
en a-t-il pas déjà qui souffrent avec peine l'autorité du vicaire de Jésus-Christ et qui osent enseigner les théories les plus subversives de l'ordre
religieux? Il faut aux Grecs quelque leçon terrible
pour les rendre sages. Puisse la persécution, qui
va éclater, produire cet heureux résultat? C'est
alors que les réformes venues de Rome pourront
pénétrer nos mœurs et nous remettre dans la voie
droite en resserrant notre union avec le chef de
l'Église une et catholique.

ANGELOS : Je souhaite vivement que la persécution, qui nous menace, ne produise des ruines
que pour assurer le triomphe de la vérité et de
la justice parmi nous. Mais je doute beaucoup,
mon père, d'un événement si désirable ; je connais les Grecs ; il faut que des châtiments terribles pèsent sur eux pour les ramener aux saines
idées de vérité, de justice et de franchise. J'a-
voue néanmoins que la persécution présente ne
fera pas beaucoup d'apostats parmi nous. Vouloir ramener le monde au culte des divinités
païennes, c'est tellement absurde que les plus
ignorants mêmes résisteront aux séductions et
aux menaces des persécuteurs. Mais qu'il se présente quelque ambitieux sectaire, quelque so-

phiste ecclésiastique, habile dans l'art de la
parole et qui ne craigne pas de perdre les âmes
pour fonder sa réputation, vous verrez alors si
un tel homme manquera d'adeptes. Il en trouvera partout, même dans le clergé, tant l'ignorance et le sophisme sont en honneur parmi
nous ! Aristophane stigmatisa jadis avec sa verve
comique le peuple d'Athènes, qui voulait juger
tout le monde, même sans connaître les lois. Or,
croiriez-vous que cet esprit d'ambition et de suffisance ridicule règne encore parmi beaucoup de
Grecs devenus chrétiens? Cela est néanmoins incontestable. Bien plus ces étranges chrétiens,
séduits par l'éclat et la beauté du sacerdoce catholique, ont recours aux moyens les plus indignes pour entrer dans le sanctuaire et surtout
pour s'élever aux premières charges. L'intrigue
et la duplicité leur tiennent lieu de talent, de
science et de vertu. Aussi on les entend dire tous
les jours que la théorie est incompatible avec la
pratique, que pour bien juger il faut ignorer la
loi ou n'en tenir aucun compte. On s'étonne et
on s'indigne justement à Rome que nous soyons
régis par de tels hommes. Car dans l'Église romaine tout le monde est sujet de la loi, et
chacun trouve ainsi la paix et la liberté dans la
justice impartialement rendue au plus faible
comme au plus puissant. Dans l'Église romaine

c'est la loi naturelle éclairée de la foi qui règne, comme vous le voyez, et qui dirige toutes choses vers le progrès de l'humanité ; ici c'est le caprice, escorté de l'intrigue, de la perfidie et de l'ignorance, qui nous conduit ou plutôt qui nous poursuit et qui nous accable, si nous osons faire entendre la moindre plainte et la plus humble observation.

LE VIEILLARD : Bien plus ces ambitieux ignorants et ridicules ne s'aiment pas entre eux, ils se déchirent les uns les autres après s'être embrassés avec une apparente cordialité. Ils ne sont unis que pour persécuter le chrétien honnête et instruit. Cudas qui vous poursuit depuis si longtemps n'a pu vivre ni avec d'anciens collègues qu'il a fait briser, ni avec celui qu'il a fait partir cette année-ci, ni enfin avec sa propre mère. Voilà déjà bien des victimes ! et cependant il est soutenu, grâce à ses mensonges, à ses intrigues et surtout à ses dîners ! Mais ceux qui le soutiennent auront leur tour, car il ne les aime pas.

ANGELOS : Je dis donc qu'il faut plus qu'un Aristophane et qu'un Dioclétien pour corriger ces Grecs, il faut une longue série de malheurs effroyables.

SIXTE NAPOLÉON : Pourquoi ne pas établir dans l'Église grecque, comme me le disait tout à l'heure le vénérable père, des juges ecclésiastiques qui n'aient rien à craindre pour eux-mêmes, qui soient obligés de résister à l'intrigue et d'entendre avec impartialité les deux parties, qui ne prononcent jamais par voie d'arbitraire, mais toujours d'après des règles fixes et respectées. Le prêtre comme citoyen ne cesserait pas de rendre à la juridiction civile le respect qui lui est dû, mais comme ministre de Dieu il ne serait pas soumis à l'arbitraire, au caprice, à l'incertitude qui paralyse l'essor de la foi et des bonnes œuvres. Les évêques d'Orient seraient ainsi délivrés devant Dieu d'une immense responsabilité et ils ne trouveraient désormais dans leurs subordonnés et dans les populations qu'amour, vénération profonde, dévouement sans bornes. Que l'on soumette un pareil projet au pape, qui est le législateur suprême de l'Église, et, s'il l'approuve, on trouvera dans cette institution fondée sur la raison et l'équité naturelle un remède plus puissant que tous les palliatifs du monde pour empêcher l'esprit du siècle d'envahir votre Église.

LES AVOCATS, LES PHILOSOPHES, LES LITTÉRATEURS ET LES ARTISTES : Très-bien! Très-bien! A votre âge vous montrez plus de sagesse que Solon et Lycurgue dans leur maturité. Nous reconnaissons que les Romains sont plus habiles dans l'art de faire des lois, de rendre la justice et de gouverner les peuples, que tous les Grecs anciens et nouveaux qui ont cependant porté les autres arts à leur dernière perfection.

ANGELOS : La réforme que vous proposez là,
mon jeune ami, n'est pas possible. Car l'esprit
des Grecs va toujours baissant et se perdant dans
mille subtilités. Leur caractère s'efface plus rapidement encore. Je soutiens donc qu'il faut que
ces peuples soient retrempés dans le creuset d'é-
preuves séculaires. Alors seulement ils écouteront
avec humilité, avec reconnaissance la voix de la
vérité et de la justice.

Tandis qu'Angelos parlait de la sorte, le visage
du vieillard s'illumina d'une clarté divine, ses yeux
brillèrent comme ceux d'un chérubin, sa tête dénu-
dée se couvrit d'une auréole céleste, sa taille parut
grandir démesurément. Sa longue barbe blanche
relevant encore la majesté de sa personne, on l'eût
pris pour un messager divin et même pour l'*Ancien
des jours*. Tout à coup il s'écria d'une voix grave et
plaintive : « L'avenir se dévoile à mes yeux, je
vois un sophiste grec, un prêtre, troubler l'Église
et déchirer la robe de Jésus-Christ. Il arrache à
Dieu, à la vérité une multitude d'âmes. Partout
l'agitation, partout des disputes interminables et
même du sang versé. Mais voici que César est devenu chrétien! Dieu soit béni à jamais! Le pape
et l'empereur s'entendent pour convoquer un
concile œcuménique. L'ambitieux sectaire est
frappé d'anathème avec ses partisans et sa détes-
table doctrine. Mais tout n'est pas fini. Encore du

trouble, encore de longues agitations. Et c'est cet
enfant, que vous voyez là devant vous, qui devient
le champion inébranlable de la vérité. Athanase
a grandi dans la science et la sagesse. Tous les
hérétiques de l'Orient se déchaînent contre lui.
Il est violemment arraché de son siége épiscopal
d'Alexandrie et relégué au fond des Gaules, non
loin du pays habité par la vaillante tribu des
Francs. Uni au chef de l'Église, il devient la per-
sonnification de la vérité pour tout l'Orient. Le
voilà qu'il rentre en triomphateur dans sa ville
métropolitaine! Les populations l'accueillent avec
enthousiasme... Lui aussi a été flétri par la calomnie dès son entrée dans le sacerdoce (1), mais
il a triomphé de tout et il apparaîtra aux siècles
futurs comme le plus grand des Grecs de notre
temps aussi bien par la pureté de sa doctrine que
par la fermeté inébranlable de son caractère.
Viens, cher Athanase, viens, que je t'embrasse!
Tu es le plus précieux trésor qui soit au monde.
Désormais je te permettrai de me suivre au désert,
je veillerai moi-même sur ton éducation et sur tes
jours. » Le vieillard serra aussitôt l'enfant sur son
cœur avec une si vive effusion de tendresse qu'on
aurait dit qu'il voulait lui communiquer toute son

(1) La calomnie alla jusqu'à l'accuser d'avoir tué un évêque
mélécien et de lui avoir coupé un bras pour s'en servir dans
des opérations magiques. — Weiss. — Villemain.

9

inspiration divine. Sixte Napoléon, Angelos, les
philosophes, les avocats et les artistes embrassè-
rent aussi l'héroïque enfant, dont la future réputation devait remplir l'Orient et tous les siècles.
Ils baisèrent ensuite avec respect la main du vieillard qui repartit sur-le-champ pour l'Égypte avec
son cher Athanase ; celui-ci ne pouvait contenir
sa joie, car il savait qu'il aurait désormais la liberté de suivre au désert le sublime solitaire.

Les promeneurs prirent en même temps congé
d'Angelos, en lui disant qu'il pouvait toujours
compter sur leur dévouement. C'est alors que le
noble prêtre donna à Sixte Napoléon un conseil
inspiré par la plus touchante amitié. « Vous le
voyez, lui dit-il, l'Église catholique touche à son
triomphe définitif sur le paganisme. César va devenir chrétien. Je crois que vous êtes l'homme
désigné par la divine Providence pour aider cette
Église à sortir des catacombes et pour prendre
avec elle possession de l'empire du monde. Tous
les catholiques de l'univers ont les yeux fixés sur
vous. Je vous supplie par Notre-Seigneur Jésus-
Christ de vous soustraire à la mort, de fuir et de
vous cacher, car le bien général l'exige. »

NAPOLÉON : Moi fuir ou me cacher ! jamais !! Je
mourrai à la place que Dieu m'a désignée pour
encourager mes frères et conquérir la céleste
couronne.

ANGELOS : Je regrette profondément que vous ne vouliez pas épargner cette chère tête qui pourrait si puissamment aider un jour le pape Marcellus à lancer les Grecs et tous les peuples dans la grande voie du progrès chrétien.

À ces mots les deux amis se séparèrent et, en s'embrassant, ils se donnèrent rendez-vous dans le sein de Dieu.

Sixte Napoléon se dirigea vers les jardins impériaux pour se recueillir et méditer en silence sur les événements de la journée et sur la conduite qu'il aurait à tenir durant la persécution. Il pénétra dans une allée solitaire bordée de fleurs et d'arbustes qui répandaient dans l'air un parfum délicieux, et, tandis qu'il se croyait seul avec Dieu, il fut rencontré par Diocléa et Nigra qui sortirent subitement d'une allée latérale. La fille de Dioclétien connaissait déjà les bruits sinistres que Galère faisait répandre par ses agents secrets contre les chrétiens, elle pressentait la persécution qui devait bientôt éclater ; elle faisait suivre avec la plus grande sollicitude Sixte Napoléon dans toutes ses démarches, son amour violent et concentré ne lui laissait pas de repos, elle savait donc que le jeune héros allait souvent dans les réunions chrétiennes, elle le soupçonnait déjà d'appartenir à la nouvelle religion, et sa passion grandissait d'autant plus que les obstacles qui s'élevaient devant elle semblaient

devenir de jour en jour plus nombreux et plus in-
surmontables. Craignant que la foudre impériale
n'éclatât tout à coup et ne frappât Napoléon avec
ses coreligionnaires, elle se dirigeait en proie à
la plus vive inquiétude vers l'église chrétienne.
Aussi quelle ne fut pas sa joie, lorsqu'elle aperçut
le noble Romain à travers les arbustes qui bor-
daient l'allée solitaire ! Elle s'empressa de l'aborder et, dans le premier élan de son bonheur, elle
l'invita à s'asseoir sur un banc de verdure. Cependant la sérénité céleste que présentaient en ce
moment les traits de Napoléon lui inspira un tel
respect qu'elle n'osa pas prendre place à ses côtés ; elle s'assit en face avec Nigra sous un berceau
de lianes artistement mêlées à des fleurs odorantes.

« Le soleil de l'Orient, dit alors Diocléa, vous pa-
raît-il aussi beau que celui d'Italie ? Et nos fleurs,
trouvez-vous qu'elles soient plus fraîches et plus
douces à l'œil que celles de Sardaigne ?—Rien n'é-
gale l'Orient par ses richesses, répondit Napoléon ;
ses sites pittoresques, son soleil resplendissant,
ses jardins magnifiques, ses fleurs variées, ses palais étincelants, tout parle à mon imagination et
me donne la plus haute idée du pays vers lequel
m'a conduit la divine Providence. Mais ce que je
préfère à toutes les beautés de l'art et de la nature,
c'est l'aimable hospitalité que j'ai trouvée dans
cette capitale. Les attentions délicates dont je suis

l'objet me rappellent avec délices les tendres soins de ma mère qui n'est plus, hélas ! dans cette chère île de Sardaigne où j'ai vécu si longtemps sans trouble et sans inquiétude du lendemain. Mon père, en proie à une profonde tristesse depuis mon départ, a quitté les lieux qui lui parlaient sans cesse de mon absence, pour se retirer avec ma mère dans les montagnes abruptes de l'île de Cyrnos. C'est du sein d'une forêt sauvage, devenue pour toujours sa retraite, qu'il m'a écrit une lettre que j'ai arrosée plusieurs fois de mes larmes. Ce désert s'est transformé sous sa main intelligente en un séjour qui ne manque pas de charmes, mais qui serait dédaigné par les âmes éprises des folies du siècle. Dieu a béni mes parents dans leur nouvelle solitude et m'a donné un frère qui pourra les consoler de mon absence, soutenir leur vieillesse et déposer à ma place le baiser d'adieu sur leurs lèvres mourantes. Oh ! que j'envie le sort de mon frère ! et que de regrets attristent mon cœur, même au milieu des richesses et des gloires de l'Orient!! »

Ces sentiments de piété filiale, exprimés avec une émotion profonde, ne firent que donner un nouvel aliment à la passion dévorante qui agitait la jeune princesse. Pour se dominer plus facilement et pour arracher en même temps Napoléon à ses tristes regrets, elle fit tomber aussitôt la conversation sur Nigra et dit à son interlocuteur :

« J'ai là une compagne qui est un petit prodige.
Nigra est la fille du jardinier qui soigne les fleurs
de mon parterre. Croiriez-vous que la fille d'un
ouvrier, d'un esclave, fût beaucoup plus habile que
Platon et autres grands génies? Croiriez-vous surtout qu'elle soit parvenue à cette hauteur incom-
mensurable par ses propres efforts? Quand je l'ai
prise avec moi, elle ne savait ni lire, ni écrire, je
l'ai formée à la connaissance des belles-lettres,
parce qu'elle me semblait douce, aimable et soumise. Elle m'écoutait avec la plus grande attention,
mais néanmoins elle m'arrêtait souvent dans mes
explications et mes lectures pour me faire remarquer des erreurs dans lesquelles sont tombés Platon, Aristote et d'autres philosophes. Ces observa-
tions me confondaient et m'humiliaient, mais, ne
pouvant résister à l'évidence de la vérité, je don-
nais toujours la victoire à Nigra sur les philosophes, quoiqu'elle ne sût pas encore lire ni écrire.
Du reste nous allons la faire parler et vous serez
juge vous-même. Parle, chère Nigra, parle-nous
ton divin langage ! »

La jeune esclave, qui paraissait insensible à tant
d'éloges, parla avec une grande modestie et comme
pour obéir aux ordres de sa maîtresse. Elle dit
d'abord ce que c'est que l'homme, elle porta son
regard pénétrant dans les profondeurs du cœur
humain, elle analysa la pensée et le sentiment avec

une précision, une clarté et une grâce admirables.
Mais quand elle aborda ensuite la nature divine
pour contempler Dieu en lui-même et dans ses
rapports intimes avec la créature, son œil, modes-
tement voilé jusqu'alors, s'ouvrit tout à coup, son
regard s'illumina d'une vive clarté, et tous ses traits
prirent une expression de douce majesté qui inspirait à la fois la confiance et le respect. C'est alors
que son langage devint brillant et coloré, sans
cesser d'être clair; c'est alors que les sentiments
et les pensées les plus sublimes donnèrent à son
discours un tel caractère de beauté, d'élévation et
de grandeur, qu'on aurait dit que la jeune esclave
était le porte-voix de quelque orateur céleste,
l'instrument docile d'un artiste divin ou l'écho
prolongé dans le temps d'une voix qui parle dans
l'éternité. Diocléa était ravie, son orgueil de patri-
cienne semblait anéanti pour toujours, et son esprit suivait attentivement le vol rapide de l'esclave
vers les sphères les plus élevées de la pensée et
de l'harmonie, comme l'oiseau brillant du bocage
prend plaisir à suivre l'ascension majestueuse de
l'aigle vers les régions étoilées sans être tenté de
l'imiter. Napoléon était ému jusqu'au fond de
l'âme, car il avait bientôt reconnu que Nigra était
chrétienne, que l'amour divin l'embrasait et l'entraînait au delà des chemins battus par la pauvre
humanité, pour mettre dans sa bouche des accords

célestes et pour confondre par la voix d'une esclave l'orgueil des grands et des savants de la terre.
Telle sera plus tard la fille du teinturier de Sienne,
la fameuse Catherine qui, sans étude et sans art,
déconcertera les desseins les mieux combinés de
la politique, embrassant de son regard divin toutes les choses humaines pour y ramener l'ordre,
la liberté et la vie. Sixte, cédant à l'émotion religieuse qui s'était emparée de son âme, laissa couler sur sa joue vermeille quelques larmes de joie
et s'écria dans un moment d'enthousiasme : « C'est
divin ! C'est Dieu qui opère ces étonnantes merveilles pour détruire les préjugés barbares qui di-
visent l'espèce humaine en êtres libres et en esclaves. Il élève jusqu'à lui les esclaves, il leur
inspire son génie, il les affranchit par le cœur et
par l'intelligence. C'est maintenant aux hommes
libres à faire tomber les chaînes qui attachent à la
terre le corps de leurs frères esclaves. »

Diocléa fut tellement frappée de cette idée de
liberté qu'exprimait Napoléon, qu'elle se jeta aussitôt au cou de sa chère Nigra et la pria de la pardonner de n'avoir pas songé encore à l'affranchir.
Elle la serra sur son cœur avec la plus vive effusion de tendresse et lui dit en l'embrassant : « Tu
est libre désormais, oui tu es libre, ma bonne et
chère Nigra ! ! Que tu es heureuse d'avoir mérité
les éloges de ce noble Romain et surtout d'avoir

fait couler ses larmes ! J'envie ton bonheur, je veux le partager avec toi et voilà pourquoi je t'affranchis pour toujours. Que nos cœurs soient unis désormais par l'amitié libre de toute contrainte. Aujourd'hui mon affection pour toi a grandi sans mesure ; tu n'es plus mon esclave, tu es mon amie, ma plus chère amie. Mais si tu allais m'abandonner, maintenant que tu es libre ! ! L'oserais-tu, chère enfant? Oserais-tu mépriser mon affection pour toi?..... La mort seule pourra nous séparer, n'est-ce pas?» Nigra ne répondit pas, mais elle serra plus vivement la main de sa maîtresse et l'arrosa de ses larmes. Diocléa elle-même cessa de parler sous le poids d'une si vive émotion, et les deux amies goûtèrent pendant quelque temps en silence le bonheur si doux d'être unies par le lien commun de la liberté.

C'est ainsi que l'héritière de Platon et d'Homère serre avec amour dans ses bras l'héritière de Moïse et des prophètes, la muse des Grecs est vaincue par la muse hébraïque devenue chrétienne, l'art d'arranger des fables succombe et disparaît devant la puissance absolue de la vérité, la raison humaine s'humilie devant la lumière éclatante de la raison divine ou plutôt elle se précipite vers cette raison souveraine sans la connaître encore dans toute sa force, tant elle est dominée par la supériorité de cette amie qui sait parler à la terre le langage des

9.

cieux !! Les deux antiquités les plus brillantes et
les plus sublimes, l'antiquité grecque et l'antiquité
hébraïque, se sont rencontrées sous ce berceau
mobile de fleurs orientales et elles se sont unies
dans les étreintes d'une douce et aimable fraternité... O vierges de Salem ! ô filles des patriarches
et des prophètes ! priez le Seigneur de vous affranchir pour un moment des liens de la mort, sortez
de vos déserts et de vos solitudes, descendez des
hauteurs du Carmel et venez contempler la grande
merveille qu'a opérée en ce jour le Désiré des nations, si pompeusement annoncé par vos pères !
Venez voir la fille du maître du monde, vaincue
par la puissance invisible de votre Dieu, embrasser tendrement son esclave et lui prodiguer ses
caresses pour la retenir dans son amitié ! Et vous,
muses de la Grèce, dont les chants harmonieux
charmèrent si longtemps un peuple né pour les
arts plutôt que pour les grandes œuvres de la politique et de la raison, secouez la poussière de vos
tombeaux aériens, venez de tous les points de
l'Hellade et ne dédaignez pas de vous associer aux
filles naïves du désert pour célébrer avec elles le
triomphe de la vérité sur vos aimables mensonges !
Vous n'eûtes jamais à chanter un sujet plus gra-
cieux et plus sublime à la fois que celui qui vous
est offert par ces deux vierges, goûtant en silence
dans les doux embrassements de l'amitié le bon-

heur d'être libres, sans penser ni aux distances
sociales qui les séparent, ni au luxe des jardins
impériaux qui les environnent, ni à ces guirlandes
de fleurs qu'un léger zéphyr. balance sur leurs
têtes. Ce que la civilisation grecque, célébrée par
vous sur tous les tons, n'a pu faire durant tant de
siècles d'épanouissement, le Dieu de vérité l'a fait
en un clin d'œil et sans se montrer à découvert ;
il a proclamé le droit de la femme à être libre et a
abattu aux pieds d'une esclave la princesse la plus
orgueilleuse et la plus haut placée du monde.....
Mais je vois que je m'égare dans les champs de
l'imagination, il faut bien me pardonner ce doux
oubli de mon sujet, c'est un adieu à la poétique
antiquité. Nous allons entrer aussitôt dans les affaires sérieuses et dans les plus tristes réalités de
la vie.

Diocléa et Nigra n'avaient pas encore rompu le
silence mystérieux de l'amitié, lorsque Napoléon
entendit un bruit sinistre semblable à celui qui
précède l'orage et qui annonce quelque grande
tempête. Il se lève en sursaut, monte rapidement
sur la hauteur voisine et porte de là ses regards
inquiets sur la ville de Nicomédie. Il voit le peuple
qui se précipite sur les pas des soldats vers l'é-
glise catholique, il entend déjà les coups de mar-
teau qui enfoncent la porte de l'édifice sacré, la
foule va toujours grossissant. Bientôt une immense

clameur annonce la victoire facile des païens. La
fumée, les flammes, les cris de détresse, les chants
de triomphe, tout concourt à donner à cette scène
un caractère lugubre et solennel. Mais quelle
n'est pas la surprise de Napoléon, lorsqu'il aperçoit sur la terrasse la plus avancée du palais impérial Dioclétien et Galère, occupés l'un et l'autre
à contempler le drame terrible qui se déroule sous
leurs yeux ! ! Le vieil empereur apparaît immobile
et assiste en silence à l'égorgement de ses sujets
les plus dévoués, Galère au contraire va et vient,
rit d'un air féroce et lance de temps en temps des
imprécations contre le Christ et son Église...«Mais
ces tyrans-là, s'écrie Napoléon. saisi d'horreur à
cette vue, dépassent Néron du premier coup! Jusqu'où veulent-ils donc aller? »...Il dit et part comme
l'éclair pour aller au secours de ses frères persé-
cutés. Diocléa, qui a entendu son rapide monologue, est dans la plus grande consternation...«Malheureux! où courez-vous s'écrie-t-elle! revenez,
revenez à moi!! »... Mais le héros ne revint pas.
La jeune princesse se précipite alors sur ses pas et
court tout égarée vers la foule qui gronde et mu-
git comme une mer en courroux.

CHAPITRE VIII

Comment Dioclétien fut-il amené à signer le décret de persécution? — Il prend d'abord conseil de tous les grands de
l'empire. — Son monologue ou ses étranges réflexions sur
la corruption humaine. — Sixte déchire l'édit de persécution. — Son emprisonnement. — Diocléa le visite dans son
cachot et ne peut le décider à la suivre.

Depuis la terrible évocation des ombres impériales, rendue inutile par la foi de Napoléon, Galère et Romula que cet échec avait irrités jusqu'à
la fureur ne laissaient plus de repos à l'empereur
suprême; ils le circonvenaient, le pressaient, le
harcelaient sans relâche pour le déterminer à
proscrire les chrétiens et surtout le commandant
si intrépide de la garde impériale. Dioclétien résistait néanmoins, car il craignait de soulever contre lui l'indignation publique en signant un décret
de proscription qui ferait couler le sang à grands
flots dans tout l'empire, il craignait encore plus
de s'attirer la haine de l'armée en condamnant à
mort le brillant vainqueur des Perses. Il avait
l'habitude, nous dit Lactance, de faire le bien
sans prendre conseil, afin que tout l'honneur en
revînt à lui seul, tandis qu'il ne faisait le mal
qu'après avoir délibéré avec ses amis pour se
mettre par ce moyen à couvert aux yeux du public
et pour faire retomber sur autrui tout l'odieux du

crime. C'est pourquoi il résolut, avant de passer
outre, de consulter les ministres des dieux, les
corps de l'État, les philosophes, les littérateurs et
tous ceux qui exerçaient quelque influence sur la
société. L'appel fait à toutes les sommités sociales
avec cet égoïsme calculé et infernal fut aussitôt
rendu public, et quiconque voulait faire fortune
sans compter avec sa conscience s'empressa d'accourir au palais impérial. Les sénateurs parurent
les premiers devant l'empereur et se prononcèrent
tous pour l'extermination radicale des chrétiens.
« Je loue votre zèle, répondit Dioclétien, et j'admire votre franchise ; je vous prie de toujours
compter sur ma haute bienveillance. » A ces mots
le sénat se retire sur un signe du maître qui
s'empresse d'ajouter à demi voix pour n'être pas
entendu : « Voilà les vénérables gardiens des lois !
Comme ils ont la conscience délicate ! ! Leurs prédécesseurs ont conquis le monde par une sage
politique et eux ils veulent le noyer dans le sang ! »

Vinrent ensuite les légistes qui s'exprimèrent
en ces termes : « Nous avons très-sérieusement
examiné la question que votre Majesté nous a fait
l'honneur de nous proposer, nous l'avons envisa-
gée au point de vue du droit naturel et du droit
écrit et nous avons conclu à la majorité qu'il fallait en finir avec les chrétiens et purger entièrement l'empire de ces ennemis des lois. Nous

croyons en cela nous conformer aux désirs de
Votre Majesté.— Assurément, Messieurs, répondit
l'empereur, vous avez rencontré ma pensée et je
vous remercie d'avoir examiné si sérieusement la
question qui vous a été proposée. J'espère faire
entrer bientôt plusieurs d'entre vous dans mon
conseil suprême. » Les légistes sortirent très-sa-
tisfaits de cet accueil, mais Dioclétien les regardait partir avec mépris et il disait tout bas : « Rien
n'égale l'habileté des légistes! Ils trouvent des
raisons pour justifier les mesures les plus sanguinaires, quand l'ambition parle à leur cœur!! »

L'empereur ne poussa pas plus loin ses réflexions personnelles sur les légistes, car son attention était déjà attirée par le curieux spectacle
que présentaient les ministres des divinités païennes en entrant dans la salle du trône. Le nombre
considérable de ces ministres, la variété de leurs
costumes, leurs allures singulières, les supersti-
tions si bizarres dont ils étaient l'expression vi-
vante, tout contribuait à donner au nouveau cortége un caractère pittoresque et imposant à la
fois. Ces prêtres, quoique rivaux et ennemis les
uns des autres, étaient alors animés du même
sentiment, occupés de la même pensée, et leur
air grave ne voilait qu'à demi la profonde colère
qui éclatait à tout moment dans leurs regards.
Un seul paraissait joyeux et content, c'était le

grand prêtre de Bacchus dont la figure bouffie et
rubiconde, le ventre arrondie et proéminent, la
démarche incertaine et chancelante annonçaient
un digne ministre du dieu du vin et auraient
excité le rire dans des circonstances moins solennelles. Tagis, le chef des aruspices, prit la parole
au nom de tous ses confrères et prononça contre
les chrétiens un discours d'une extrême violence
dont nous citerons seulement les phrases suivantes :
« Nous prions Votre Majesté de résister enfin au
flot de l'impiété chrétienne qui monte, monte toujours et menace d'entraîner même la dignité impériale dans un abîme sans fond. Les temples des
dieux sont abandonnés, leurs oracles se taisent,
le peuple ne vient plus en foule offrir des sacri-
fices, c'est à peine si l'on voit errer quelques dé-
vots dans les bois sacrés ou sous nos vastes portiques. Les prêtres attendent en vain les adorateurs
du dieu qu'ils servent avec tant de zèle, leur voix
ne retentit plus que dans le vide, ils sont menacés
d'une ruine certaine, si Votre Majesté ne s'arme
enfin du glaive divin pour exterminer jusqu'au
dernier de ces misérables chrétiens. — Je recon-
nais-là les dignes ministres des dieux de l'empire,
répliqua Dioclétien, et soyez persuadés, Messieurs,
que je prendrai sérieusement votre défense. L'a-
bondance reviendra pour vous, pour vos femmes
et pour vos enfants. » Il dit, et les prêtres avides

du paganisme aux abois se retirèrent pleins d'espérance; l'empereur, en voyant leur colère s'évanouir si facilement devant la perspective d'un avenir prospère, laissa échapper ces paroles d'indignation et de mépris : « Ils ne croient pas ces ministres à ce qu'ils enseignent, ce n'est pas le sort des dieux qui les inquiète, ils se moquent de Jupiter lui-même, c'est à peine s'ils peuvent se regarder sans rire, en se rencontrant dans la rue!! Leur avarice est seule la cause de leur sainte colère, de tout le zèle qu'ils déploient contre les chrétiens, et voilà les hommes qui sont l'espoir de la société et les défenseurs de l'Olympe!! »

C'est alors que parurent les philosophes conduits par un vieux platonicien dont la barbe blanche, le nez aquilin et le manteau traînant rappelaient à l'esprit les philosophes d'une époque féconde en hommes de génie. Mais, en examinant de près le jeu de sa physionomie, on ne tardait pas à s'apercevoir que le rayon divin qui brilla sur le front de Platon n'éclairait plus son disciple. Ce qui distinguait les sages qui entouraient ce grave personnage, c'était un air de suffisance, de mépris pour le vulgaire, de finesse railleuse ou d'indifférence sceptique. Cornutus, que nous sommes heureux de retrouver ici, parla au nom de tous ses collègues, il le fit avec un plaisir extrême et d'un ton très-solennel. Il railla d'a-

bord avec une malice contenue, s'échauffa peu à
peu et finit par accuser les chrétiens des crimes
les plus abominables, entre autres de saper par
la base la société en enseignant que tous les
hommes sont frères (1). Il termina par une violente diatribe contre Napoléon qu'il accusa d'exploiter habilement le fanatisme et la crédulité
des chrétiens pour s'élever jusqu'au pouvoir suprême, il prêta au noble et pur Romain les idées
les plus perverses, les sentiments les plus honteux, les aspirations les plus dangereuses soit
pour la philosophie, soit pour le culte des dieux,
soit pour le repos de l'empire. L'anéantissement
du christianisme et la mort de son chef armé,
Napoléon, furent demandés aussitôt par tous les
philosophes présents qui se plaignirent amère-
ment avec Cornutus de voir leurs écoles désertées
de plus en plus par la jeunesse que les docteurs
du christianisme attiraient au pied de leurs
chaires. Dioclétien loua beaucoup le zèle que
montraient les philosophes pour la défense des
dieux et de l'empire et il promit à tous ces beaux
esprits de faire les plus grands efforts pour ramener la jeunesse à leurs doctes leçons; mais, tan-

(1) Voyez Lucien, le philosophe le plus spirituel du paganisme, qui fait aux chrétiens un grave reproche de cet enseignement, il n'y a que l'ignorance qui puisse attribuer à la philosophie la gloire d'avoir enseigné la fraternité.

dis qu'ils partaient toujours fiers et contents de leur savoir, il ne put s'empêcher de dire : « Voilà bien encore les hommes ! Ceux-là ont sans cesse à la bouche les grands mots de vertu, de sagesse, de progrès, et ils osent me demander l'extermination de leurs rivaux, parce que leur vanité est privée d'applaudissements !! O vertu, tu n'es donc qu'un nom ! et Brutus n'a donc pas eu tort de te traiter de la sorte ! »

Les littérateurs entrèrent en ce moment dans la salle du trône ; il y en avait beaucoup plus de pauvres que de riches, mais tous paraissaient également disposés à vendre leur plume. Minutius, qui avait acquis une grande fortune par voie testamentaire depuis que nous l'avons vu quitter si poliment le salon de Diocléa, marchait en tête du nouveau cortége et tâchait de faire accroire par son air superbe et dédaigneux que son talent était la seule cause de sa prospérité actuelle. Il parla contre les chrétiens avec une violence concentrée, il les représenta comme les ennemis acharnés de la belle littérature qui consistait d'après lui à célébrer les amours des dieux et des déesses, la beauté des femmes, la gloire des danseurs et des danseuses, les plaisirs des fêtes nocturnes et tant d'autres choses non moins admirables. Il supplia surtout l'empereur de ne point épargner Napoléon dont les succès et la gloire lui

rappelaient sans cesse la défaite la plus humiliante
que littérateur eût jamais subie. Dioclétien félicita
Minutius sur le bel agencement de ses phrases et
admira la pureté attique de son style. Il promit·
des pensions aux plus pauvres de ces littérateurs
et les assura tous que les belles-lettres allaient
bientôt rentrer dans la voie riante des plaisirs par
l'anéantissement du christianisme et de sa morale.
Et cependant, quand les représentants de la littérature furent sortis, le vieil empereur revint à son
éternel monologue, il se prit encore à dire : .
« Voilà toujours les hommes ! Ceux-ci couronnent
de roses les plus grandes infamies, ils vendent
leur plume à qui peut le mieux les payer, ils servent à la société des mets empoisonnés pour ravir
plus facilement son argent et ils veulent que je
fasse périr une multitude d'hommes qui sont
accusés de mépriser ces frivolités littéraires ! O
espèce humaine, que tu es vile ! Que l'on ose dire
maintenant que mon prédécesseur Caligula était
un fou ! certes il n'a jamais mieux raisonné que
lorsqu'il souhaitait que le genre humain n'eût
qu'une seule tête, afin de pouvoir l'abattre d'un
seul coup. »

« Quelle horrible pensée traverse l'esprit de
Votre Majesté ! répondit la vieille Romula qui
était restée jusqu'alors cachée derrière une ta-
pisserie pour tout entendre sans être vue. Vous

enveloppez dans la même haine païens et chrétiens, continua-t-elle en s'avançant d'un air majestueux vers Dioclétien. Mais c'est affreux ! Vous voyez bien que sénateurs, légistes, ministres des dieux, philosophes, littérateurs s'empressent à l'envi d'adorer Votre Majesté sacrée, et vous voudriez abattre leurs têtes d'un seul coup ! Réservez donc ce souhait pour ces misérables chrétiens qui refusent obstinément de vous rendre les honneurs divins, qui n'attendent qu'un moment favorable pour renverser vos autels et ceux des dieux immortels. Hâtez-vous surtout de frapper Napoléon qui n'aurait qu'un mot à dire à l'armée pour vous perdre avec vos sujets les plus dévoués. » L'empereur avait pâli et tremblé à l'apparition soudaine de l'audacieuse sorcière, mais il hésitait encore, quand il vit entrer tout à coup Tagis, le chef des Aruspices, et Galère qui se précipita dans la salle d'un air menaçant. « Je viens annoncer à Votre Majesté, dit Tagis avec une vive émotion, que Dorothée et d'autres chrétiens du palais m'empêchent de lire l'avenir dans les entrailles fumantes des victimes. — Je viens vous apprendre une nouvelle bien plus affreuse, dit à son tour Galère, c'est que les chrétiens ont mis le feu à votre palais et que vous allez être bientôt enseveli sous les décombres. — Et moi, s'écria Romula d'un ton très-solennel, je vous annonce que l'oracle d'Apollon Milésien qui inspire à Votre Majesté la plus grande confiance s'est clairement prononcé pour la destruction du christianisme dans tout l'empire. Malheur à vous ! si vous allez contre les ordres d'Apollon. Malheur à vous ! si vous ne signez pas immédiatement le décret de proscription, car je vais évoquer de nouveau les ombres des sublimes empereurs qui vous ont légué de si grands exemples de piété envers les dieux immortels. — C'en est trop ! répondit Dioclétien persuadé, vaincu et courroucé jusqu'à la fureur, c'en est trop ! Mort aux chrétiens ! et pas de quartier pour ces hommes épouvantables ! Mettons-nous à l'œuvre et que les chrétiens et leur mémoire soient anéantis ! »

A ces mots le vieil empereur prend gravement la plume et signe le décret de proscription.

L'ordre de persécuter les chrétiens ou plutôt de les exterminer est aussitôt affiché dans tous les carrefours de Nicomédie et porté par des courriers rapides jusqu'aux extrémités de l'empire. La populace païenne se rue, comme nous l'avons déjà vu, sur la principale église des chrétiens et l'empereur assiste avec son César à cette première exécution de sa volonté, tandis que des soldats travaillent à éteindre dans le palais le feu qu'a fait allumer secrètement Galère pour accuser de ce crime odieux les paisibles disciples de Jésus-Christ (1).

Voilà en résumé les faits qui ont précédé et préparé la terrible scène que Sixte Napoléon n'a pu contempler sans frémir d'indignation. Le jeune héros, que la voix si douce et si pressante de Diocléa n'a pu retenir, a bientôt franchi les limites des jardins impériaux. A peine dans la rue il s'élance comme un lion au milieu de la foule qui le reconnaît et l'applaudit, croyant qu'il vient se mettre à la tête du mouvement populaire pour le diriger contre les chrétiens, mais un accueil si sympathique le trouve insensible, il n'écoute que la voix de sa conscience, il court vers le poteau sur lequel est fixé le décret de persécution, il arrive, et aussitôt une sainte colère transporte son âme, car ce décret déclare *infâmes* tous ceux qui professent la religion chrétienne, les soumet aux tortures les plus horribles, à quelque condition qu'ils appartiennent, autorise toutes sortes de personnes à les accuser, défend aux juges de recevoir aucune plainte de leur part pour cause d'injure, d'adultère et de vol, et leur ôte enfin la liberté et la faculté de parler (2). « Infâmes! s'écrie Napoléon, infâmes les chrétiens mes frères! Quelle horrible calomnie! quel infâme men-

(1) Voyez Lactance.
(2) Voyez le même auteur.

songe!! » Et puis il arrache d'une main rapide le décret impérial, le met en pièces en riant et raille avec une ironie désolante Dioclétien et Galère qui prennent pompeusement les surnoms de *gothique* et de *sarmatique*, comme pour donner plus d'autorité à leur édit barbare ou pour faire sentir aux Romains dégénérés tout le poids de leur mépris.

La foule stupéfaite garde le silence, l'audace du héros chrétien refoule au fond de tous les cœurs les passions les plus brutales, comme la voix de Dieu qui se fait entendre au sein de la tempête arrête et suspend tout à coup les fureurs de l'orage ; mais Galère, qui a tout prévu, fait avancer des soldats de sa nation aussi barbares que lui pour réveiller la haine de la populace contre les disciples de Jésus-Christ et pour saisir Napoléon que la plupart des habitants de Nicomédie aiment et que tous admirent.

Les satellites de Galère entourent le jeune Romain et veulent l'enchaîner comme un criminel, le chef d'une cohorte ose même lui demander son épée, mais Napoléon porte instinctivement la main sur son arme inséparable et jette un regard foudroyant sur le barbare qui recule de plusieurs pas. Jamais il n'avait paru plus guerrier ni plus sublime au sein des batailles. « Il mourra, s'écria-t-il, celui qui osera toucher

à cette épée qui a fait mordre la poussière au
roi des Perses et aux capitaines les plus distingués. Je ne suis pas un coupable, ni un barbare,
je suis un citoyen romain! J'irai en prison, mais
librement, j'irai pour attendre la justice du peuple romain dont j'ai sauvé les armées et étendu
la puissance sur plusieurs provinces. » Ces paroles, prononcées d'une voix vibrante, portèrent
la terreur dans l'âme de tous les soldats; il n'y
en eut pas un qui osât mettre la main sur le
jeune héros. Napoléon se rendit donc en prison
comme un triomphateur qui marche entre deux
haies de soldats armés. La foule était dans
l'admiration, malgré les efforts que faisaient les
agents secrets de Galère pour l'exciter et rani-
mer sa féroce cupidité en lui promettant tous les
biens que possédaient les chrétiens. C'est en ce
moment que Diocléa se précipite éperdue au
milieu du peuple. « Arrêtez! arrêtez! dit-elle au
commandant de la troupe armée, car je suis sûre
d'obtenir la grâce de Napoléon, et malheur à
vous si vous ne m'obéissez pas !! » Mais la voix
formidable de Galère retentit tout à coup et vient
détruire l'effet que l'ordre de la jeune princesse
avait déjà produit sur les soldats : « Hâtez-vous,
mes bons amis, d'arracher ce jeune homme aux
sympathies du peuple et de Diocléa, s'écrie l'ambitieux César dans un langage barbare que les

10

soldats seuls comprirent; si vous n'obéissez pas,
vous serez tous morts avant le coucher du soleil,
et si vous obéissez promptement, je vous promets
les plus belles récompenses, car l'empire du
monde est à nous, il faut que l'empire dacique
remplace l'empire romain (1). »

Ces paroles dissipèrent toutes les incertitudes
des soldats, les portes de la prison s'ouvrirent
et Napoléon entra dans ce nouveau palais que les
chrétiens de cette époque préféraient souvent
aux lambris dorés des patriciens. Diocléa voulut
se précipiter à sa suite dans le séjour de la douleur et des larmes, mais sa tentative fut inutile,
les soldats barbares la repoussèrent brutalement,
et la fille de Dioclétien, qui n'avait pas encore
éprouvé de résistance à ses volontés, n'eut pas
même la consolation de partager la captivité de
celui qu'elle aimait si profondément. Elle est si
étonnée de la conduite de l'armée à son égard,
qu'elle doute pour la première fois de la toute-
puissance de son père et qu'elle se demande s'il
n'y a pas quelqu'un dans l'empire qui ait plus
d'autorité que Dioclétien. Sa pensée s'arrête aussitôt sur Galère qu'elle accuse au fond de son âme
d'être l'instigateur des mauvais traitements qu'elle

(1) Lactance nous fait connaître formellement cette audacieuse pensée de Galère.

vient de subir. Elle jure ses grands dieux de
prendre sur le César, son beau-frère, une éclatante revanche, elle dissimule pour le moment
son dépit et laisse les soldats se retirer, afin de
pénétrer dans la prison après leur départ; car
elle ne veut pas qu'on puisse dire qu'elle a été
vaincue, elle ne veut pas surtout s'éloigner sans
consoler le jeune héros, sans lui dire combien
elle l'aime.

Dès que Diocléa se voit délivrée de la présence
des soldats, elle entre d'un pied léger dans la
prison, accompagnée toujours de sa chère Nigra;
elle met dans la main du geôlier une bourse richement ornée et bien garnie et lui ordonne de
la conduire auprès de Napoléon. Le geôlier s'incline profondément devant la jeune princesse et
s'empresse d'exécuter un ordre qui est appuyé
par un si beau présent. Le noble Romain, loin
d'être triste et abattu, jouissait d'une paix profonde qui se mariait sur son visage avec une joie
toute céleste; jamais il n'avait paru si digne et
si beau à Diocléa qui entra dans son cachot
comme dans un sanctuaire. Napoléon, surpris de
recevoir la visite de la jeune princesse en un tel
lieu, comprit aussitôt toute l'étendue de l'amour
que cette femme avait pour lui et sentit en même
temps une lutte très-vive s'engager au fond de
son cœur entre son devoir qui l'appelait à Dieu

et une affection naturelle qui le retenait à la terre.
« Vous ici ! dit-il avec une vive émotion, vous, la
fille du maître du monde, vous ne dédaignez pas
de descendre dans le cachot d'un pauvre prisonnier qui n'a pas d'autre défenseur que la pureté de sa conscience devant Dieu ! — Ce prisonnier, répondit Diocléa, est l'homme le plus riche
en dons de la nature que j'aie jamais connu, voilà
pourquoi je viens à lui, quand tout le monde
l'abandonne ou lui jette la pierre. Je veux le
sauver, afin qu'il me doive tout jusqu'à la vie et
qu'il me soit uni désormais par des liens plus
forts que ceux de la reconnaissance. »

NAPOLÉON : Mais vous n'avez donc pas pensé
à la distance prodigieuse qui nous sépare, à l'a-
bîme que Dieu a mis entre nous?

DIOCLÉA : Il n'y a pas de distance que vous ne
puissiez franchir par votre mérite; quant à l'a-
bîme qui existe entre nous, mon amour est assez
grand pour le combler.

NAPOLÉON : Plût au ciel qu'il pût en être ainsi !

DIOCLÉA : Eh quoi! vous m'aimez donc! Vous
m'avez donc comprise, quand je prenais toujours
votre défense et que je veillais sur votre vie de
près ou de loin avec la plus grande sollicitude !

NAPOLÉON : Oui, je vous ai comprise, je vous
aime beaucoup moins que Dieu et mille fois plus
que moi-même !

DIOCLÉA : Vous m'aimez ! !

NAPOLÉON : Je vous aime ! je donnerais mille fois ma vie pour vous sauver.

DIOCLÉA : Vous donneriez mille fois votre vie pour me sauver, c'est là une marque d'amour si grande que je puis à peine en croire mes oreilles, quoiqu'il me soit impossible de douter un instant de votre présence et de votre parole. Mais il me semble que ce n'est pas à vous pour le moment à tenir un pareil langage, c'est à moi à vous sauver, à vous retirer de ce séjour de ténèbres.

NAPOLÉON : Je ne suis pas dans les ténèbres, jamais je n'ai joui d'une plus douce et plus agréable lumière.

DIOCLÉA : Mais cet humide cachot laisse à peine arriver jusqu'à vous le demi-jour qui pénètre furtivement par cette étroite ouverture ; quelle est donc la lumière dont vous parlez ?

NAPOLÉON : C'est la lumière de Dieu.

DIOCLÉA : Vous voyez donc Dieu ?

NAPOLÉON : Je ne le vois pas encore face à face, mais je le sens, je sens que je vis en lui, j'éprouve un bonheur qui est comme un avant-goût, comme un rayon de la douce et pure lumière qui l'environne de toute éternité. Mon cœur déborde de joie, jamais je n'ai été plus heureux ; j'espère cependant l'être davantage, car la persécution qui vient d'éclater contre les chrétiens m'annonce que je verrai bientôt Dieu tel qu'il est et que je le posséderai sans inquiétude.

DIOCLÉA : Vous m'étonnez et vous m'inquiétez !
Vous venez de me dire que vous donneriez mille
fois votre vie pour me sauver et pour me prouver
votre amour, et maintenant vous me montrez un
esprit tout rempli des rêveries chrétiennes, vous
me laissez croire que vous aspirez comme tant
d'autres à quitter la terre pour jouir de je ne sais
quelle félicité imaginaire.

NAPOLÉON : Quel langage osez-vous tenir ! Il n'y
a rien de plus certain que les vérités chrétiennes
qui vous paraissent des rêveries, rien de plus certain que cette félicité que vous appelez imaginaire. Je vois bien qu'un abîme infranchissable
nous sépare.

DIOCLÉA : Vous voudriez peut-être que je me fisse
chrétienne pour être digne de votre amour ?

NAPOLÉON : Oui.

DIOCLÉA : Quelle audace ! ! Oses-tu bien faire
cette proposition à la fille du tout-puissant Dioclétien, du défenseur le plus ardent des dieux
immortels ! Est-ce là ce que tu appelles m'aimer ?

NAPOLÉON : Oui, c'est là ce que j'appelle vous
aimer. Je donnerais mille fois ma vie pour vous
gagner à Jésus-Christ, pour dissiper les ténèbres
qui couvrent votre noble intelligence, pour vous
faire goûter le bonheur qui déborde de mon âme.

DIOCLÉA : Malheureux ! à quoi penses-tu ! Tu veux me faire quitter cette douce lumière de l'Orient, ces fleurs, ces bosquets, ces brillants chefs-d'œuvre du génie grec, pour m'entraîner avec toi dans les sombres régions de la mort ! Quelle folie ! ! !

NAPOLÉON : Quelle admirable sagesse ! ! !

DIOCLÉA : Quel étrange aveuglement !

NAPOLÉON : Quelle douce vision de la vérité !

DIOCLÉA : Quelle absurdité de fuir ainsi le bonheur et de mépriser toutes les beautés de l'art et de la nature !

NAPOLÉON : Quoi de plus raisonnable que de quitter librement tout ce que le temps emporte dans sa course rapide, pour s'attacher à Dieu qui demeure éternellement !

DIOCLÉA : Tu ne m'aimes donc pas ?

NAPOLÉON : Je vous aime tant que je ne veux jamais me séparer de vous.

DIOCLÉA : Vous avez donc maintenant des sentiments plus raisonnables, vous faites taire vos absurdes préjugés pour venir à moi ? Oh ! que je suis heureuse !

NAPOLÉON : Moi ! que je commette une apostasie ! O Dieu du Calvaire, affermissez mon courage, veillez sur mon cœur, fortifiez-le par votre grâce !... Je mourrai pour ma foi, je mourrai pour vous, chère Diocléa, car il faut que vous veniez à

moi en franchissant l'abîme immense qui nous sépare ; si la persécution nous épargne, nous serons
heureux sur la terre et dans l'éternité. Mais notre
union dépend essentiellement du consentement
de votre volonté à celle de Dieu, qui vous appelle
depuis longtemps vers les régions immaculées de
la vérité chrétienne.

DIOCLÉA : Non, vous ne mourrez pas, je vous ti-
rerai de cet horrible séjour qui fait vos plus chères
délices. Vous allez me suivre, et la persécution
n'osera pas vous toucher quand je vous défendrai.
Suivez-moi !

NAPOLÉON : Impossible !

DIOCLÉA : Impossible ! Votre religion vous défend
même de fuir la mort ?

NAPOLÉON : Elle ne le défend pas, elle condamne
même aux supplices éternels celui qui ose attenter
à ses jours, mais elle défend de scandaliser le
prochain. Or je suis entré en prison publiquement pour confesser ma foi, pour affermir mes
frères dans leur croyance, je ne puis pas en sortir
comme un transfuge, ma fuite pourrait être mal
interprétée et causer la ruine de plusieurs âmes.
L'injustice m'a jeté publiquement dans ce noir
cachot, que la justice m'en retire publiquement.
Je suis du reste citoyen romain, on m'a outragé
dans ma dignité, il me faut une éclatante répara-
ration, car ma religion m'ordonne encore de dé-

fendre la dignité de la patrie et de soutenir par mon courage un peuple qui perd jusqu'au souvenir de ses vertus naturelles.

DIOCLÉA : N'avez-vous pas encore des difficultés à m'opposer? Quel déluge de raisons vous m'apportez pour m'empêcher de vous sauver ! Vous m'étonnez de plus en plus. Mais finissez de désoler mon amour, faites encore d'autres objections, faites?

NAPOLÉON : Je n'en ai plus qu'une à vous faire.

DIOCLÉA : Et laquelle?

NAPOLÉON : C'est le danger auquel vous exposeriez votre vie en me tirant de ce séjour de douleur.

DIOCLÉA : Mais je n'ai rien à craindre, je peux tout sur l'esprit de l'empereur.

NAPOLÉON : Et pouvez-vous tout sur la volonté de Galère?

DIOCLÉA : Galère ! Galère ! oh oui ! Galère ! je connais maintenant sa profonde perfidie et je vous jure par Jupiter qu'il sera puni de sa témérité, qu'il sera précipité du haut de son ambition dans la misère qui enveloppa ses premiers ans. Suivez-moi seulement et vous me verrez à l'œuvre. Il faut me suivre !

NAPOLÉON : Impossible !

DIOCLÉA : Vous me suivrez !

10.

NAPOLÉON : Je resterai ici jusqu'à réparation publique !

DIOCLÉA : Vous me suivrez, vous dis-je ! Vous devez obéissance à la fille bien-aimée de Dioclétien ! Redoutez ma juste colère !

NAPOLÉON : Dans le cas présent je ne dois obéissance qu'à Dieu seul ; quant à votre colère, je sais bien qu'elle n'ira jamais jusqu'à me faire du mal.

DIOCLÉA : Au moins m'aimez-vous toujours?

NAPOLÉON : Je vous aime plus que vous ne pensez.

DIOCLÉA : Eh bien ! je le jure par tous les dieux de l'Olympe, vous sortirez bientôt de cette prison ténébreuse ; et malheur à toi, Galère, si tu oses m'entraver encore ! !

La jeune princesse n'ajouta plus une parole à ce long dialogue, elle sortit aussitôt avec Nigra et se dirigea d'un pas rapide vers la superbe demeure de Dioclétien, son père.

CHAPITRE IX

empire en proie à la barbarie des persécuteurs, excepté les Gaules. — Mort de Dorothée et de plusieurs autres personnages. — Martyre d'Angelos et d'une foule de prêtres. — Invention de nouveaux supplices. — Diocléa plaide la cause de Napoléon. — Celui-ci préfère la mort à l'empire. — Désespoir de Diocléa.

Dioclétien ne contenait plus sa colère, il était d'autant plus furieux contre les chrétiens, qu'il

avait mis plus de temps à délibérer pour mûrir
son projet et prendre une décision suprême.
Comme il voulait passer pour habile et pénétrant (1), il ne croyait pas qu'il pût être trompé ;
aussi Galère lui faisait désormais accroire tout ce
qu'il voulait, il lui persuada que les chrétiens
avaient formé l'horrible dessein de mettre à mort
l'empereur et son César. Pour l'affermir dans cette
croyance il mit encore le feu au palais impérial,
il accusa toujours les disciples de Jésus-Christ
d'être les auteurs de l'incendie.

Dès lors Dioclétien se montra cruel jusqu'à la
férocité. Personne ne fut épargné, les serviteurs
les plus fidèles du palais, les eunuques les plus
puissants qui avaient rendu de grands services à
la cause impériale, furent immolés sans pitié. Dorothée lui-même, le modèle des courtisans, qui
savait si bien allier les intérêts de l'empereur
à ceux de l'Église, qui unissait l'urbanité la plus
exquise à une fermeté inébranlable de caractère,
la souplesse de l'homme de cour à la foi vive du
chrétien ; Dorothée que tout le monde aimait,
parce qu'on ne put jamais le soupçonner d'avoir
trempé dans les basses intrigues qui se forment
tous les jours autour du trône, parce qu'il ne
manqua jamais à sa parole et qu'il sut toujours
garder les secrets de l'amitié ; Dorothée enfin, si

(1) Voyez Lactance.

parfait et si pur au milieu du monde le plus cor-
rompu, fut emporté comme ses coreligionnaires
par la tempête qui venait d'éclater sur la terre,
car ni les promesses brillantes que lui fit l'empereur, ni la crainte de perdre sa fortune présente, ni les inquiétudes que lui inspirait pour
l'avenir le sort de sa femme et de ses enfants, ne
purent le déterminer à trahir sa foi, il sacrifia tout
pour arriver à la possession de Dieu et pour léguer
à sa femme, à ses enfants, à ses frères, à l'avenir
l'exemple si rare d'un courtisan qui préfère l'intérêt public à l'intérêt privé, la couronne du ciel
aux plus brillantes couronnes que puissent donner
à un sujet dévoué la faveur des princes et l'estime
du monde.

Des soldats armés et presque barbares arrê-
taient les prêtres les plus vénérables avec les autres ministres de la religion, et, sans attendre que
le juge les eût interrogés ou convaincus de la
moindre faute, ils les conduisaient au supplice
au milieu des applaudissements de la populace
païenne qui croyait assister à la chute du christianisme et à la résurrection de l'Olympe. Il était
facile de remarquer dans cette milice sacrée le
prêtre Angelos qui marchait la tête haute avec un
sourire divin sur les lèvres et une joie toute céleste dans le regard. On eût dit qu'il allait à une
fête. Du reste tous ceux qui l'entouraient étaient

animés des mêmes sentiments et aucun ne regret-
tait de quitter la terre, mais Angelos avait de plus
que les autres ce grand air du génie humain qui
se marie si bien dans les circonstances solennelles
au génie si doux, si humble et si profond à la fois
que l'Esprit-Saint donne aux âmes vraiment chrétiennes. La mort de tant de prêtres, loin d'assouvir la rage des persécuteurs, ne fit que la surexci-
ter. Aussi on vit des personnes de tout âge et de
tout sexe traînées au bûcher et précipitées en
masse dans les flammes, parce que leur grand
nombre ne permettait pas de les brûler une à une;
on vit les agents furieux de la persécution attacher
des pierres au cou des domestiques chrétiens et
lancer ensuite ces malheureux jusque dans les
abîmes de la mer; on vit enfin des magistrats,
animés par l'espoir de la fortune ou tremblant
sous la main du maître, se disperser dans les temples, requérir tout le monde et faire des efforts
héroïques pour pousser à l'apostasie les plus sim-
ples fidèles. Mais tout fut inutile. Les prisons
étaient pleines, les bourreaux étaient las, les bûchers étaient encombrés d'une multitude de gens
de toute qualité qui brûlaient au milieu d'un immense tourbillon de flammes en chantant au Seigneur le cantique de la délivrance. Il fallait donc
inventer de nouveaux genres de tortures, on eut
recours aux ongles de fer, aux chevalets, aux

mortiers et enfin on lâcha les tigres, les lions et les panthères qu'on avait eu soin d'affamer par de longues privations. Le sang coula de toute part, dans les rues, dans les carrefours, dans les amphithéâtres, dans les maisons particulières et jusque dans les réduits les plus obscurs où les chrétiens les plus timides s'étaient réfugiés comme dans le silence des tombeaux. Afin qu'on ne pût rendre justice à aucun chrétien, pas même par méprise, on imagina de dresser des autels devant tous les tribunaux et chaque plaideur fut obligé de sacrifier aux dieux avant d'être admis à défendre sa cause. Ainsi les juges se trouvaient transformés en divinités de l'Olympe, on se présentait devant eux comme devant les dieux.

L'Italie et les provinces soumises au gouvernement immédiat de Maximien furent aussi inondées du sang chrétien ; Constance Chlore se montra seul humain, il fit renverser quelques églises pour ne pas s'attirer la haine de Dioclétien, mais il ne toucha pas au vrai temple de Dieu qui est dans les hommes. Toute la terre, excepté les Gaules, depuis l'Orient jusqu'à l'Occident, fut ainsi livrée à la fureur de trois monstres barbares (1).

C'est au milieu de cette désolation générale que Diocléa entreprit de plaider elle-même la cause

(1) J'ai emprunté à Lactance presque tous les détails de ce tableau de persécution.

du plus intrépide et du plus célèbre des chrétiens.
A sa vue la figure sombre de Dioclétien se dérida,
un regard de bienveillance sorti du fond de l'œil
creux du tyran alla droit au cœur de la jeune
princesse, dissipa toutes ses craintes et lui inspira
une vive tendresse pour son père. Elle se jeta
dans les bras de l'empereur avec un mol abandon
et l'embrassa en lui disant : «Mon père ! mon père !
m'aimez-vous toujours ? — Comment peux-tu me
poser une telle question ? répondit Dioclétien en
pressant sur son cœur sa fille chérie : » Tu es la
seule personne au monde que j'aime sincèrement,
car toi seule tu es incapable de me trahir, toi seule
tu réjouis mon cœur attristé ; si je venais à te perdre, la vie n'aurait plus pour moi aucune douceur,
elle me serait un fardeau insupportable. Tout
conspire contre moi, les chrétiens, Galère, les
hauts employés du palais, ceux-là mêmes que j'ai
comblés des plus grandes faveurs aussi bien que
le peuple dégénéré auquel les dieux m'ont chargé
de commander. Mais ma résolution est prise et
rien ne pourra l'ébranler. Il faut que tous mes
ennemis périssent ! Je commence d'abord par
anéantir les chrétiens qui en veulent directement
à mon trône et à ma vie. — Mais, mon père, ne
vous trompez-vous pas à l'endroit des chrétiens ?
s'écria Diocléa avec un accent qui annonçait l'agitation intérieure de son âme. — Moi, me tromper !

dit l'empereur, impossible !!! Est-ce que par hasard tu aurais quelque compassion pour ces misérables chrétiens, pour ces ennemis acharnés des
dieux et de l'empire ?

Mon père, reprit Diocléa, je vous aime beaucoup et voilà pourquoi je veux vous sauver ; votre
plus grand ennemi, c'est Galère ! oui, c'est l'ambitieux Galère qui mine votre puissance et qui aspire à monter sur le trône du monde ! C'est contre
cet arrogant barbare qu'il faut d'abord diriger vos
coups. Je sais qu'il est puissant, mais je connais
un jeune et brillant capitaine qui a du génie, la
sympathie du peuple, l'affection de l'armée, l'estime des grands, et qui pourrait facilement sup-
planter Galère, si vous vouliez lui accorder toutes
vos faveurs. — Et quel est donc cet homme si
bien favorisé des dieux et de la nature, s'écria
Dioclétien avec une joie non déguisée ? — C'est
Napoléon, répondit Diocléa avec assurance !! —
Napoléon ! Napoléon ! reprit Dioclétien agité par
la colère, oses-tu bien me proposer Napoléon, le
chef le plus distingué de ces abominables chrétiens ? Tu veux donc me trahir, toi aussi ! — Je
veux vous sauver, mon très-cher père, répliqua
Diocléa, en embrassant l'empereur avec une vive
effusion de tendresse, oui je veux vous sauver ! Je
connais bien Napoléon ; il m'aime et je l'aime, si
vous voulez m'unir à lui, il deviendra le soutien

inébranlable de votre trône, il vous aimera autant
que je vous aime et nous serons pour vous des
enfants si respectueux, si soumis, si dévoués, que
tout vos chagrins se dissiperont comme par enchantement. » L'empereur, qui passait rapidement d'un extrême à l'autre comme toutes les
natures violentes, répondit ainsi aux caresses et à
la proposition de sa fille : « Oui, ma chère enfant,
je te permets d'unir ta destinée à celle de Napoléon, bien plus je veux que ton futur époux soit
un jour mon successeur sur le trône du monde,
mais à tout cela je mets une condition absolue,
essentielle, c'est que Napoléon renonce au christianisme et brûle de l'encens devant mes autels et
devant ceux des dieux de l'empire. » La joie qu'a-
vait d'abord éprouvée Diocléa en entendant son
père répondre si favorablement à sa demande fut
bien diminuée par la restriction si accentuée que
l'empereur mit à sa première parole. Néanmoins
la jeune princesse partit presque aussitôt radieuse
et contente pour regagner le chemin détourné qui
conduisait à la sombre prison de son brillant ami ;
car elle s'était déjà persuadée que Napoléon ne
pourrait résister à l'ambition de gouverner le
monde et qu'il mettrait facilement sous les pieds
ce qu'elle appelait les absurdes préjugés du christianisme.

Lorsque Diocléa entra dans l'horrible palais de

la douleur, le prince Constantin en sortait, il
était encore pensif et tout préoccupé des choses
dont il s'était entretenu avec Napoléon. « C'est
sur vous que reposent désormais l'espoir des
chrétiens et l'avenir du monde, lui avait dit avec
un accent de tendre confiance le vainqueur des
Perses qui déjà n'aspirait plus qu'à la couronne
du ciel. La société se dissout de toute part dans
le sang et le despotisme, c'est à vous à la retenir
sur la pente rapide qui l'entraîne, vous avez devant vous la plus belle carrière qu'il ait jamais été
donné à un mortel de parcourir, mais je vous le
dis et vous le répète, il faut vous mettre à la tête
des seules forces sociales qu'il y ait dans le monde,
à la tête du catholicisme en abandonnant Rome
et l'Italie à la direction du chef spirituel de la
religion chrétienne... Au nom de votre pieuse
mère faites-vous chrétien, au nom de la vérité
éternelle, au nom de votre intérêt éternel arborez
un jour sur le Capitole l'étendard de Jésus-
Christ. » Constantin n'avait rien répondu à cette
pressante exhortation, il avait seulement essayé
de tirer son ami de la prison obscure où l'avaient
jeté les persécuteurs, il lui avait promis de le
mettre en lieu sûr et de le défendre contre toutes
les fureurs de l'orage, mais tout avait été inutile.
C'est alors que le jeune prince avait pris le parti
de se retirer pour ne pas prolonger plus long-

temps un entretien qui ne pouvait qu'attrister
son amitié.

Sixte Napoléon fut bien étonné de voir revenir
si promptement à lui Diocléa dont tous les traits
annonçaient une grande joie intérieure: « Vous ici
de nouveau ! s'écria-il; qu'est-il donc arrivé ?
Quelle nouvelle m'apportez-vous ? — Oh ! une
bonne nouvelle, répondit Diocléa avec un sourire de bonheur indéfinissable. »

NAPOLÉON : Dieu aurait-il changé votre cœur?
Seriez-vous enfin chrétienne ?

DIOCLÉA : Moi chrétienne !.. jamais !!

NAPOLÉON : Jamais !.. ne parlez pas ainsi, car
celui qui tient entre ses mains les destinées des
peuples et des empires peut transformer en chrétiens zélés les plus ardents persécuteurs; que ne
fera-t-il donc pas pour les cœurs purs et les nobles intelligences qui voient déjà poindre, comme
vous, la lumière de la vérité à travers les ombres
de la nuit ?

DIOCLÉA : Vous revenez encore à vos rêveries,
vous voulez toujours vous précipiter dans l'inconnu, mais il est temps de fouler aux pieds
toutes ces vaines imaginations, il est impossible
du reste que vous refusiez les propositions que je
viens vous faire.

NAPOLÉON : Ne blasphémez plus devant moi la
vérité éternelle qui s'est emparée du monde par

le christianisme et qui remue la société jusque dans ses plus intimes profondeurs, oui, ne blasphémez plus devant moi la vérité, si vous voulez que je prête à vos discours une oreille attentive.

DIOCLÉA : Vous êtes dans un aveuglement incompréhensible ! Il n'est pas naturel de défendre ses idées avec tant d'opiniâtreté, de tout sacrifier à une doctrine qui échappe par tant d'endroits à la raison philosophique la plus supérieure.

NAPOLÉON : Je suis dans le grand jour de la vérité et vous avez raison de dire qu'il n'est pas naturel de défendre la doctrine chrétienne avec tant de fermeté, car ce n'est pas moi, pauvre créature, qui combats avec mes faibles armes pour résister à vos séduisantes sollicitations, ce n'est pas moi qui résiste à toute la puissance des Césars et des Augustes, c'est Jésus-Christ, le seul vrai Dieu, qui soutient ma bonne volonté, c'est lui qui me rend invincible en combattant avec moi, c'est lui qui me fera triompher de la mort elle-même !

DIOCLÉA : Invincible ! invincible !.. Vous l'avez été sur les champs de bataille et vous le serez encore, mais il faut fuir cette mort que vous appelez avec un sourire si doux qu'il me glace d'effroi ; il faut suivre jusqu'au bout la grande carrière qui est ouverte à votre génie, ne discutez plus, ne raisonnez plus, accordez-moi seulement une chose et je vous donnerai aussitôt la plus magnifique récompense que le mortel le plus ambitieux puisse désirer.

NAPOLÉON : Que voulez-vous donc que je vous accorde ?

DIOCLÉA : Brûlez de l'encens devant les autels de Dioclétien et des dieux immortels.

NAPOLÉON : Vous voulez donc que je renie ma foi, que je renonce au christianisme !

DIOCLÉA : Oui, je le veux !

NAPOLÉON : Et vous ne me connaissez pas mieux encore ! ! !

DIOCLÉA : Et vous, vous ne connaissez pas la récompense incomparable que je vous destine, autrement vous ne parleriez pas de la sorte.

NAPOLÉON : Que pouvez-vous donc me donner pour prix de mon apostasie ?

DIOCLÉA : Ma main et l'empire du monde ! tel est le désir de l'empereur lui-même.

NAPOLÉON : Et que sert à l'homme de gagner le monde, s'il vient à perdre son âme ?

DIOCLÉA : Eh quoi ! vous refusez ! Vous refusez l'empire du monde avec Diocléa pour compagne assidue de votre bonheur !... Qui êtes-vous donc ? Vous n'êtes pas un mortel ?... Vous êtes sans doute quelque dieu qui est venu sur la terre pour se jouer de ma crédulité et me précipiter dans le désespoir !

NAPOLÉON : Hélas ! détrompez-vous, je ne suis

qu'un faible mortel, c'est vous surtout qui me
faites sentir ma profonde misère, cessez de lutter,
je vous en prie, contre un faible roseau, vous en-
trez en lice avec toutes les grâces de l'esprit et du
corps, et vous venez encore faire briller à mes
yeux la pourpre impériale qui couvre les épaules
des maîtres du monde, vous voulez donc accabler
ma faiblesse ?... O Dieu du Calvaire, soutenez-moi
dans cette lutte si inégale !

DIOCLÉA : Laissez, laissez en paix ce Dieu invisible qui vous arrache sans cesse à mon amour au
moment où je crois vous avoir persuadé.

NAPOLÉON : Vous adorerez vous-même un jour et
vous verrez face à face le Dieu que vous appelez
invisible.

DIOCLÉA : Qui ! moi ! Que j'adore le Dieu qui me
persécute, qui m'arrache la vie en vous ravissant
à mon affection profonde ! est-ce possible !

NAPOLÉON : Rien n'est impossible à ce Dieu tout-
puissant.

DIOCLÉA : Vous méprisez donc tout, les dieux,
les hommes, la pourpre impériale et mon amour,
vous voulez tout soumettre à votre idée !

NAPOLÉON : Je ne méprise que ce qui est mé-
prisable, je ne veux rien soumettre à mon idée,
mais je voudrais soumettre le genre humain tout
entier à l'idée chrétienne et catholique, ce serait le
seul moyen de retrouver la liberté, l'égalité et la

fraternité dans la paix de l'ordre, ce serait le seul
moyen surtout de relever la femme de l'état d'a-
baissement et d'humiliation où l'a précipitée le
paganisme, de lui rendre la dignité gracieuse
qu'elle possédait avant la chute originelle et d'en
faire la consolation et le soutien de l'homme dans
les combats si rudes de la vie, l'ornement de la
société, l'ange de la terre et enfin la médiatrice
toujours aimable et toujours respectée entre le
pauvre et le riche, entre les petits et les grands
de ce monde. Ne croyez pas que je vous méprise ;
j'estime Diocléa plus que rien au monde, je l'estime plus que la pourpre impériale et que le trône
des Augustes, je l'estime plus que toutes les femmes que le polythéisme et la philosophie ont pré-
sentées à l'admiration de la postérité; je l'aime tant,
pour tout dire en un mot, que je vais donner ma
vie pour la sauver.

DIOCLÉA : Vous me désespérez toujours par
cette fatale conclusion, après m'avoir inspiré
quelque confiance. Décidément vous préférez la
mort, la sombre mort à ma main, à l'empire du
monde ? Répondez oui ou non.

NAPOLÉON : Oui et mille fois oui.

DIOCLÉA : C'est ainsi que tu oses repousser la
fille de Dioclétien pour obéir à un Dieu barbare !...
Oh ! Galère ! Galère ! tu triomphes, grâce au Dieu
des chrétiens, c'est ce Dieu que tu poursuis avec

tant d'acharnement qui te met l'empire du monde
entre les mains, car sans lui Napoléon serait mon
époux et tu ne résisterais pas huit jours à la puissance de son génie, tu succomberais dans le mépris universel. Le peuple, si sympathique à ce
jeune Romain, te chasserait avec dédain vers le
lieu de ta naissance, vers les forêts sauvages de la
Dacie. Mais tu triomphes, et je suis méprisée, humiliée jusque dans mon amour, jusque dans le
plus profond de mon cœur ! Quelle fatalité !...
C'est le Dieu des chrétiens qui me poursuit, je
vais le poursuivre à mon tour dans ses disciples,
je vais rallumer les bûchers, réveiller le courage
des bourreaux fatigués, exciter les belluaires qui
ne savent plus lâcher à propos les bêtes féroces ;
je prendrai moi-même les ongles de fer pour déchirer tes membres délicats, cruel Napoléon, et
je t'apprendrai ce qu'il en coûte de mépriser la
fille du maître du monde.

NAPOLÉON : Vous n'en ferez rien, allez, je ne
vous crains pas.

DIOCLÉA : Je n'en ferais rien !. Tu le verras bientôt !

La jeune princesse sortit aussitôt, elle erra
pendant plusieurs heures dans les allées tortueuses des jardins impériaux, elle était en proie à
l'agitation la plus profonde, on eût dit que les
démons de la haine, de la vengeance, du désespoir et mille autres esprits de ténèbres s'étaient

emparés de son âme et prenaient plaisir à la torturer.

Tantôt elle voulait courir chez Dioclétien pour le presser de mettre à mort Napoléon, tantôt elle voulait aller se jeter à ses pieds pour lui demander sa grâce, tantôt elle invoquait dans son délire le secours de Galère pour la venger, mais, en revoyant l'allée solitaire où elle avait rencontré Napoléon avant l'heure fatale de la persécution, elle sentait toute sa colère s'évanouir et le remords la pénétrer, des larmes même venaient mouiller sa paupière et couler sur sa joue brûlante. Quand elle pensait tout à coup à la volonté inébranlable de l'empereur, à la condition absolue qu'il avait mise à la délivrance de Napoléon, quand d'un autre côté elle pensait au refus plus inébranlable encore du jeune Romain, à sa persévérance à confesser la foi de Jésus-Christ, elle ne voyait aucune fin à ses malheurs, elle se croyait poursuivie par deux fatalités ennemies qui ne semblaient se combattre que pour l'accabler. C'est en allant de l'une à l'autre de ces extrémités pour chercher un moyen de salut qu'elle perdait toutes les forces de son intelligence et qu'elle s'enfonçait peu à peu dans l'abîme creusé par une passion trop longtemps caressée. Nigra regardait sa maîtresse avec une tendre compassion, mais elle n'osait lui parler, elle comprenait que toute

11

parole de consolation ne pouvait que servir à l'irriter davantage.

Cependant Galère redoublait d'activité, ses délateurs étaient toujours aux aguets pour surprendre
les nouvelles les plus secrètes de la cour et de la
ville; il connut bientôt les efforts qu'avait faits
Diocléa pour sauver son rival, car plusieurs de ses
agents avaient suivi pas à pas la jeune princesse
dans ses allées et venues et avaient fini par pénétrer ses pensées les plus intimes, grâce aux paroles violentes que lui arrachait le délire de la
passion. Sans perdre un instant, l'implacable César courut chez l'empereur pour le contraindre à
précipiter la mort de Napoléon en lui prouvant
que Diocléa elle-même n'avait pu le gagner à la
cause des dieux immortels.

CHAPITRE X

Sixte Napoléon en présence des lions dans l'arène. — Ce qu'il
annonce aux chrétiens et aux païens. — Ce qu'il prédit à
Dioclétien et à Galère. —Ce qu'il voit dans l'avenir le plus
lointain. — Sa dernière profession de foi. —Sa mort.

L'arrestation de Napoléon par les soldats de
Galère avait causé une vive inquiétude à tous les
chrétiens de Nicomédie et même à plusieurs païens
qui l'aimaient sincèrement; mais lorsque le bruit

de sa mort se répandit dans la cité impériale,
l'émotion gagna tous les esprits; patriciens et
plébéiens, riches et pauvres, chrétiens, païens,
juifs et philosophes, tout le monde se dirigea vers
l'amphithéâtre où le vainqueur des Perses devait
entrer en lice avec les lions les plus féroces de
l'Afrique. Personne cependant n'osait proférer la
moindre plainte ni élever le plus léger doute sur
la justice de cette condamnation capitale, on s'é-
tonnait seulement que l'empereur et son César
osassent braver ainsi la colère de l'armée en sacri-
fiant sans pitié son chef le plus distingué. Mais
Galère avait eu soin d'éloigner de la ville tous les
soldats qui avaient connu Napoléon et d'appeler
en même temps auprès de lui une troupe nombreuse de barbares recrutés par ses ordres sur les
bords du Danube, il se mit à la tête de cette troupe
et conduisit lui-même l'intrépide prisonnier dans
la vaste enceinte où tant de chrétiens avaient déjà
versé leur sang pour la foi. Dans le parcours de la
prison à l'amphithéâtre, le prince Constantin rencontra les bourreaux de son ami, s'approcha de
ces barbares et jeta un regard furtif sur Napoléon
qui lui répondit par un céleste sourire; le fils de
Constance Chlore, profondément ému, essuya une
larme qui coulait sur sa joue, tout en regardant
avec inquiétude si Galère n'avait pas découvert
son émotion.

Quand Sixte Napoléon parut dans l'arène, les spectateurs innombrables qui couvraient l'amphithéâtre ne purent s'empêcher d'admirer sa noble contenance, sa douceur qui voilait à demi la fermeté de son caractère, sa joie pure qui brillait dans ses regards, et enfin son innocence que tout en lui semblait proclamer d'avance comme pour donner un démenti formel aux calomnies des persécuteurs. Un frémissement parcourut tous les rangs, plusieurs chrétiens laissèrent échapper des paroles de malédiction contre l'empereur et faillirent se compromettre, des matrones et des vestales païennes, accoutumées depuis longtemps à voir couler le sang, s'évanouirent et tombèrent insensibles entre les mains de leurs esclaves. Dioclétien, assis majestueusement sur une estrade ornée de pourpre avec des franges d'or, devint plus sombre qu'à l'ordinaire et murmura entre ses dents ces mots terribles : « Les misérables ! ils m'ont tous demandé la mort de ce jeune homme et maintenant les voilà aussi émus que des vierges chrétiennes !!! O lâches défenseurs de l'Olympe ! ô ennemis des dieux et de mon trône, vous aurez votre tour comme les chrétiens !!! » Mais Galère, lui, parla tout haut et cria d'une voix de stentor : « Qu'on emporte loin d'ici ces femmes pusillanimes qui déshonorent par leur faiblesse la cause des dieux immortels ! Si je vois encore

quelqu'un se montrer ému où même indécis, par
Jupiter ! je lui coupe la tête avec ma grande
épée... Belluaires, à l'œuvre donc, à l'œuvre ! ! !
Lâchez les lions, ouvrez les loges, si vous ne faites
pas votre devoir avec plus de zèle, je descends
dans l'arène et je vous écrase tous entre mes
bras ! ! ! — Bravo ! cria Romula d'une voix stri-
dente qui fit tressaillir le superstitieux Dioclétien,
bravo ! mon fils, mon cher Galère, vous êtes le
vrai défenseur de l'empire et de l'Olympe. » Les
belluaires épouvantés s'empressent de lâcher les
lions. Ces animaux, que la faim et la captivité ont
exaspérés jusqu'à la fureur, s'élancent d'un bond
dans l'arène et poussent de formidables rugissements qui font tressaillir tous les spectateurs.
Napoléon seul paraît calme et sans crainte, sa
figure ne présente aucune trace d'émotion, elle
devient même plus sereine et plus radieuse. Il
regarde les lions en souriant et les appelle à lui
d'une voix douce, comme s'il eût appelé de tendres agneaux. Les terribles habitants du désert,
si fiers d'avoir retrouvé leur liberté, sentent toute
leur colère s'évanouir à cette voix et viennent se
coucher aux pieds de celui qui les appelle. Napoléon les caresse de sa main délicate et les traite en
ami dévoué et plein de reconnaissance.

Un profond sentiment de compassion gagne de
nouveau l'assemblée, les chrétiens remercient

Dieu intérieurement de ce qu'il daigne faire
éclater si visiblement la vérité de sa loi, plusieurs
païens touchés de la grâce se convertissent in-
stantanément, d'autres sont tellement saisis par
la sublime beauté de cette scène qu'ils maudis-
sent les persécuteurs dans le fond de leur âme.
Galère est terrifié, son audace l'abandonne pour
le moment, il craint une protestation générale
de l'amphithéâtre et il garde le silence en proie à
la plus vive inquiétude. Dioclétien se tait aussi,
mais on dirait que la colère a égaré sa raison,
tant sa figure s'est rembrunie !

C'est alors que Napoléon, saisi d'un mouvement
prophétique, s'écrie d'une voix majestueuse :

« O persécuteurs insensés, vous luttez en vain
contre Dieu et son Église, vous prétendez anéantir
le christianisme, mais tous vos efforts n'abouti-
ront qu'au néant ; la sagesse de vos conseillers est
bien courte et bien pauvre, si elle vous fait espérer
un triomphe. C'est Jésus-Christ qui triomphera et
c'est vous qui préparez son avénement sur le trône
du monde par votre effroyable cruauté. Le sang
que vous répandez en haine du christianisme fera
germer dans tout l'empire une multitude innombrable de chrétiens. La moisson sera immense et
voici venir de l'Occident le grand moissonneur à
la tête d'une puissante armée. Voyez-vous comme
il renverse sur son passage tous les appareils de

votre tyrannie, comme il détruit ces superbes colonnes où vous vous vantez dans des inscriptions pompeuses d'avoir effacé de la terre jusqu'au souvenir du nom chrétien. Voyez-vous comme il efface de vos codes les décrets de proscription et proclame dans tout l'univers la liberté de conscience. Le voilà enfin qui plante sur le Capitole la croix de Jésus-Christ, cette croix par laquelle il a vaincu. L'Olympe s'écroule avec tous ses dieux infâmes et Jésus-Christ, seul vrai Dieu, règne par toute la terre. Dans dix ans toutes ces choses seront accomplies et celui que Dieu a prédestiné pour ces grands changements est présent dans cet immense amphithéâtre, je le connais et vous le connaissez aussi. »

A ces mots un murmure s'élève de toutes parts, les chrétiens tressaillent de joie, les païens sont saisis de terreurs ou d'indignation, Dioclétien regarde, la bouche béante, le héros inspiré et sublime dans son inspiration aussi bien que dans sa fière contenance, Galère n'ose pas le regarder, toute son audace est déconcertée ; mais il prête une oreille attentive à ce qui se dit autour de lui pour saisir à propos l'occasion de reprendre l'empire sur les esprits.

Sixte Napoléon parvient à dominer le bruit de l'assemblée et continue de prophétiser en ces termes :

« Tu cours à ta perte, implacable Dioclétien,
c'est Galère, ton bien-aimé gendre, qui va te dépouiller de cette pourpre que tu as ambitionnée
si longtemps, de cette autorité dont tu es si jaloux,
de ces honneurs divins que des milliers d'esclaves
s'empressent de te rendre pour échapper à ta
fatale colère. Oui, tu es à la veille de ta ruine !
Encore quelques mois et tu iras t'ensevelir dans
l'obscurité des champs. Les passants diront en te
voyant cultiver de tes mains divines un petit coin
de terre : « Est-ce donc là ce grand potentat qui
écrasait le monde sous sa tyrannie et qui préten-
dait même à la divinité! » Et toi tu répondras
pour rendre cette raillerie moins amère, que tu
es heureux de vivre dans la solitude et que le
trône du monde ne saurait plus tenter ton ambition. Mais si tu parviens à tromper ainsi les
autres sur les dispositions de ton cœur, tu ne
pourras pas te tromper toi-même, tu as méprisé
les hommes jusqu'à vouloir, comme Caligula,
abattre leurs têtes d'un seul coup, les hommes te
mépriseront à leur tour et tu trouveras dans ce
délaissement universel l'affreuse solitude que tu
voulais te créer au sein de l'humanité, égorgée
pour assouvir ta folle vengeance ; tu sentiras tellement ce vide effrayant de la vie que tu en perdras
parfois la raison (1). Voilà, ô Dioclétien, le châti-

(1) Voyez Lactance.

ment terrible qui t'attend pour avoir fait périr
tant d'innocents chrétiens, pour avoir méconnu
la première qualité de l'homme qui est la bonté,
pour avoir poussé l'égoïsme jusqu'à croire que tu
fusses le seul être bon et raisonnable sur la terre.
Hélas! tu as tant vu de perfidie et de corruption
dans les hommes que tu les as crus absolument
mauvais, mais c'est là une erreur profonde ;
l'homme, quoique dégradé par la faute originelle,
n'est pas entièrement mauvais ; il a en lui un
fonds de bonté qui ne meurt jamais et toi-même,
ô tyran, malgré tous les crimes dont tu es souillé,
tu pourrais devenir un homme très-bon, un être
pur et sans tache, si tu voulais ouvrir les yeux à
la lumière et écouter la voix de Jésus-Christ que
tu poursuis avec tant d'acharnement.

Quant à toi, Galère, tu arriveras au trône du
monde, ton ambition démesurée sera satisfaite,
mais c'est alors que mille inquiétudes viendront
t'assaillir pour troubler ce bonheur imaginaire
que tu poursuis au milieu de tant de crimes. Je
te vois déjà forcé de partager le pouvoir suprême
avec tes rivaux, je te vois en proie à un cruel délire,
il ne te suffit pas de mettre à mort les chrétiens, il
faut que tout ce qui pense, que tout ce qui a de la
fortune, de la naissance ou quelque sentiment de
délicatesse parmi les païens eux-mêmes, tombe
sous les coups de ta fureur sanguinaire. Mais

11.

enfin Dieu, que tu outrages si brutalement dans
ses créatures raisonnables, vient te visiter au
milieu de tes infâmes débauches, livrer aux vers
de la corruption ce corps gigantesque qui fait ton
orgueil, je t'entends pousser des hurlements effroyables, tout l'art des médecins et des devins ne
peut rien pour te soulager, tu expires au milieu
de ces affreuses douleurs, après avoir reconnu
par un édit public la puissance incomparable du
Dieu des chrétiens (1).

Portez maintenant vos regards vers l'Occident
et voyez cet autre monstre qu'on appelle Maximien, qui couvre l'Italie de sang et de ruines. Le
voyez-vous traître à son fils, traître à son gendre,
traître à tout le monde ; le voyez-vous insulter du
haut des remparts de la superbe Marseille le maître des Gaules et le futur maître de l'univers qui
l'assiége avec une armée plusieurs fois victorieuse. Marseille, qui semble vouloir jouer sur les
mers le rôle de l'ancienne Tyr, Marseille, jalouse
de conserver sa réputation d'humanité, ouvre ses
portes aux Gaulois déjà vainqueurs et leur livre
le monstre qui reçoit enfin la juste punition de
ses crimes abominables (2).

Voilà, ô tyrans, les terribles châtiments que
Dieu vous réserve ici-bas; quant aux châtiments

(1) Voyez Lactance.
(2) Idem.

qui vous attendent dans l'éternité, ils sont tellement effroyables que mon œil ne peut en mesurer ni l'étendue, ni la hauteur, ni la profondeur.

Et que vois-je à présent? Quelle vision magnifique l'esprit de Dieu me montre-t-il pour me consoler et rafraîchir mon cœur?... C'est un vieillard
vénérable qui sort des catacombes de Rome pour
bénir le monde. Quelle douceur dans les traits de
cet homme auguste! Quelle noble sérénité brille
sur son front large et découvert! Quel feu divin
dans ses regards! Mais c'est Marcellus! oui c'est
bien lui! je le reconnais, c'est le Pape qui m'a
embrassé et béni à mon entrée dans le monde.
La persécution furibonde organisée par Maximien en Italie l'a donc épargné? Comment le
chef de l'Église a-t-il pu échapper aux coups de
ce féroce tyran?... Hélas! il n'a pas échappé tout
entier aux fureurs de l'orage. Il n'a plus son bras
gauche et il porte sur sa tête une large blessure.
Salut, ô vénérable vieillard, noble débris d'une
antique famille, qui éleva si haut la gloire de
Rome! Salut, ô père de la nouvelle société, vous
avez sans doute été envoyé de Dieu pour assister
avec la majesté des siècles qui vous précèdent à
l'écroulement des vieilles institutions du paganisme et pour rappeler du tombeau ces légions
innombrables de chrétiens qui vont s'emparer du
présent et de l'avenir! Votre voix est entendue

d'un bout à l'autre de l'univers et c'est la paix
que vous annoncez au monde, la paix après toutes
les fureurs de la guerre, la paix avec le pardon.
Vous avez donné votre main droite au grand empereur venu du fond des Gaules, et les arts de
la civilisation chrétienne fleurissent avec éclat à
l'ombre d'une paix glorieuse (1). »

Napoléon fut encore interrompu par les réflexions bruyantes que firent les spectateurs en
entendant ces dernières paroles; les chrétiens ne
pouvaient pas contenir leur joie, les païens étaient
de plus en plus épouvantés, les philosophes n'o-
saient plus rire du christianisme, Cornutus essaya
de lancer quelques grosses et vieilles calomnies
contre les disciples de Jésus-Christ, mais on ne
l'écouta pas; c'est alors que la vieille Romula,
qui servait d'organe au paganisme mourant, s'é-
cria avec la fureur d'une antique sibylle : « Tu
dors, Galère, tu dors! tu veux donc imiter ce vieillard débile, cet impuissant Dioclétien qui n'ose
plus prendre la défense des dieux immortels?...
Tu pâlis! tu trembles!... Je ne te reconnais plus
pour mon fils. O divinités de l'Olympe, si vos défenseurs naturels vous abandonnent, moi je ne
vous abandonnerai pas, moi seule je soutiendrai
votre cause!!! Belluaires, provoquez les lions,

---

(1) Le pape Marcellus commença à régner après l'abdica-
tion de Dioclétien. J'ai fait à dessein cet anachronisme.

excitez leur fureur et que les membres délicats de
ce fier chrétien soient aussitôt dévorés !! »

Les belluaires obéirent à cet ordre impérieux,
mais les lions, au lieu de se jeter sur Napoléon,
s'élancèrent contre leurs imprudents provocateurs
et les mirent en pièces. Tandis que les spectateurs, saisis d'une nouvelle crainte, assistaient à
ce repas sanglant des bêtes féroces, Sixte Napoléon, qui paraissait de plus en plus inébranlable,
reprit la parole sous le souffle de l'esprit de Dieu
et dit : « L'Esprit divin m'emporte par delà les
mers et les temps, plusieurs siècles se sont écou-
lés devant moi et je vois un prince de ma famille
régner sur les Gaules. Il est doux et calme, la
bonté fait le fond de son caractère et sa fermeté
inébranlable tempère heureusement sa clémence ;
la prudence qu'il apporte dans la conduite des
affaires humaines ne lui a jamais fait défaut. On a
beau passer en revue tous les grands potentats qui
ont paru sur la terre, on n'en trouvera aucun qui
ait su aussi bien se posséder. Il est facile de conquérir des provinces et de renverser des empires,
il suffit d'avoir le génie de la guerre et une vaillante armée, mais être à la fois grand capitaine
et impénétrable dans ses plans politiques, com-
biner avec calme ses desseins les plus vastes et
les plus hardis, ne rien laisser au hasard de la
fortune de ce qu'on peut lui ravir par une pré-

voyance calculée, rester froid et indifférent au
milieu des attaques passionnées des individus et
des peuples jaloux d'une si grande puissance,
voir d'un œil tranquille le monde s'agiter autour
de sa pensée pour la pénétrer et demeurer toujours impénétrable, être plus redoutable encore
dans la paix que dans la guerre, replacer une nation affaiblie par des discordes domestiques à la
tête du mouvement universel des affaires, en un
mot gouverner le monde sans vouloir l'avouer par
modestie et par amour de la paix, voilà ce qu'on
ne rencontre jamais dans un même homme et
voilà cependant ce que je trouve dans ce puissant
monarque qui m'apparaît, au sommet des âges
modernes, comme l'énigme du présent et l'espoir
de l'avenir, comme un phare immense qui sort
peu à peu des ombres de la nuit pour projeter sa
lumière entre un monde qui s'écroule et un
monde qui surgit du chaos sous l'œil de Dieu et
de son Église. Cet homme a été longtemps méconnu comme tout ce qui échappe par de grandes
proportions aux faibles regards du vulgaire. Pour
l'apprécier cependant il n'y a qu'à ouvrir les yeux,
qu'à promener ses regards ou sa pensée sur le
monde entier. Paris, Solférino, Sébastopol, Pékin,
Mexico, Saïgon, vous parlerez aux siècles les plus
reculés de la puissance de son génie et de la
grandeur de ses œuvres. Et toi aussi, cruelle

Hué, tu diras ce que peut sa puissance unie à
la vivacité de sa foi ! ! Et toi, que diras-tu sur son
compte à l'avenir, avare et superbe Lond ?..... »

Le jeune héros n'acheva pas d'articuler le nom
de cette ville orgueilleuse qui se nourrit des dépouilles sanglantes de toutes les nations et qui
croit que tout doit servir ici-bas à satisfaire son
implacable égoïsme, il fut interrompu par les cris
sauvages des soldats que Galère faisait entrer dans
l'amphithéâtre pour mettre fin à une scène qui
projetait sur son avenir de si sombres lueurs. Les
lions, déjà repus, ne montrent pas une grande résistance, ils rentrent dans leurs logés, chassés par
ces barbares. Galère ordonne aussitôt à quelques
soldats des plus dévoués de coucher l'intrépide
chrétien sur un chevalet et de lui traucher la tête
avec la hache d'armes. Sixte Napoléon n'attend
pas que ces affreux légionnaires portent les mains
sur sa personne, il lève les yeux au ciel pour offrir
une dernière fois à Dieu le sacrifice de sa vie, prie
pour ses bourreaux et pour le triomphe de l'Église
catholique dans toute la suite des siècles, va s'é-
tendre de lui-même sur le fatal chevalet et là il
attend dans le calme et la résignation que la hache
sépare sa tête de son corps. Le soldat qui approche pour le frapper est ému à la vue d'une si noble et si douce figure, il hésite surtout à porter le
coup fatal, quand il voit des larmes sillonner les

joues du jeune héros. Les spectateurs, qui ont
aussi remarqué l'attendrissement de Napoléon,
s'écrient : « Il pleure! » et de toutes parts on répète : « Il pleure! il pleure!! » Dioclétien croit
qu'il est vaincu par la crainte de la mort, il s'empresse d'ordonner aux bourreaux de suspendre
leurs coups et fait proposer à l'héroïque martyr
les plus magnifiques récompenses, s'il veut renier
Jésus-Christ et se prosterner devant les dieux de
l'empire. Mais ce n'était pas la crainte de la mort
qui faisait couler les larmes de l'intrépide chrétien, c'était le souvenir de son père et de sa mère
qu'il aimait tant, c'était le regret de ne pouvoir
connaître ici-bas le frère que la divine Providence
lui avait donné depuis son départ pour l'Orient,
c'était enfin le souvenir toujours vivace de ces
vertes montagnes de Sardaigne où ses premières
années s'étaient écoulées loin du bruit et de la perfidie du monde. Toutes ces images d'un bonheur
lointain se présentaient à son esprit avec une force
mystérieuse et presque inflexible, elles venaient
l'assaillir à son heure suprême et remuer son
cœur dans ses fibres les plus délicates et les plus
profondes, et il pleurait alors!! Mais, en entendant
les propositions qui lui sont adressées de la part
de l'empereur et qu'il comprend beaucoup mieux
que personne, il s'indigne qu'on ait si mal inter-
prété ses larmes, se relève fièrement, promène

ses regards sur la foule immense des spectateurs
et prononce d'une voix ferme ces dernières et mé-
morables paroles : « Que sert à l'homme de gagner le monde, s'il vient à perdre son âme ! Je
suis chrétien catholique !! je méprise toutes vos
divinités !!... J'adore Jésus-Christ, vrai Dieu et
vrai homme !!! »

A ces mots qui tombèrent sur les païens comme
un dernier coup de foudre, une agitation sourde
et profonde gagna l'amphithéâtre, Dioclétien se
troubla, mais la colère qu'avait soulevée dans son
cœur la réponse de Napoléon à ses propositions impies l'empêcha de parler et de prendre
aussitôt une résolution énergique. Galère, qui
redoutait de plus en plus dans le vainqueur des
Perses un rival de génie retrouva alors toute son
audace brutale. Tandisque sa mère Romula, Tagis,
chef des aruspices, Cornutus, le représentant du
philosophisme et d'autres encore l'excitent du
geste et de la voix à venger les dieux de l'Olympe,
il s'élance de son trône dans l'arène en poussant un cri formidable, court vers Napoléon qu'il
trouve déjà étendu sur le chevalet pour recevoir
la couronne du martyre, et de sa grande épée
coupe la tête à celui qui lui sauva l'honneur et la
vie en l'arrachant aux mains des Perses après une
humiliante défaite. Ainsi va la justice du temps
en attendant celle de l'éternité.

Terminons ce récit par une citation empruntée
à Lactance. « Quel doux spectacle, dit-il, ce fut
pour le ciel, ô grand saint, de vous contempler
dans votre victoire, de voir attachés à votre char
non pas des chevaux blancs ni des éléphants
monstrueux, mais ceux-là mêmes qui se donnaient pour les triomphateurs de l'univers ! Le
vrai triomphe consiste à vaincre les vainqueurs
des nations ; or vous les avez vaincus ces fiers
potentats par votre courage inébranlable, car
votre foi si vive et votre grandeur d'âme ont
triomphé et de leurs ordonnances impies et de
leurs menaces et de tout l'appareil de leur tyrannie. Rien n'a pu vous ravir la foi, ni les lions
affamés, ni les séductions de la beauté, ni les
promesses les plus magnifiques. C'est là ce qu'on
appelle être le vrai disciple du Dieu vivant, le
vrai soldat de Jésus-Christ. C'est ainsi que les
maîtres du monde ont trouvé dans votre mort la
défaite la plus complète et la plus humiliante. »

Les curieux qui voudront savoir ce que devint
Diocléa après la mort de Sixte Napoléon n'ont
qu'à lire le chapitre suivant.

CHAPITRE XI

Surprise et indignation de Diocléa en apprenant de la bouche même de son père la mort de Napoléon. — Sa conversion soudaine. — Ce qu'elle voit dans son extase. — Dernière grâce que demande Nigra à sa maîtresse. — Noces éternelles.

Diocléa, que nous avons laissée dans les jardins impériaux en proie au délire d'une passion déçue, ne savait pas que celui qui avait si longtemps rempli de bonheur sa pensée et ses rêves venait de succomber sous les coups du barbare Galère. Elle pensait toujours à lui et, voyant qu'il était impossible de le convertir aux dieux de l'empire, elle avait pris la résolution de faire une nouvelle tentative sur la volonté de Dioclétien pour obtenir sa grâce. Elle se calma peu à peu sous l'influence de cette résolution, reprit courage et se dirigea avec Nigra vers le palais impérial.

Au moment où elle entre dans la grande cour, Dioclétien apparaît d'un autre côté venant encore de l'amphithéâtre où il a entendu et vu des choses si désolantes. Son visage est pâle, son front plus sombre que de coutume; on dirait qu'il pense encore à la terrible prédiction que lui a faite le héros chrétien. La vue de sa fille chérie apaise un peu son agitation intérieure, mais elle ne peut pas le distraire entièrement comme autrefois. Il fait néanmoins un effort sur lui-même

pour rompre avec ses tristes pensées, embrasse
Diocléa qui se jette dans ses bras avec la plus
grande confiance et il lui dit encore : « Tu es
toujours ma consolation ou plutôt c'est toi seule,
ma chère enfant, qui m'aimes sur la terre, je
crois que mes ennemis se multiplient tous les
jours ; ceux qui n'osaient pas se montrer lèvent
la tête aujourd'hui et ne craignent pas de me
défier publiquement. Ce Napoléon, pour qui je
voulais tout faire, auquel je destinais le trône du
monde avec ma fille bien-aimée pour compagne,
ce Napoléon, ce superbe chrétien m'a annoncé
en public, en présence même de Galère, les plus
grands malheurs et les plus terribles catastrophes,
il a refusé de me rendre les honneurs divins ainsi
qu'aux autres dieux de l'empire et il a tout bravé
jusqu'aux menaces les plus effrayantes. Mais enfin
il a reçu la juste punition de son incomparable
audace, c'est un ennemi de moins que j'ai sur
la terre. » Diocléa épouvantée interrompt son
père et s'écrie : « Qui ! lui ! ! il n'est plus sur la
terre ! !... Napoléon serait donc mort ! ! ! — Oui !
répond Dioclétien en fronçant le sourcil et en
jetant un regard terrible sur sa fille. — Et vous
avez osé faire mourir l'homme le plus pur, le
plus innocent, le plus distingué par les qualités du
cœur et de l'esprit qui fût dans le monde ! s'écrie
Diocléa en s'arrachant avec dégoût des bras de

son père, comme si elle eût voulu se soustraire aux embrassements d'un monstre couvert de sang. — Oui, je l'ai osé, répond Dioclétien sur un ton de plus en plus sombre, et je l'oserais encore ! Prends garde à toi, n'irrite pas davantage ma juste colère ! »

Tandis que Dioclétien prononce ces dernières paroles, Diocléa est touchée de la grâce, elle est subitement illuminée par l'Esprit-Saint et dit avec l'accent de la conviction la plus énergique : « Elle est vraie cette religion que professait Napoléon ! Je voyais depuis longtemps que le Dieu de l'univers ne pouvait pas se jouer d'un homme si pur, si noble et si grand par ses pensées et par ses sentiments, je le voyais et néanmoins je craignais de penser comme lui, de croire ce qu'il croyait, je m'imaginais follement que telle ou telle croyance importait peu au bonheur éternel de l'homme, je pensais que Dieu regarde, avec indifférence toutes les religions de la terre. La foi si sublime de Napoléon pouvait seule me troubler dans ma frivole insouciance, et sa haute raison m'inspirait quelquefois des remords en me reprochant indirectement de ne point m'occuper de ma future destinée, mais son humilité et les autres vertus chrétiennes qu'il pratiquait m'empêchaient de faire le premier pas dans la voie de la vérité, tant j'étais aveuglée par les vanités de ce monde ! ! Hélas ! je courais vers l'abîme !.... Mais aujourd'hui la lumière s'est faite tout à coup ; je vois clairement, à n'en plus douter, qu'il n'y a qu'une seule religion vraie et que tout être raisonnable est obligé de la chercher ici-bas selon ses forces, s'il ne veut pas tomber dans l'abîme de l'éternelle souffrance. »

A mesure que Diocléa parlait et avançait dans le développement de sa pensée, un calme divin s'emparait de son âme et de ses sens, sa figure prenait une expression de céleste beauté, une douce auréole se formait autour de son front, et ses yeux brillaient d'un éclat vif et touchant à la fois. Nigra était ravie, elle contemplait sa maîtresse qui entrait peu à peu en extase, et puis elle versait des larmes de joie, car elle voyait réalisé le vœu le plus ardent de sa vie. Les personnes qui entouraient l'Empereur étaient aussi très-émues. Jamais Diocléa ne leur avait paru si ravissante et si digne de respect, jamais on ne l'avait entendue parler avec tant de conviction, de douceur et d'humilité, jamais elle ne s'était montrée si supérieure, tout en avouant ses faiblesses. Dioclétien seul était bouleversé par tout ce qu'il voyait et entendait. Sa colère concentrée étouffait sa parole et même sa respiration. Tantôt il devenait pâle comme la mort, et tantôt sombre comme la nuit. Il fit enfin un effort suprême sur lui-

même et engagea le dialogue suivant avec sa fille
d'une voix sinistre et menaçante :

DIOCLÉTIEN : Tu me trahis donc aussi, toi que
j'aimais seule au monde !

DIOCLÉA : Je ne vous trahis pas, mon père, mais
je vois la vérité et je me plais à la proclamer tout
haut, afin qu'elle éclaire votre esprit qui est enseveli dans les plus épaisses ténèbres. Je vois aujourd'hui la réalisation du rêve que Dieu m'envoya
pendant la nuit qui suivit ma première entrevue
avec Sixte Napoléon. Le ciel s'ouvre de nouveau
à mes regards, j'entends encore les divines har-
monies de l'empirée, mon cœur est inondé de
joie... Je vois, je vois Sixte Napoléon au milieu
d'une multitude innombrable d'esprits bienheureux, qu'il est beau dans sa divine pureté!!.. Mais
d'où vient-il et où va-t-il?.., Il vient de prier pour
moi le Dieu de miséricorde! Ah! je comprends
maintenant qu'il fallait qu'il mourût, pour que
j'entrasse dans la gloire et que je fusse entièrement désenchantée de ce monde frivole. Il a offert
sa vie pour me sauver, et ce noble sacrifice a été
accepté de Dieu. Je comprends maintenant toute
la pureté et toute l'étendue de son amour!!...
Mais le voilà qui s'avance vers moi, il me sourit,
il m'appelle! Oh! quand serai-je délivrée de ce
corps terrestre pour m'élancer à sa suite dans les
régions de l'harmonie divine!!!

DIOCLÉTIEN : Tu es donc chrétienne?

DIOCLÉA : Je le suis!

DIOCLÉTIEN : Tu n'adores plus les dieux de l'empire?

DIOCLÉA : J'adore Jésus-Christ, qui n'a avec le Père et Saint-Esprit qu'une même substance divine.

DIOCLÉTIEN : Tu refuserais même de rendre les honneurs divins à ton père, le maître du monde, le tout-puissant Dioclétien?

DIOCLÉA : Je le refuse et le refuserai toujours.

DIOCLÉTIEN : Elle me répond avec un calme désespérant, elle se joue de ma puissance, elle compte donc encore sur ma bonté!! Elle se persuade follement que je serai assez faible pour sacrifier ma dignité et la cause des dieux à mon affection pour elle!!... Adore les dieux, fille dénaturée, adore le divin Dioclétien!!!

DIOCLÉA : Jésus-Christ, qui réunit en sa personne la nature humaine et la nature divine est le dieu que j'adore.

DIOCLÉTIEN : Qu'elle meure! Qu'on l'emmène et qu'on la livre aux bêtes!!

L'empereur détourna aussitôt ses regards pour ne plus voir sa fille qui a entendu sans émotion la terrible sentence. Il se hâte de rentrer dans son palais et se retire dans un appartement solitaire où il a coutume de s'enfermer, quand une grande

tristesse vient affliger son cœur et troubler sa pensée. (1).

Cependant les satellites impériaux s'empressent
d'exécuter les ordres barbares de leur maître.
Diocléa est entraînée vers l'amphithéâtre. Mais
Nigra s'attache à sa longue robe et s'écrie : « Moi
aussi je suis chrétienne ! Je l'ai toujours été ! !.....
Quand vous m'avez affranchie, je vous ai promis,
ô ma chère maîtresse, de ne jamais vous quitter,
de vous suivre pas à pas jusqu'à la mort. Aujour-
d'hui je me suis sentie inondée de joie, lorsque je
vous ai entendue confesser la foi de Jésus-Christ.
Mettez le comble à cette joie en m'admettant à
l'honneur de partager votre supplice, et d'entrer
avec vous dans le ciel !... — Tu as toujours été
chrétienne, chère enfant, répond Diocléa, revenue
de son extase !... Je vois maintenant quel était

(1) Que les critiques trop mesurés n'accusent pas l'auteur de
cette légende d'exagérer le caractère de Dioclétien. Car il s'est
efforcé de donner à ce prince sa physionomie historique. Il
pourra toujours se justifier en faisant appel à l'histoire. Lactance nous apprend que Dioclétien ensanglanta le palais impérial, fit mourir plusieurs dignitaires de sa cour et força
même Prisca, sa femme, et Valeria, sa fille, à sacrifier aux
idoles en sa présence. Il n'est donc pas étonnant qu'il décrète
lui-même la mort de Diocléa.

Il y a déjà longtemps que cet écrit est composé sur des
données antiques. S'il n'a pas paru plus tôt, c'est qu'on a
voulu attendre un moment favorable. Or, nous croyons que
l'on peut aujourd'hui céder au désir des personnes qui en
demandent la publication.

12

l'esprit qui t'élevait si haut au-dessus des philosophes et qui me remplissait moi-même de confusion en te donnant l'intelligence des choses les
plus difficiles. Ne crains rien, je ne te délaisserai
pas aujourd'hui, car je t'aime mille fois davantage.
Suis-moi, suis-moi, ma chère amie, laisse-là cette
terre de tristesse et de désolation où le crime foule
aux pieds la vertu avec tant d'arrogance. Tu és
digne d'un meilleur sort!... Allons ensemble aux
noces éternelles que nous a préparées le divin
époux des âmes?...

Bientôt les portes de l'amphithéâtre s'ouvrent
et les deux amies entrent toutes radieuses, comme
si elles entraient dans le vestibule de l'empirée.
On lâche deux tigres énormes qui bondissent sur
l'arène et promènent de tous côtés leurs regards
terribles. Diocléa et Nigra s'embrassent étroite-
ment en criant d'une seule voix : « Allons ensemble aux noces éternelles!! » Ce fut là leur
dernière parole. Les tigres se précipitèrent sur les
deux amies avec la rapidité de l'éclair. Ils luttè-
rent quelque temps pour se partager la proie
commune, mais, ne pouvant réussir à séparer les
deux vierges que l'amour de Dieu unissait si étroi-
tement, ils déchirèrent indistinctement Diocléa
et Nigra et ne laissèrent bientôt plus sur l'arène
que quelques débris informes échappés à leur vo-
racité. Un belluaire juif ramassa ces précieuses

reliques et les vendit au poids de l'or à un riche
chrétien. On les enferma dans le tombeau qui
contenait les restes de Sixte Napoléon, et ainsi
furent réunis sous la même pierre tumulaire la
fille du jardinier, la fille du maître du monde et
le plus grand capitaine du siècle, tandis que leurs
âmes étaient déjà unies dans le sein de Dieu. Ainsi
le christianisme effaçait tous les rangs et établis-
sait l'égalité jusque dans la tombe. Cette égalité
était fondée sur l'amour de Dieu qui ne s'épuise
jamais, qui affranchit l'âme de toute crainte et
qui unit tous les cœurs par les liens de la plus
douce fraternité.

FIN.

TABLE DES MATIÈRES.

CHAPITRE Ier

Ce qu'était une famille chrétienne au sein du paganisme.
Émilia Paula, Marc-Antoine Napoléon et leur fils. —
Athènes et ses philosophes, au troisième siècle. —
Sixte le philosophe.................................. 1

CHAPITRE II

Que vit Marc-Antoine Napoléon dans les Catacombes?
— Que vit-il ensuite et que fit-il pour assurer son avenir? — Quelle grande pensée le détermina à se séparer pour toujours de Sixte, son fils chéri?........... 24

CHAPITRE III

Départ de Sixte Napoléon pour l'Orient. — Ce qu'il voit
et entend sur le vaisseau et à Rome. — Sa première
entrevue avec Dorothée et Diocléa dans le palais de
Nicomédie................................. 44

CHAPITRE IV

Songe de Diocléa. — Moyen étrange qu'elle emploie pour
se venger de Sixte. — Elle est prise dans ses propres
filets et n'en est pas fâchée. — Déconfiture du littérateur Minutius et du philosophe Cornutus........... 62

CHAPITRE V

Ce que pense Sixte Napoléon de la vie et des petits triomphes de cour. — Il dompte un cheval indomptable aux
yeux des plus habiles. — Ce qu'il demande à l'empereur Dioclétien pour récompense. — Son départ pour
l'armée et désolation profonde de Diocléa. — Ce qu'é-
tait l'armée romaine à cette époque. — Galère. — Son
orgueil, son ambition, sa défaite et son désespoir. —
Triomphe de Napoléon sur les Perses. — Enthousiasme
des troupes romaines. — Jalousie de Galère......... 87

CHAPITRE VI

Retour de Sixte Napoléon à Nicomédie. — Il est reçu
solennellement par l'empereur et toute la cour. —
Pourquoi Diocléa l'empêcha-t-elle de devenir gouverneur de l'Égypte? — Constantin. — Sa conversation
avec Sixte et Dorothée sur l'avenir de l'empire romain. — Plans hardis et gigantesques de Sixte Napoléon. — Rome et le pape Marcellus. — Surprise et
admiration de Constantin...................... 147

CHAPITRE VII

Galère entre à Nicomédie avec son armée. — Ce qu'il
médite avec Romula, sa mère. — Apparition des ombres des persécuteurs à Dioclétien. — Manœuvre infernale de Romula déjouée par la foi de Napoléon. —
Rupture entre Galère et le héros chrétien. — Angelos
et l'Église grecque. — Le vieillard du désert. — Rencontre de Sixte et de Diocléa dans les jardins impériaux. — Affranchissement de Nigra. — Le feu à
l'Église....... 149

CHAPITRE VIII

Comment Dioclétien fut-il amené à signer le décret de persécution ? — Il prend d'abord conseil de tous les grands de l'Empire. — Son monologue ou ses étranges réflexions sur la corruption humaine. — Sixte déchire l'édit de persécution. — Son emprisonnement. — Diocléa le visite dans son cachot et ne peut le décider à la suivre 205

CHAPITRE IX

L'empire en proie à la barbarie des persécuteurs, excepté les Gaules. — Mort de Dorothée et de plusieurs autres personnages. — Martyre d'Angelos et d'une foule de prêtres. — Invention de nouveaux supplices. — Diocléa plaide la cause de Napoléon. — Celui-ci préfère la mort à l'empire. — Désespoir de Diocléa... 226

CHAPITRE X

Sixte Napoléon en présence des lions dans l'arène. — Ce qu'il annonce aux chrétiens et aux païens. — Ce qu'il prédit à Dioclétien et à Galère. — Ce qu'il voit dans l'avenir le plus lointain. — Sa dernière profession de foi. — Sa mort................................ 242

CHAPITRE XI

Surprise et indignation de Diocléa en apprenant de la bouche même de son père la mort de Sixte Napoléon. — Sa conversion soudaine. — Ce qu'elle voit dans son extase. — Dernière grâce que demande Nigra à sa maitresse. — Noces éternelles................... 259

FIN DE LA TABLE DES MATIÈRES.

Corbeil, typ. et ster. de Crété.

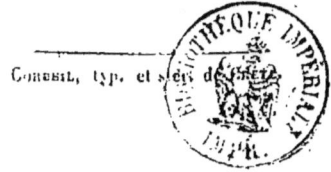

... ... autres personnages. — ... ...

www.ingramcontent.com/pod-product-compliance
Lightning Source LLC
Chambersburg PA
CBHW051637050726
47502CB00011B/969